Copyright © 2024 Lavínia Rocha
Copyright desta edição © 2024 Editora Gutenberg

Todos os direitos reservados pela Editora Gutenberg. Nenhuma parte desta publicação poderá ser reproduzida, seja por meios mecânicos, eletrônicos, seja via cópia xerográfica, sem autorização prévia da Editora.

EDITORA RESPONSÁVEL
Flavia Lago

EDITORAS ASSISTENTES
Natália Chagas Máximo
Samira Vilela

PREPARAÇÃO DE TEXTO
Vanessa Gonçalves

REVISÃO
Natália Chagas Máximo

CAPA
Diogo Droschi
Mirella Spinelli

DIAGRAMAÇÃO
Waldênia Alvarenga

Dados Internacionais de Catalogação na Publicação (CIP)
Câmara Brasileira do Livro, SP, Brasil

Rocha, Lavínia
    Entre 3 razões / Lavínia Rocha. -- 1. ed. -- São Paulo : Gutenberg, 2024. -- (Trilogia Entre 3 Mundos ; v. 3)

    ISBN 978-85-8235-749-1

    1. Ficção brasileira I. Título. II. Série.

24-217092   CDD-B869.3

Índices para catálogo sistemático:
1. Ficção : Literatura brasileira B869.3
Eliane de Freitas Leite - Bibliotecária - CRB 8/8415

A **GUTENBERG** É UMA EDITORA DO **GRUPO AUTÊNTICA**

São Paulo
Av. Paulista, 2.073, Conjunto Nacional
Horsa I . Salas 404-406 . Bela Vista
01311-940 São Paulo . SP
Tel.: (55 11) 3034 4468

Belo Horizonte
Rua Carlos Turner, 420
Silveira . 31140-520
Belo Horizonte . MG
Tel.: (55 31) 3465 4500

www.editoragutenberg.com.br
SAC: atendimentoleitor@grupoautentica.com.br

LAVÍNIA ROCHA

TRILOGIA ENTRE 3 MUNDOS • VOLUME 3

ENTRE 3 RAZÕES

*Para minha querida tia-madrinha
Rosemary.
O seu brilho e a sua alegria estarão
eternamente conosco!
Amo você para sempre!*

PRÓLOGO

"Você não pode ser nenhuma princesa", foi o que me disseram aos 5 anos, na escola em que estudei no mundo normal. A Branca de Neve era a minha preferida e a impossibilidade de interpretá-la no teatrinho da turma já começava no próprio nome. *Branca* de Neve.

"Vamos escolher uma personagem que se pareça mais com você."

Busquei em mim qualquer característica semelhante às das princesas que fariam parte da peça: cor, cabelo, traços... não havia nada. No fim, acabei ficando com o papel de uma das irmãs da Cinderela – porque aparentemente não havia o mesmo rigor da semelhança física quando se tratava de vilãs – e com uma decepção ainda hoje vívida em minha memória.

Eu só queria poder encontrar aquela Alisa de 5 anos e dizer que ela podia, sim, ser a protagonista de uma história de princesa. Nada de teatro e representações reforçando padrões cruéis; uma princesa real exatamente com a fisionomia que tinha.

Segurei a barra do meu vestido, me levantei da cama e fui em direção ao espelho. Observei aquela imagem que em nada lembrava as cinco princesas brancas da peça da minha infância e, diferentemente da reação que tive na época, sorri ao fitar meus traços negros.

Quando criança, eles foram impedimento para representar a Branca de Neve, mas, por causa dessas mesmas características, por ser exatamente quem eu era, havia agora uma coroa em minha cabeça.

Uma coroa de rainha.

PARTE I

CAPÍTULO I

Mundo mágico

— Ainda não conseguiram descobrir a causa da doença – falou Olália, uma das ajudantes de governo, enquanto entregava fotos e relatórios do reino de Euroto.

– Toda informação que temos é que se trata de uma doença grave e de rápida transmissão – completou Vernésio, o outro ajudante.

Mordi os lábios inferiores e batuquei o dedo indicador no meu queixo, na esperança de encontrar alguma solução. A doença que acometia o reino de Euroto ainda não havia deixado mortos, mas não parecia estar muito longe disso acontecer, considerando as fotos em minhas mãos.

– Quero cientistas, biólogos, médicos… as pessoas mais capacitadas de todo o mundo glorioso investigando isso o mais rápido possível. Peçam reforço aos outros reinos. Essa é uma questão muito séria que pode afetar Euroto inteiro. Ou ainda todo o mundo glorioso.

Olália e Vernésio tomaram nota das minhas instruções, e eu aguardei o próximo problema. Minha vida no último ano acabou se resumindo a política. Ser rainha exigia muita responsabilidade, e eu estava me entregando de corpo e alma. Essa era a maneira que eu havia encontrado de honrar meu sobrenome e minha família real.

Um ano depois do sumiço dos meus pais e da minha irmã, o mundo glorioso já não tratava mais o caso como desaparecimento; eles passaram a utilizar o termo "decesso" para falar sobre o assunto. Mais tarde fui descobrir que "decesso" nada mais é que um jeito rebuscado de dizer "morte".

Sim, *morte*.

O mundo glorioso inteiro tinha dado Âmbrida, Honócio e Blenda como mortos. Meu lado racional acreditava nisso; o bilhete que os sequestradores deixaram trazia a promessa de matá-los e, convenhamos, a probabilidade de estarem vivos era pequena passado tanto tempo.

Já meu lado esperançoso insistia em crer que não, que os três estavam em algum lugar e em breve voltariam; secretamente eu ainda buscava maneiras de encontrá-los, o problema é que esse otimismo definhava dentro de mim cada dia mais, e era revoltante pensar que eu tenha tido pouquíssima oportunidade de conviver com a minha família biológica.

— Bom, há outros problemas menos graves para relatar-vos, mas hoje completam-se doze meses desde que fostes coroada e acredito ser de suma importância discutir vosso primeiro ano de governo — Olália ergueu a sobrancelha e aguardou minha resposta.

— Creio que sim — respondi.

Ela moveu as mãos e, utilizando sua magia, transformou a mesa em uma espécie de planilha digital. Havia gráficos dos mais variados temas: popularidade, eficiência, dedicação...

— Os primeiros meses foram conturbados para vós. Ficastes menos tempo no mundo glorioso e mais no mundo comum, por questões de segurança. A população sentiu esse momento, mas tudo correu bem e, aos poucos, vós tomastes o controle. Devo admitir que me surpreendeu a forma como administrastes. Embora vós não tenhais sido criada no mundo glorioso, fostes eficiente, atenta e dedicada, Rainha Alisa. Isso fez com que vossa popularidade crescesse.

Olália tocou em um dos gráficos, dando foco em seu pico. Em seguida vinha uma queda.

— Querem que eu me case, não é?

Mostrei o declínio indicado no gráfico. Olália olhou para o chão e suspirou. Provavelmente a intenção dela ao fazer uma retrospectiva do meu governo era justamente chegar àquele assunto.

— Acabei de completar 18 anos aqui, não é possível que eles achem uma boa idade para alguém se casar.

Vernésio ergueu um dedo e puxou o ar para falar, mas eu já previa seus argumentos.

— Eu sei que a realidade aqui é outra, que a maioridade é 15 anos e que a população espera que reis e rainhas se casem. Sei disso tudo, só não estou disposta a me casar com qualquer pessoa para satisfazer a população. Como Olália mesmo disse, tenho feito um bom trabalho com a ajuda de vocês, não preciso de um marido.

— A opinião pública não está sob nosso controle, Rainha Alisa. Embora concorde convosco, é meu dever alertar-vos. Eles estão pressionando. — Olália me entregou algumas páginas de jornal que confirmavam essa exigência popular.

Já estava cansada de ver aquilo por toda parte e não conseguia entender qual a necessidade de que eu me casasse.

– Não penseis que é uma implicância apenas convosco. Há alguns anos, quando o rei de Oceônio assumiu o trono da dinastia Mitz, ainda não havia se casado. A população fez tamanha pressão que ele cedeu. A Rainha Peryna foi apresentada pelo seu irmão Altélius, o rei de Amerina, e eles se casaram – contou Vernésio.

Meu estômago revirou ao ouvir o nome do pai de Petros. Aquele homem era estranho, me deixava aflita.

– Não sabia que a Rainha Peryna era irmã do Rei Altélius. – Pendi a cabeça para o lado, tentando buscar algum registro daquela informação.

– A família Neldoro é muito adorada no mundo glorioso. Há o rei de Ásina, que é primo de Peryna e Altélius e também carrega o sobrenome; há o futuro rei de Euroto, o Príncipe Enélio, que se casou com Cáli e é filho de Altélius... – explicou Olália, e eu concordei com a cabeça me lembrando do casamento e da gafe que cometi ao bater palmas em vez de estalar os dedos.

– Mas Neldoro não é a dinastia oficial em nenhum reino, certo?

Em Amerina, Castelari era o sobrenome da Rainha Luécia, a oficial da dinastia. Eu havia aprendido sobre sua família em uma das aulas com a professora Dânia, de História e Geografia, e sabia que os Castelari eram primos distantes dos Guilever.

– Não. Todos da família Neldoro usam apenas o sobrenome oficial da dinastia, exceto o Rei Altélius, que faz questão de ser apresentado com o nome completo.

– Ah, é por isso que toda vez que alguém vai anunciá-lo, usa o título: "Rei Altélius Neldoro Castelari de Amerina". – Revirei os olhos com preguiça e Olália concordou, tentando esconder o ranço que também sentia dele.

— Mas, retomando o assunto, Majestade... — Olália deu um meio sorriso e ergueu o dedo indicador. — Sei bem que não quereis um casamento forçado, porém, precisamos que comeceis a pensar no assunto.

— Podemos promover festas com mais frequência — continuou Vernésio. — Eventos são ótimos momentos para socializar.

Ai, meus deuses — todos do mundo glorioso! Não era possível que Vernésio estava querendo fazer eventos para que eu escolhesse um marido. Em qual século estávamos?

— Pensarei sobre o assunto — prometi, em uma tentativa de finalizar a conversa. — Mais alguma coisa para a reunião de hoje?

Olália e Vernésio trocaram um olhar e pareceram estabelecer uma conversa mental. No fim, decidiram que não havia nada que não pudesse esperar. Eu sabia o que estavam fazendo: não queriam trazer outro assunto à tona e correr o risco de eu me esquecer da questão do casamento. Planejaram o tópico para o final para que eu saísse da sala com a pendência em mente.

Respirei fundo sabendo que o objetivo seria alcançado; o assunto grudaria em meu cérebro feito chiclete. Girei as duas mãos ao lado da cabeça, fazendo o gesto de despedida, e saí da sala quando os dois me reverenciaram.

— Tens visita — foi a primeira frase dita por Clarina assim que seus olhos caíram em mim. Ela tentava esconder um sorrisinho, o que era suficiente para eu saber a quem minha cuidadora se referia.

— Tu não paras de alimentar esperança, não é mesmo? — bufei de brincadeira.

— Como poderia? — Ela ergueu as mãos e finalmente deixou escapar o sorriso. — Tu e o Príncipe Petros estão sempre juntos. Sei que não há um cortejo oficial, mas há algo entre os dois. Tu vais negar?

— Não nego — respondi balançando a cabeça. — Há algo, sim, e o nome é amizade, Clarina. Estás vendo mais do que a realidade, deixa de ser besta.

Ela deu uma gargalhada, e eu sabia que não era só pelo que havia dito, e sim por *como* havia dito. Clarina achava engraçado o fato de eu variar as expressões e as conjugações. Depois de dois anos no castelo e de todas as reuniões e eventos, eu estava me inserindo cada vez mais na cultura de Denentri. Já era fluente em tranto e já empregava "tu" e "vós" em algumas frases, mas, ao mesmo tempo, continuava frequentando o Ruit e convivendo com os meus amigos, o que não deixava eu me esquecer das nossas gírias e da nossa forma de falar.

— Está bem. Não vais deixar tua visita aguardando-te, não é mesmo? — Ela forçou uma expressão séria e ergueu as sobrancelhas várias vezes.

— Mas você não presta mesmo — falei balançando a cabeça.

Clarina fechou a mão no ar para depois levar ao coração. Era o sinal de "quero-te bem", um dos meus preferidos do mundo glorioso. Repeti o gesto sorrindo e me dirigi à sala onde as visitas eram recebidas.

— Vossa Majestade Real, a Rainha Alisa Guilever de Denentri — anunciou um funcionário do castelo quando entrei na sala.

— Príncipe Petros! — falei com entusiasmo.

— Majestade. — Ele fez uma reverência associada a uma expressão travessa.

— Tua intenção com essa visita é tirar-me do sério? — brinquei.

– Perdoa-me se não sou capaz de resistir à tentação de ver tua expressão falsamente irritada.

A brincadeira dele me lembrou de Dan, que costumava me chamar de "Princesa Alisa", sabendo que eu dispensava o título. No final do semestre completariam dois anos do nosso fatídico término e ele continuava lançando aqueles olhares de ódio sobre mim. De pouquinho em pouquinho, fui tentando superá-lo, o que não significava que não pensasse mais nele. Não raro eu me pegava imaginando como seriam as coisas se tivessem acontecido diferente. Que tipo de relacionamento teríamos construído? Será que daríamos certo juntos? Jamais saberia.

– Tu sabes que estou apenas fazendo uma brincadeira, certo? – Ele arqueou as sobrancelhas e se aproximou, usando um tom preocupado. – Importunei-te?

– Ah, não! – disse rápido, tentando corrigir a expressão que eu devo ter feito ao me lembrar de Dan. – Uma memória me veio à tona, não tem a ver com você. Contigo, quero dizer.

– Podes usar a conjugação que for mais confortável. – Ele riu.

Concordei com a cabeça e respirei fundo tentando afastar aquele clima ruim. Petros cruzou os braços e estudou meu rosto.

– Ainda gostas do garoto do mundo comum.

Encarei-o, chocada. Como Petros havia sido capaz de perceber para onde meus pensamentos tinham ido?

– Estás enganado – afirmei com menos convicção do que gostaria.

– Diga-me, Alisa, se houvesse algo que pudesse ser feito agora para retomar o cortejo, tu aceitarias? – Seu rosto era sério e havia um quê de curiosidade. O que Petros estava querendo dizer?

— Como um passe de mágica para que Dan e eu voltássemos a namorar?

— Sim, um passe de mágica. — Ele balançou a cabeça de leve sem tirar os olhos dos meus. Petros ansiava pela resposta.

O que ele estava sugerindo? Usar um feitiço para que Dan me perdoasse era trapaça, me surpreendia muito que Petros tivesse proposto aquilo, já que o mundo glorioso abominava a ideia de magia interferindo na vida privada dessa maneira. Mesmo assim, confesso que utilizar meu dom me pareceu uma opção rápida e fácil em alguns momentos. Sofri tanto com o que tinha ocorrido que várias vezes tive vontade de usar meus poderes para consertar tudo. Mas eu sabia que não existia magia no mundo capaz de corrigir um detalhe: Dan não havia confiado em mim.

— Não, eu não aceitaria — respondi convicta. Fazer valer a minha vontade era egoísta e desleal.

Petros reprimiu um esboço de sorriso e descruzou os braços.

— Peço que não retomes esse assunto — pedi. Dan estava no passado, e era lá que deveria permanecer.

— Jamais ouvirás de minha boca qualquer outra menção. — Ele fez uma mesura com a cabeça, e eu o agradeci. — Como está tua agenda? Gostarias de jantar em Amerina?

Sua pergunta era graciosa e aquela voz de veludo me convenceu. Apesar de não gostar muito da companhia de Altélius, aceitar o convite me pareceu uma boa ideia, já que minhas refeições em Denentri eram péssimas. Na maioria das vezes eu me sentava à mesa sozinha. Em diversos momentos convidei Clarina para comer comigo, mas ela considerava uma afronta ocupar um lugar na "mesa real".

Um dia levei a comida para o meu quarto, porque não estava mais suportando ter que ocupar a cadeira de rainha da dinastia – onde minha mãe costumava se sentar – e ver os outros lugares vazios. Mas o horror e a repreensão dos funcionários do castelo fizeram com que eu nunca mais repetisse aquilo. Só depois fui aprender com a minha professora Zera que fazer as duas principais refeições – almoço e jantar – na "mesa real" era quase um rito religioso para eles. Por isso eu só conseguia me safar da solidão quando comia do outro lado do portal ou quando recebia um convite.

– Será um prazer – respondi, e Petros deu um sorriso largo.

***

Mundo mágico

– Ficou lindo, Sol! – Nina estava deitada de bruços na minha cama apoiada sobre os cotovelos e dava opiniões a uma loirinha que mexia nas roupas do meu armário.

– Ficou melhor que o outro? – Sol desviou o olhar de uma peça para a outra algumas vezes.

– Invasão no meu quarto agora? – perguntei quando elas não deram a mínima para a minha chegada.

– Ah, oi, fofa – Nina dispensou um sorrisinho irônico, mexeu nos cabelos crespos e volumosos e depois se virou para Clarina. – Você também não acha esse mais bonito?

– Para ser sincera, não sei o que essas peças com tão pouco pano fazem no armário de Alisa. Seria completamente inapropriado que ela as usasse, especialmente na posição de rainha. – Clarina balançou a cabeça, e eu achei graça.

— Toda essa parte do meu guarda-roupa, na verdade, não me pertence. Fica tranquila, Clarina — falei, rindo de sua expressão em choque.

— São mimos que eu peço pras costureiras do castelo fazerem pra mim! As lojas de moda *plus size* do colégio têm umas coisas que ferem uns cinco direitos humanos, no mínimo. As costureiras daqui fazem direitinho, no meu tamanho e com caimento perfeito! — explicou Sol.

— Elas são tão boas que às vezes não acredito que não usam magia — comentei.

— Agora vocês imaginem a cara delas quando peço esses modelos que são zero a cara de Denentri.

— Certeza que ficam chocadas igual à Clarina — zombou Nina, e minha cuidadora fez que não com a cabeça em tom desaprovador.

— Elas passam longos minutos tentando me convencer a mudar de ideia e a colocar mais um pedaço de pano, mas desistem quando mostro peças ainda mais curtas do nosso mundo. — Sol gargalhou.

— E o pior é que esse, por exemplo, nem é tão curto! — Nina achou graça.

— Não? — perguntou Clarina, de queixo caído.

Sol usava um vestido amarelo abaixo do joelho, com manga ombro a ombro e uma fenda na perna. Era precioso.

— Clarina não duraria um dia do outro lado do portal — brincou Nina.

— Acho que vou na festa da minha prima com esse, então — concordou Sol por fim.

— Por que vocês não chegaram cinco minutos antes? — perguntei ao me lembrar de que também precisava escolher uma roupa, mas para usar no jantar em Amerina. — Eu teria companhia e recusaria o convite de Petros, assim não seria obrigada a aturar aquele pai esquisito dele.

— Hmmm... — Clarina sorriu provocativa, e eu me perguntei mentalmente por que cargas d'água havia deixado que ela convivesse com Nina e Sol.

— Já tem quanto tempo que você e o Petros estão nesse rolo? Tá na hora do famoso "ou vai ou racha", não é possível! — Nina se sentou na cama e colocou as duas mãos na cabeça. — Não, sério, sei que teve o lance do namoro falso e tal, mas desde que você se tornou rainha no ano passado, e principalmente depois que voltou a frequentar mais o mundo mágico, vocês estão de caso. Um caso bem à moda daqui, sem muito contato físico, mas que tem alguma coisa, tem.

Inspirei fundo, me preparando para argumentar.

— Nem precisa começar seu discurso. Você sabe que eu não duvido que exista amizade entre homem e mulher, não duvido mesmo. Só que meu faro não falha, Lisa. O Petros é bem a fim de você. E a senhorita — ela apontou o dedo para mim rindo — tá dando corda. Porque se você não cortou as investidas dele durante o ano passado inteiro é porque tem, no mínimo, algum interesse também.

— Olha, vocês três são as amigas em quem eu mais confio, então vou ser bem sincera pra pararem logo de me irritar. Eu até acho que ele talvez goste de mim, mas não consigo corresponder. O Petros é um ótimo amigo, me ajuda muito com as questões culturais e políticas e, diante de toda essa pressão do povo e dos ajudantes de governo, não posso deixar de pensar na hipótese de... — parei quando percebi o que estava prestes a dizer. — Hmmm... bem... Petros seria uma pessoa bastante... oportuna para o cargo de rei de Denentri.

Clarina ergueu a sobrancelha e girou a cabeça para o lado, em um gesto de concordância, Sol pareceu refletir, enquanto o queixo de Nina caía, o choque atravessando seu rosto. Ela tinha entendido que eu "dava corda" por estar, ainda que de leve, interessada no príncipe, mas não havia sacado que o interesse não era exatamente romântico, e sim político.

— Ah, então agora você escolhe marido por esse critério? — Nina usou um misto de ironia e irritação.

Antes que eu elaborasse uma resposta, ela continuou:

— Hmmm... esse é "oportuno". — Nina apontou para um vestido que estava em cima da cama. — Esse não. — E colocou o dedo em outra peça.

— Nina... — tentei.

— Casamento não é como decidir qual roupa usar, Lisa — ela me cortou.

— E agora você deu pra dizer o óbvio? — retruquei cruzando os braços. Nina não sabia da metade da pressão que eu estava vivendo. Me julgar não ajudava em nada. — As coisas mudaram e eu não posso mais pensar como uma adolescente, a única coisa que importa aqui no mundo mágico é que eu sou rainha. Rainha e solteira, o que é um problema aparentemente grave.

Minha amiga e eu nos encaramos, nenhuma das duas parecia disposta a recuar.

— Então, se casar com o Petros é a única saída? — perguntou Sol, alheia ao mal-estar entre mim e Nina.

— É isso ou essa palavra "saída" vai se tornar mais literal pra mim. O povo do mundo mágico não tá disposto a aceitar uma rainha solteira.

— Você não acha que isso vai contra tudo o que acredita? — questionou Nina usando um tom mais calmo. — Se casar deve ser uma opção, não um dever.

– Não tenho controle sobre a cultura daqui – lamentei.

– Tem, sim! Você é a rainha! Mostre para eles que um casamento por obrigação pode ser bem pior do que a falta de um marido – tentou Sol.

Me joguei na cama, suspirei fundo e encarei o teto do meu quarto.

– Eu sei que você não quer arriscar perder o trono e que quer honrar a memória da sua família e fazer o certo, mas às vezes o certo não é aquilo que todo mundo diz que é.

Conversar com Nina nem sempre era bom porque seus conselhos, embora sábios, podiam ser exatamente aquilo que você *não* queria ouvir.

– Preciso me arrumar, Petros tá me esperando – falei me levantando e indo em direção ao armário.

Nina observou cada atitude minha em silêncio, até que entrei no banheiro para me trocar. Eu sabia que se ficasse no quarto mais um segundo, ela diria algo como: "Vou te apoiar no que decidir. Eu só quero que você seja feliz" – porque Nina sabia dar uma de mãe melhor do que ninguém.

Antes de tirar meu vestido azul, me sentei na borda da banheira, apoiei o cotovelo na perna e o rosto nas minhas mãos enquanto tentava decidir o que fazer da minha vida.

Seguir o conselho de Nina ou dos ajudantes de governo?

***

Mundo mágico

– Majestade! – exclamou contente a Rainha Luécia, mãe de Petros, enquanto se levantava da mesa do jantar.

As irmãs e o pai fizeram o mesmo, e eu tentei sorrir e evitar o olhar de Altélius.

— Que alegria receber vossa visita! — disse o rei em um tom duvidoso. Para mim, tudo que saía da boca dele era carregado de ironia.

— Sentai-vos, por favor. — A rainha me ofereceu uma cadeira vazia.

— E, então, Rainha Alisa, como anda vosso governo? — Altélius puxou assunto.

— Bem — respondi seca.

— Imagino que governar sozinha possa afetar-vos de alguma maneira.

— Não governo sozinha, há ajudantes.

— Sim, é claro... — Seus olhos vagaram pela mesa. — Estou dizendo em relação a uma pessoa que divida o trono convosco.

— No momento não é do meu interesse.

Esperei que ele pudesse sentir o incômodo que o assunto causava e me deixasse em paz, mas tudo indicava que o Rei Altélius não sabia o significado de limites.

— Sei que fostes criada em outra cultura, Majestade, porém, no mundo glorioso, prezamos pelo matrimônio. Especialmente o matrimônio de membros da realeza. É importante que saibais vosso dever como rainha de Denentri.

— E é importante que saibais que jamais me casarei por pressão.

O clima tenso era quase palpável, os olhos de Petros e da Rainha Luécia davam a impressão de que iam saltar a qualquer momento. Se minha professora de Cultura ou qualquer um dos ajudantes de governo estivessem ali, certamente me repreenderiam pela falta de tato com o rei de

Amerina, o que poderia "estragar as relações diplomáticas". Mas se Altélius se mostrava insuportável, sem o menor medo de estragá-las, por que eu deveria abaixar a cabeça? Esse não era um papel a que eu gostaria de me prestar.

A refeição intocada em cima da mesa serviu como distração; eu ainda não havia tomado o primeiro gole de vinho. Esta foi uma lição que Petros me ensinara de uma maneira engraçada: se a rainha da dinastia não toma um gole de vinho, os outros não estão autorizados a comer. Depois de um ano de governo, eu já havia me adaptado àquilo, mas toda a situação com o rei me fez esquecer.

– Comamos! – Esbocei o melhor sorriso forçado e levei a taça de vinho até a boca.

– Peço que perdoes a intromissão de meu pai – Petros tentou se desculpar mais tarde, quando me convidou para passear pelo pomar.

– Tudo bem. – Sorri. Não tinha como dizer outra coisa àquela voz aveludada e àquele sorriso largo, os dentes brancos fazendo um contraste perfeito com sua pele negra-escura.

No entorno, as luzes em volta dos troncos davam um clima natalino e aconchegante. O lugar era o queridinho de sua mãe e havia uma grande diversidade de frutas. Uma famosa árvore de folhas azuis e frutas rosadas chamou minha atenção. Fazia tempo que não comia corunelis, a fruta que havia sido nossa única fonte de alimentação quando cheguei ao mundo mágico com meus amigos, dois anos atrás, e tentávamos encontrar Denentri. Tantas coisas haviam acontecido desde então.

– Tu te lembras da primeira vez que me trouxeste aqui? – perguntei depois de dar uma mordida na fruta, e Petros pressionou os olhos enquanto tentava buscar na memória. – Apareceu um jornalista com uma câmera fotográfica, e eu quase morri de susto porque nunca tinha visto uma máquina. Pra mim, aquilo parecia uma arma.

— Ah! — Ele gargalhou ao se lembrar. — É claro! Foi quando começaram os rumores sobre estarmos nos cortejando.

— E foi quando os ajudantes de governo decidiram se aproveitar da situação e propor um namoro falso. — Balancei a cabeça pensando em como tudo aquilo parecia distante.

— A ideia, de certa forma, foi interessante. Serviu para aumentar tua popularidade...

— Até que eu fiz o favor de estragar tudo e deixar minha fama pior do que já era.

— Não foi tua culpa... — ele tentou ser bondoso.

— Ah, não? Não fui eu que te beijei em público? — Ri.

— Tu não me beijaste! — Petros riu junto e tirou um lencinho do bolso para secar minhas mãos úmidas por causa da corunelis.

A bagunça que eu havia feito não era nem de longe uma postura de rainha. Professora Zera me mataria por quebrar tantos protocolos.

— Para a capa do jornal pouco importou se eu havia colocado a mão entre nossas bocas ou não. Pareceu um beijo em pleno lago Monteréula, e isso foi o bastante para o mundo glorioso me considerar uma princesa sem moral e escrúpulos.

— A população estava sendo manipulada. — Ele ergueu a sobrancelha e cerrou os lábios, entristecido com tudo o que havia acontecido no passado.

— Me pergunto por que e por quem... Sempre penso que isso pode estar associado à mort... — Parei de repente quando me dei conta do que estava prestes a falar. — Digo, ao desaparecimento da minha família.

— O que está sugerindo?
— Tentaram a todo custo me desmoralizar e, com isso, acabar com a dinastia Guilever. Como não conseguiram tão rápido, resolveram raptar a família real, mas, por engano, eu não estava com eles. Faz sentido, não achas?
— É cruel, mas... faz. Não tens medo? Digo... a possibilidade de algo acontecer contigo não te assusta?
— No início, sim. Além de sofrer com o desaparecimento da minha família, eu vivia o medo constante de os sequestradores voltarem para me buscar. Passei a estar cercada de seguranças, até dentro do meu quarto. Hoje consegui mudar um pouco essa dinâmica, porém, continuo sendo vigiada.

Atrás de mim, duas seguranças, Abranja e Leônia, tentavam parecer discretas, mas eu sabia que estavam de olho.
— Eu sinto muito por tudo, Alisa.

Ele tocou minha mão em um ato instintivo para demonstrar empatia e recuou quando se deu conta do que tinha feito. Sorri tentando mostrar que estava tudo bem, contudo, ele já tinha aquela expressão tímida no rosto.
— Mas, então... ficaste de me contar os resultados do projeto para os idosos que nós assinamos há um tempo. Como andam as coisas em Amerina? — desconversei para aliviar o clima, e pareceu funcionar.

O problema era que, enquanto ele falava, meu cérebro só conseguia martelar um pensamento: e se eu me casasse com Petros? Existiam diversas objeções: eu não era apaixonada por ele, era nova demais e não estava nem um pouco preparada. Também não sentia como se tivesse deixado Dan definitivamente no passado — eu ainda notava aquela dor no peito só de pensar em como tudo acontecera. Apesar disso, me casar com Petros era uma boa saída.

Ele tinha popularidade, além de bastante treinamento para o trono. Fora que era um bom amigo e uma boa companhia. Poderia vir a desenvolver um sentimento por ele, quem sabe? E ele parecia gostar de mim, o que já era meio caminho andado.

Com aquela linha de raciocínio, eu precisava dar razão a Nina: estava mesmo indo contra tudo o que acreditava. Sempre falei que jamais me casaria ou teria filhos contra minha vontade. Em último caso, abandonaria o trono. Mas pensar assim me fazia sentir como se falhasse com Âmbrida e Honócio. Desistir do governo seria acabar com a dinastia Guilever e desonrar o nome deles.

Por fora, meu discurso era bem firme: não faria nada por obrigação e ponto-final. Só que por dentro eu sabia que seria capaz de abrir mão de muita coisa para corresponder ao que meus pais achariam certo. E me casar fazia parte dessa lista.

Então, já que isso aconteceria cedo ou tarde, por que não com Petros?

CAPÍTULO 2

Mundo meio-mágico

— Essa aula fica cada dia mais chata — reclamei com Nina e Sol enquanto chegávamos na cantina para almoçar.
— Física já não é fácil, com esse professor então... — A loirinha revirou os olhos.
— E que trabalho foi esse que ele passou? A gente vai levar uma eternidade pra fazer e não vai valer quase nada! — Nina bufou enquanto jogava seus cabelos crespos e volumosos para o lado. Ela havia feito um corte fantástico no último fim de semana, e eu só sabia babar no resultado.
— Pelo menos ele deixou a gente fazer em trio!
— Você pediu? — perguntou Sol rápido e seu queixo caiu levemente, como se houvesse algo atípico na atitude de Nina.
Sempre que um professor passava um trabalho em dupla, nós pedíamos para abrir uma exceção e fazer em trio. Éramos um pacote.
— Claro. — Nina deu de ombros e curvou os lábios.
— Bem... — Sol coçou o pescoço e encarou o chão. — É que a Lu tinha me convidado pra fazer dupla com ela

e, como eu pensei que vocês duas poderiam fazer juntas, achei que estaria tudo bem se eu...

– "Lu"? – Nina semicerrou os olhos, colocou a mão na cintura e parou de andar.

– A que sabe tudo de História? – perguntei, entrando no meio da crise de ciúme de Nina.

– Isso! – Sol sorriu para mim, praticamente agradecendo minha intervenção.

– Você sabe quem é, Nina! Ela é do movimento negro.

– Claro que eu sei quem é a Luísa, fofa. Ela me salvou no dia em que fiquei sem base, jamais ia encontrar uma no meu tom de pele nas lojas de maquiagem aqui do colégio. E acho que ela é a única garota do Ruit tão escura quanto eu, foi a minha salvação – lembrou Nina.

O olhar de Nina ia longe, como se estivesse rememorando a cena que nos contava. Mas, de repente, ela voltou a focar em Sol, ativando o modo ciumenta outra vez.

– Desde quando vocês viraram "melhores amigas para sempre" a ponto de você não fazer mais trabalho com a gente?

– Sem ciúme! – Sol riu.

– Tô com ciúme mesmo! – assumiu Nina sem o menor problema. Eu amava o jeito da minha amiga lidar com seus sentimentos: ela simplesmente falava.

– É só porque a Luísa não conseguiu pegar muitas matérias com os amigos dela, então tá meio deslocada – justificou Sol.

– Hmmm, entendi – disse Nina irônica.

– A gente começou a conversar porque aquele professor chato de Física fez o mapa de turma e definiu os lugares de todo mundo, daí, como ficamos perto uma da outra...

— E o próximo passo é se mudar pro dormitório dela? — interrompeu Nina.

Depois daquilo, não aguentei e caí na risada. Nina não podia estar falando sério, podia? Ela se virou para mim, mas sua expressão era de quem segurava o riso para não perder a moral.

— O mais engraçado é que a Sol ainda tenta se explicar — falei em tom de brincadeira, e Nina se desarmou. — Deixa de ser ciumenta, é só um trabalho.

— Só queria te lembrar que nós nos tornamos inseparáveis por causa de um trabalho. — Nina ergueu um dedo em minha direção.

— Podemos almoçar? Tô com fome — falou Sol, rindo da própria tentativa de mudar o rumo da conversa.

— Cadê o Marco? — perguntei enquanto pegava minha bandeja e meu prato para servir o almoço.

Quando me virei para ouvir a resposta de Nina, fui brusca demais e acabei esbarrando em alguém. Preparei meu pedido de desculpas, mas mordi a língua quando ele me encarou.

— Tinha que ser! — falou Dan, lançando aquele olhar de ódio fulminante. Eu quase podia sentir uma dor física quando seus olhos caíam em mim.

— Babaca! — gritei de volta, e as pessoas pararam para nos observar.

Ninguém entendeu direito o que tinha acontecido entre mim e Dan. Um dia éramos o casal mais lindo do Ruit e, no outro, os piores inimigos.

Nina colocou a mão em meu braço e tentou me afastar, mas eu não conseguia tirar os olhos de Dan e parar de me perguntar por que ele havia deixado aquilo acontecer com a gente. Meu coração partia sempre que nossos olhares se cruzavam. Com o tempo, aprendi a me refazer juntando os pedaços, porém a dor continuava ali. Ajudava pensar que aquele era o último ano no Ruit, depois nunca mais nos veríamos e aquela expressão de ódio ficaria no passado.

— Você precisa superar essa história de vez. Já faz quase dois anos desde que terminaram — falou Sol assim que nos afastamos dele.

— Sol! — censurou Nina.

— Não, ela tá certa. — Concordei com a cabeça. — Já avancei muito, ninguém pode negar. Mas a cada vez que eu lembro como tudo aconteceu me dá uma revolta, uma tristeza.

— Foi uma injustiça — lamentou Nina. — Pelo menos serviu pra te mostrar o quanto ele confiava em você. Tem certeza de que queria estar com alguém que não acredita no que você diz?

— Você tem razão. — Ergui os braços.

— Eu sempre tenho. — Ela riu, e eu empurrei seu ombro de brincadeira.

— Algum problema aqui, Alisa? — A diretora Amélia se aproximou para perguntar, provavelmente depois de presenciar a cena anterior.

— Não foi nada — respondi rápido.

— Tem certeza?

— Sim — confirmei, e ela assentiu antes de seguir em frente.

Era engraçado como a diretora Amélia fingia uma distância quando estávamos em público. No ano passado, ela e minha avó Angelina haviam me contado tudo sobre o Norte, o Sul e sobre quem elas eram, e eu também tinha quebrado o sigilo sobre minha origem. Depois desse dia, passei a enxergá-la com outros olhos, e acabamos estabelecendo uma relação diferente. Como ninguém poderia sequer sonhar com as revelações que fizemos umas às outras, mantínhamos um teatro na frente das pessoas. Não podíamos arriscar expor segredos tão grandiosos.

***

Mundo meio-mágico

— Senhorita Febrero. — A supervisora me parou no momento em que me dirigia ao dormitório. Respirei fundo antes de me virar para ela; conversar com a senhorita Guine exigia certa paciência. — A diretora Amélia está solicitando sua presença.

— Aconteceu alguma coisa? — estranhei.

— Isso é ela quem vai te informar, senhorita Febrero — respondeu ela em tom grosseiro.

Revirei os olhos de antipatia, ainda bem que era meu último ano de convivência com a senhorita Guine. Saber que me formaria e deixaria o Ruit era triste? Sim. Mas eu tentava ver o lado positivo das coisas.

Segui em direção à sala da diretora, curiosa com o motivo pelo qual havia me chamado.

— Com licença. — Coloquei a cabeça para dentro da sala.

— Oi, Alisa! — Ela sorriu para mim e depois voltou a encarar o computador. Seu olhar estava concentrado e suas mãos eram ágeis; parecia se tratar de algo importante. — Por favor, sente-se. Me dê apenas um minutinho, só preciso responder a um e-mail e já conversamos.

A curiosidade ardia dentro de mim, e meus olhos buscavam algo ao redor que pudesse servir como distração.

Enquanto analisava o ambiente, me deparei com a parede falsa que havia na sala. A primeira vez que vi o outro lado foi no dia da Celebração, quando a diretora me mostrou as caixas pretas. E a segunda foi no dia em que minha avó apareceu e tudo ficou ainda mais confuso.

Elas queriam saber quem eu era, por que minha magia tinha acionado o alarme programado para denunciar a pessoa procurada pelas autoridades, e como eu aparentava ser dona de um poder diferente das habilidades meio-mágicas.

E eu queria saber tudo. Tudo!

Por que o Norte vendia tecnologia para o Sul? Que tipo de relações tinham? Quais eram os problemas pelos quais o Sul passava e o governo estava abafando? Por que a diretora tinha dito que ambos os governos faziam de tudo para manter as "aparências da divisão"? Norte e Sul não estavam realmente divididos? Por que minha avó estava ali? Como assim ela esteve me procurando por quase um ano? Onde ela esteve durante todo o tempo em que fingia uma viagem para a Europa? Como ela conhecia a diretora? Por que tinha um medalhão do Ruit? Como o livro da aventura de Andora tinha ido parar na biblioteca do colégio?

Amélia tentou arrancar a verdade de mim primeiro, mas fui firme e disse que só abriria a minha boca quando soubesse de tudo. Então as duas cederam, e meu coração palpitou com a possibilidade de descobrir toda a verdade.

– Sou toda ouvidos – foi a última frase que disse antes de ver meu mundo virando de cabeça para baixo com a revelação de tantos segredos.

Vovó suspirou, parecia tentar decidir por onde começar. Ela passou a mão pelos cabelos cacheados, depois alisou seu próprio braço, que tinha quase o mesmo tom de negro que o meu, para, enfim, me encarar.

– Existe uma realidade bastante diferente dessa que você conhece, Lisa. Vou quebrar uma série de protocolos de sigilo para te contar tudo o que deseja saber, mas... vamos lá.

Semicerrei os olhos e foquei no rosto da minha avó, tentando fazer com que meu cérebro fosse capaz de sugar as informações pelas quais eu tanto ansiava.

– O mundo não está realmente dividido como todos pensam. O governo é, de certa forma, unificado. E acaba coordenando as duas regiões.

É bem provável que no meu rosto tenha surgido uma interrogação do tamanho do mundo porque vovó movimentou as duas mãos pedindo calma.

– Como você sabe, no meu tempo, normais e meio-mágicos viviam em harmonia, não havia problemas além dos triviais. Politicamente, os presidentes se alternavam; ora os meio-mágicos governavam, ora os normais; e sempre havia representantes de todos na câmara, no senado... tivemos alguns problemas ao longo da História, mas nada tão drástico. Acontece que, em certos países influentes, começaram a surgir divergências entre os partidos, e eles não queriam mais saber desse acordo de alternância, queriam um projeto de segregação dos mundos para que pudessem governar sem dividir o poder. Contudo, como fazer isso sendo que as pessoas viviam tranquilamente em conjunto? Estimulando o ódio, a guerra, as desavenças... – Ela suspirou. – De quebra, a indústria bélica lucrou bastante.

– Semearam o ódio bem lentamente para que a população não sentisse que estava sendo manipulada por um projeto político – acrescentou a diretora.

– E a sua mãe, Lisa, já faz parte dessa geração que nasceu aprendendo aos poucos a rejeitar o outro, por mais que eu lutasse contra.

Quando vovó disse isso, me lembrei de um trabalho que a Olívia, professora de Contexto Histórico, passou no 1º ano. Tínhamos que perguntar o que nossos pais e nossos avós pensavam a respeito do contrato que dividia os mundos e, no final, dávamos a nossa opinião. Uma das conclusões a que chegamos foi de que a intolerância ia aumentando progressivamente; os avós eram mais abertos, os pais nem tanto, e os alunos odiavam o Norte.

– Então o ódio entre as regiões foi se espalhando por todo o mundo? – Ergui minhas mãos, um pouco irritada com aquilo.

– Alguns países tentaram resistir, mas rapidamente foram sucumbindo à influência externa. Com o tempo, os problemas estavam se agravando de tal modo que grupos iam às ruas pedir pela divisão. Consegue entender? Os políticos queriam a separação, então criaram um conflito e esperaram que o próprio povo clamasse por aquilo. – Vovó suspirou fitando o chão.

– Foi muito bem tramado. E deu à população uma sensação de vitória no momento em que foi estabelecido o contrato – comentou Amélia.

– Mas o contrato não valeu para todos os países imediatamente, né? – perguntei, me lembrando das aulas em que a gente tinha que decorar os nomes dos países que, a princípio, não acataram a ideia da divisão.

– Sim, porém, dentro de sete anos todos as nações estavam sob a mesma ordem. Como Amélia disse, o contrato trouxe um sentimento de triunfo à população, mas, na verdade, os governos mantiveram parcerias internas e ajudas mútuas. É por isso que há comércio entre Sul e Norte, é por isso que ambas as regiões do Brasil se uniram para buscar este poder mágico estranho que surgiu. – Vovó ergueu a sobrancelha, e eu senti a indireta. – Os partidos ficaram com o melhor dos dois mundos: permaneceram com o poder e com as alianças.

– É inacreditável. Sempre tive a certeza de que o contrato havia isolado completamente os mundos. – Segurei o rosto com as mãos, descrente.

– O contrato só serviu para o povo. Nos bastidores tudo segue unido.

– Eles só não contavam que a divisão entre as populações acarretaria problemas – a diretora falou, conquistando minha atenção. – A harmonia entre normais e meio-mágicos garantia estabilidade aos países. Havia regras sobre a utilização de poderes mágicos que deixaram de ser tão respeitadas depois do contrato. Atualmente o Sul de diversos países tem usado magia desenfreadamente, e isso tem afetado a população. Há pessoas reproduzindo dinheiro e gerando alta inflação na cidade, utilizando magia para manipular situações do dia a dia e prejudicar os outros. As coisas estão saindo do controle, e o governo não enxerga que isso é consequência direta da falta de regras e do fim da convivência com normais. Os meio-mágicos estão se esquecendo de como é viver sem utilizar magia 24 horas por dia, pensam que é impossível existir sem ela.

Uma das filosofias de vida do mundo glorioso era a de estar sempre acima da magia. Eles diziam que, se sempre recorressem aos dons, eventualmente não saberiam mais realizar certas tarefas, de modo que a magia se tornaria superior à pessoa. Parecia ser isso o que acontecia no Sul! Os meio-mágicos passaram a usar os poderes de forma desenfreada e agora não conseguiam parar. A magia nem sempre é uma bênção.

– Enquanto isso, em alguns lugares do Norte, a seca e outros problemas ambientais têm complicado a vida de muitos. Percebe a tensão? – Amélia parou um segundo e me olhou. – De formas diferentes, climas como esses estão crescendo em vários países. Alguns grupos radicais nortistas e sulistas entraram em conflito na Europa na semana passada. O contrato gerou ódio e desequilíbrio, pra isso se transformar em uma guerra mundial custa pouco.

– Uma guerra? Você não acha que os governos seriam capazes de contornar? – Eu não queria aceitar a ideia de uma guerra mundial. Na minha cabeça, isso era coisa de livro de História.

– Os governos não têm a menor noção do monstro que criaram. São mais de duas décadas de contrato, isso é mais do que suficiente pra gerar bastante rancor entre os mundos.

– E como vocês duas têm acesso a tantas informações? Tudo o que me contaram parece bem confidencial.

Elas se olharam, e Amélia ergueu o queixo na direção de minha avó, dando a palavra a ela.

– Trabalhamos para o governo – disse vovó de repente, e eu esperava *tudo*, menos aquilo.

– O quê? – Levei a mão à boca de tão assustada que fiquei com a revelação.

– Do jeito que ela diz, até parece que temos a mesma posição. – Amélia riu, e vovó acabou achando graça de uma piada interna. – Sua avó controla tudo. Ela faz parte da alta cúpula do governo e manda mais que os presidentes do Sul e do Norte do Brasil juntos.

– Não exagere, Amélia. – Vovó riu, mas não consegui dar atenção a ela. Meu cérebro tinha pifado com as palavras da diretora.

– Ah, faça-me o favor! Você influencia muito mais que aqueles dois palermas! – Ela gesticulou com a mão em direção à minha avó.

— Se você manda em tudo, por que ainda não acabou com o contrato? — indaguei.
— Porque é necessário muito mais que a minha vontade. O contrato é um projeto político das grandes potências, quem decide realmente são elas. Além do mais, o governo brasileiro não pode saber que eu sou uma unificadora, por isso finjo jogar o jogo deles.
— Você é o quê?
— Unificadora. — Ela ergueu a manga direita da blusa e mostrou uma tatuagem que eu já tinha visto, mas nunca soube o significado. — Assim como Amélia e como várias outras pessoas, faço parte de um grupo clandestino que deseja a quebra do contrato e a unificação dos países.
— Isso existe? — Minha boca se abriu ainda mais. Quantos sustos ainda levaria até o fim daquela conversa?
— Claro! — respondeu a diretora mostrando sua tatuagem também.
— Lutamos escondido, agimos em conjunto com unificadores de outros países, e é por isso que trabalho no governo. Sou uma infiltrada, passo informações ao grupo há anos.
— Vovó! — gritei. Aquilo era demais!
— Eu sei, é muita coisa para absorver. — Ela riu.
— Sim! Calma aí, então, pro governo brasileiro, você é uma pessoa com um cargo influente que trabalha pra manter os interesses dos grupos políticos e esconder tudo isso da população...
— Exato.
— Mas, na verdade, você faz parte dos Unificadores, um grupo clandestino que deseja o fim do contrato e quer que o povo saiba a verdade e viva em harmonia outra vez?
— Isso.

— E ainda é uma espiã que leva informações oficiais pros Unificadores?
— Uma vida perigosa, eu sei. — Ela sorriu.
— Você é incrível! — Se algum dia cheguei a pensar que não fosse possível admirá-la mais, estava enganada.
— Ah, querida... — ela negou com a cabeça humildemente. — Se você tivesse conhecido metade das pessoas com quem tive contato ao longo da minha jornada...

Tentei imaginar quantos ávidos pelo fim do contrato arriscavam suas vidas por aquele ideal e me peguei fantasiando como seria se eu fosse uma unificadora. Puxei o ar para perguntar à vovó como poderia fazer parte, mas me lembrei de que tinha outras questões na fila de prioridades.

— Quantas perguntas quero fazer, vovó! Algumas nem consigo elaborar!
— Que tal *nos* deixar fazer algumas perguntas agora? — tentou ela.
— Não, ainda não! Há muitas coisas pra responderem antes disso!
— Tudo bem, vamos lá, o que mais quer saber?
— Quando soube de toda a história da minha adoção, meus pais disseram que tinha um livro junto comigo naquela estrada, mas não se lembram de tê-lo visto depois. Você era a única que sabia, então imagino que...
— Eu o guardei — respondeu vovó estranhando a pergunta, como se não entendesse por que, entre todas as coisas, eu tivesse decidido por uma questão tão pequena.
— E depois?

Vovó parou por alguns segundos enquanto parecia puxar pela memória.

— Lembro de tê-lo escondido em casa porque era um livro do mundo meio-mágico. Falei para sua mãe não contar a ninguém que o haviam encontrado na estrada. Com seu exame falsificado, você se passava por uma nortista e não podia estar associada a nada mágico. Há um tempo, abri uma gaveta do armário no quarto dos fundos e encontrei o livro, foi quando decidi que precisava trazê-lo para o Sul. Era uma história sobre uma rainha do mundo mágico, afinal. Escolhi colocá-lo no acervo do terceiro ano, já que nem você nem seus amigos tinham permissão para entrar lá, de modo que não me veriam. Vocês nunca souberam disso, mas circulo bastante pelo Ruit. — Ela movimentou as mãos, e eu imaginei quantas vezes estive perto da minha avó sem saber. — Acontece que estava enganada, pois encontrei seu amigo Dan sentado em uma mesa. Aquilo me assustou, e eu acabei deixando o livro escapar das minhas mãos, indo parar debaixo de uma estante. Não tive tempo de pegá-lo, Dan começou a vir na direção em que eu estava, e eu dei um jeito de sair da biblioteca sem ser vista.

Eu quase podia ouvir o som do meu cérebro fazendo as conexões. Era isso! Minha irmã Denna criou um portal duplo que permitia uma passagem de ida e uma de volta através do livro, pensando que tinha criado apenas um de ida. Minha avó escondeu o livro durante todo esse tempo, mas decidiu levá-lo para o Ruit anos depois. Dan estava na biblioteca do 3º ano, onde conseguiu entrar com a ajuda dos amigos que fez no período em que estávamos brigados. Ele nunca parou de ajudar a encontrar a "minha personagem" e achou o livro da aventura de Andora debaixo da estante quando vovó deixou cair sem querer. E, por causa dessa sequência de coincidências, fui capaz de descobrir minha origem.

Uau!

– Por que esse livro é tão especial? – Vovó ergueu os ombros junto com a palma da mão.

– Isso eu conto quando for a minha vez de responder perguntas. – Dei um sorrisinho. – Voltando para vocês... eu imagino que a diretora tenha ido me buscar porque a senhora contou que eu não era uma normal, certo?

Quando Amélia foi até a minha casa e disse que "mecanismos seguros me apontavam como meio-mágica", jamais poderia imaginar que havia dedo da minha avó nisso.

– Contei para Amélia sobre você desde o dia em que seus pais a encontraram. Combinamos que ela iria buscá-la assim que você tivesse idade para entrar no colégio. Era algo arriscado, nós sabíamos, mas também considerávamos injusto você viver uma vida inteira sem receber seu dom.

– Deixa minha mãe saber que, no fim das contas, a responsável por eu ter vindo morar no Sul foi você, vovó. Que atriz!

– Fingir é o que eu tenho feito há muitos anos.

– Fingir e se esconder! Como assim circula muito pelo Ruit sem eu nunca ter te visto? E por que você tem um medalhão do colégio na sua casa?

– Porque eu o conquistei. – Ela mexeu nos cabelos cacheados de brincadeira. – O ganhei quando completei cinquenta anos de ligação com o Ruit. Aos 6, entrei como aluna e depois passei a auxiliar na administração.

– Você achou mesmo que eu daria conta de tudo isso sozinha? Vocês dão trabalho demais! – brincou a diretora, mas meu cérebro tinha parado de funcionar no momento em que a vovó disse ter estudado no Ruit.

– Espera... é o quê?! – falei um pouco mais alto do que calculara. As duas se divertiram com a minha expressão assustada.

— Não sou normal, Lisa. E nós éramos melhores amigas — contou vovó se virando para a diretora.
— Éramos? — Amélia colocou a mão na cintura e fingiu indignação.
— Poxa, Angelina, assim você me magoa...
Então elas caíram na gargalhada, enquanto eu ainda tentava processar a informação.
— *Somos* melhores amigas — corrigiu vovó e colocou um cacho atrás da orelha.
— Não acredito no que tô ouvindo! Vovó é meio-mágica... vocês estudaram juntas!
— E Amélia salvou a minha vida no dia da nossa Celebração.

Era engraçado ver minha avó usando termos tão específicos do mundo meio-mágico, eu ainda não conseguia enxergá-la como sulista.
— O que ela fez?
Vovó respirou fundo, tentando organizar as palavras.
— Você sabe qual o sistema político vigente no mundo mágico? — No início não entendi por que ela tinha mudado de assunto de repente, mas decidi aguardar até fazer sentido.
— Monarquia — respondi, tentando manter uma postura de quem tirou aquela informação dos livros didáticos e não da experiência pessoal.
— E qual é o poder dos reis?
— Eles podem fazer tudo.
— Exato. — Vovó balançou a cabeça. — E você conhece alguém que tenha um rei ou uma rainha como personagem?

Tentei pensar nos meus amigos, colegas, depois ampliei para a família dos meus amigos... nada. Não conhecia ninguém.
— Mas deve ser difícil, são poucos reis e tudo mais...

— Não é por isso — vovó negou. — Os governos têm medo de uma magia tão poderosa. Um poder real poderia estragar a ordem política. Então, no dia da Celebração, eles identificam se alguém recebeu um personagem real e, caso tenha acontecido, perseguem o aluno e o matam. E pior: fazem de um jeito tão perfeito que fica parecendo morte natural.

— Oh... — foi tudo o que saiu da minha boca diante daquela monstruosidade.

— Amélia e eu só descobrimos isso quando viemos trabalhar para o governo, mas, quando éramos adolescentes, adorávamos os livros sobre as dinastias do mundo mágico, e passamos a desejar ter um poder real. Acontece que começamos a nos questionar por que nunca havíamos ouvido falar de alguém que tivesse um rei ou uma rainha como personagem. Pesquisamos na internet, perguntamos aos professores, até que o diretor da época nos chamou e nos proibiu de continuar investigando o assunto. Naquele momento vimos que tinha algo errado nessa história.

Vovó interrompeu a fala por um momento. Seu rosto era sombrio, não havia qualquer sinal do sorriso de outrora.

— Na época da minha Celebração, as caixas não eram sorteadas aos alunos, podíamos escolher qual colega queríamos anunciar. Como éramos inseparáveis, Amélia ficou com a minha caixa, e eu fiquei com a dela. Ela foi uma das primeiras a ir ao palco, e, ao bater o olho no nome da minha personagem, vi por um segundo uma feição de pânico. Mas foi tão rápido que achei que tivesse imaginado aquilo, apesar de conhecê-la como ninguém. Me livrei daquele pensamento e comemorei quando ela falou o nome de uma personagem. Só que o mundo pareceu desmoronar sobre minha cabeça quando peguei o papel amarelo e o que estava escrito ali não era o mesmo nome que ela havia anunciado. Amélia mentiu e com isso salvou minha vida. Mesmo sem saber ao certo o que havia de errado com pessoas conectadas a reis e rainhas, ela agiu rápido e sem titubear. Foi incrível! Eu não teria a mesma agilidade.

— Você não teria a mesma agilidade? Você é uma unificadora infiltrada num alto cargo do governo, faça-me o favor! — falou Amélia em um tom irônico e vovó voltou a sorrir, me deixando agradecida pelo clima ter ficado mais leve.

— Uau! — foi o que consegui dizer. Meu cérebro parecia um computador tentando restabelecer a conexão. — Mas, vovó, como minha mãe é normal se você é meio-mágica?

— Seu avô era normal, e filhos de casais mistos podem puxar um ou outro.

— Você decidiu fingir que era normal para não se separar da família quando criaram o contrato?

— Na verdade, me passo por normal desde que ouvi os primeiros boatos sobre a elaboração de tecnologia para detectar poderes mágicos, antes mesmo da divisão. Falsifiquei documentos e excluí registros para me "transformar" em uma cidadã normal por segurança. Depois entrei para o governo e fui conquistando cargos cada vez mais elevados. Quanto mais alto, mais protegida, já que tinha cada vez menos gente acima de mim me investigando. E isso foi bom quando veio o contrato, não precisei me separar do seu avô e da sua mãe.

— E você nunca mais usou seus poderes?

— Não... — ela lamentou. — Nunca soube, na verdade. Não tive treinamento específico porque fingia ter a personagem que Amélia falou no dia da Celebração. Fiz poucas coisas com minha magia, nem sei se conseguiria repetir hoje.

— E qual rainha é a sua personagem?

Eu sabia que não seria nenhum membro da realeza vivo atualmente, uma vez que as pessoas do mundo meio-mágico só recebem personagens que já morreram no mundo glorioso. Tentei pensar nas rainhas que tinha estudado com a professora Dânia, havia várias com histórias de vida bem legais. Qual delas seria?

— Provavelmente já ouviu falar dela. — Vovó balançou a cabeça. — É a mesma do livro que seus pais encontraram com você: Andora Guilever.

— Ai. Meu. Deus! — gritei me levantando do sofá.

Meio-mágica, ex-aluna do Ruit, unificadora espiã, infiltrada em um cargo elevado do governo e dona do poder de ninguém mais, ninguém menos que Andora Guilever! O que mais faltaria descobrir sobre minha avó?

— O que foi? — Ela se assustou.

— Vovó, acho que tá na hora de eu chocar vocês duas um pouquinho. Garanto que o que tenho pra contar também vai ser revelador. Estão preparadas?

Depois daquele emaranhado de informações, foi a minha vez de deixá-las com os olhos bem arregalados a cada palavra. Foi engraçado, não vou negar.

CAPÍTULO 3

Mundo meio-mágico

—Terminei. Me desculpe por tê-la feito esperar, era um e-mail urgente. – A diretora ajeitou seus cabelos crespos e girou a cadeira, me trazendo de volta daquela lembrança de um ano atrás.

A enxurrada de memórias me fez perder a noção do tempo, mas bastou que ela atraísse minha atenção para resgatar minha curiosidade. Por que a diretora havia me chamado em sua sala? Ela uniu as mãos e apoiou os cotovelos em sua mesa.

– O que tenho para tratar com você também é sério, Alisa. Um aluno do 3º ano esteve em minha sala mais cedo contando que escutou o Daniel falar sobre uma pessoa procurada há quase dois anos pelo governo. Ele disse que não entendeu tudo muito bem, mas que tem certeza de que o ouviu afirmar que essa pessoa estaria escondida no Ruit.

– Não é possível. – Coloquei as mãos no rosto e balancei a cabeça.

– Ele disse que o Daniel parecia revoltado ao falar.

— Hoje nos esbarramos no refeitório e ele ficou bravo, mas não é motivo para espalhar uma informação dessas por aí!

— É exatamente por isso que te chamei. De forma alguma quero me intrometer em sua vida pessoal, mas, embora haja certo desafeto entre vocês dois, o Daniel sabe de muita coisa sobre você, e isso pode ser arriscado. Tentei pensar em alguma solução, porém, como diretora, não posso utilizar nenhum tipo de magia nos alunos em casos como este. Indico que você busque auxílio no mundo mágico.

— Nunca pensei que o Dan pudesse representar um risco pra mim — lamentei batucando os dedos em minha perna e tentando elaborar qualquer tipo de providência, a longo e a curto prazo. — Não posso usar meus poderes aqui, senão as autoridades me encontrariam, mas posso tentar pensar em uma forma de levá-lo até o mundo mágico. Ou encontrar um jeito de usar meus poderes lá para afetá-lo aqui. Será que é possível?

Nenhuma aula sobre isso me vinha à mente, eu iria precisar pedir socorro à mestra Louína.

— Espero que consiga. De qualquer forma, continuarei buscando alternativas e peço que me mantenha informada, por favor.

— Tá bom. Obrigada mais uma vez, diretora.

— Imagina, querida. — Ela sorriu daquela forma carinhosa, e eu me levantei para sair.

Tentei processar a informação no caminho para o meu dormitório; o garoto que tanto ajudou a descobrir minha história era uma ameaça agora. Ele poderia me ferrar de verdade se quisesse. Será que seria capaz de fazer isso?

— Dan tá me entregando — falei assim que entrei no quarto e encontrei Sol e Nina fazendo o dever.

— Como assim? — As sobrancelhas de Nina se ergueram.
— Tá espalhando que tem uma pessoa procurada pelo governo escondida no Ruit.
— Eu não acredito que o Dan seja capaz de fazer isso. — Sol negou incisivamente com a cabeça.
— Também não acreditava, mas a imagem que tenho dele é a de uma pessoa que não existe mais. Faz quase dois anos que terminamos. Ele mudou.
— O que você vai fazer? — Nina se levantou, a preocupação era evidente em seus olhos.
— Tentar descobrir uma forma de apagar a memória do Dan sem utilizar meus poderes aqui no mundo meio-mágico.
— Você quer que eu tente conversar com ele? — propôs ela. — Ou quer que eu peça ao Marco pra intervir?
Neguei enquanto pegava meu livro que continha o portal.
— Não quero arriscar fazer algo que possa piorar as coisas. Dan se transformou em um verdadeiro babaca, a gente tem que manter distância. Vamos torcer pra Louína me ensinar um jeito — falei erguendo meu livro-portal para o mundo mágico.
— Boa sorte — disseram as duas em coro, e eu esperava que realmente a sorte pudesse estar um pouquinho ao meu lado.

***

Mundo mágico

Atravessei o portal me perguntando se algum dia na vida teria paz. Desde que descobri a verdade sobre minha origem, a rotina nunca mais fora a mesma. É claro que eu tinha gostado de ver as peças se encaixando, mas nada anulava o turbilhão de acontecimentos pelo qual eu passava.

— Olá, Rainha Alisa. — Petros me reverenciou assim que cheguei à sala do castelo.

— Ei, Petr... digo... Príncipe Petros — corrigi rapidamente quando ele fez uma expressão assustada e olhou para os funcionários em volta. Abranja, minha segurança, tentava conter uma risada.

O mundo glorioso tinha algumas regras de etiqueta diferentes e falar apenas Petros era considerado "falta de respeito" de certo modo. Honestamente, eu ainda não havia sacado muito bem essa questão cultural. Quando Petros e eu éramos apenas amigos, estava tudo bem chamá-lo pelo nome, depois, quando começamos a fingir um namoro, passou a ser um absurdo, não podíamos mostrar intimidade em público.

Isso parece fazer algum sentido? Amigos podiam, tecnicamente, mostrar mais intimidade do que um casal. Para piorar, não conseguia entender por que agora que voltamos a ser amigos eu não podia chamá-lo de Petros outra vez. A explicação que recebi era a de que éramos ex-namorados, então continuava sendo inapropriado.

— Como estás? — Petros tinha aquele jeitinho de quem pergunta com interesse genuíno na resposta, não era como se ele estivesse apenas sendo educado.

— Um pouco preocupada... — confessei, e me sentei no sofá enquanto apontava com a cabeça para o lugar vazio ao meu lado. Petros aceitou meu convite não verbal e semicerrou os olhos, querendo saber mais sobre o meu problema. — Dan anda espalhando sobre mim na escola. Isso pode me ferrar.

Ele curvou a cabeça e forçou ainda mais os olhos.

– Pode me prejudicar – falei, quando notei que ele não tinha entendido a expressão.

Às vezes era difícil ligar o botão "Alisa, rainha de Denentri" e desligar o "Alisa, adolescente comum do mundo meio-mágico". O pior era quando eu usava termos e conjugações formais no meio da aula no Ruit, meus colegas ficavam sem entender nada.

– O que exatamente ele está dizendo?

– Eu não sei tudo com detalhes, mas parece que alguém o ouviu contar que tem uma aluna procurada pelo governo escondida no colégio.

– Achas que ele seria capaz de falar sobre o mundo glorioso e sobre tua origem real?

– Sinceramente, não sei mais do que ele é ou não capaz, o Dan tá estranho. Não sei o que o fez mudar tanto, mas ele não é mais o garoto de quem eu costumava ser amiga.

Petros desviou os olhos e se ajeitou no sofá, parecendo desconfortável com o assunto.

– Por que não te mudas para o mundo glorioso de forma definitiva?

– Ainda que eu faça isso, continuarei temendo pela minha família normal. Se alguém suspeitar de mim, rapidamente investigarão meus pais e meus irmãos, e só de pensar em algo de ruim acontecendo com mais uma família minha, sinto um desespero…

– Compreendo – murmurou o príncipe, assentindo. – Tens alguma ideia?

– Preciso achar uma forma de controlar o Dan utilizando meus poderes daqui, já que não posso usá-los do outro lado do portal. Assim eu conseguiria fazer com que parasse de espalhar meus segredos e poderia proteger a mim e à minha família. Já ouviste falar de algum feitiço assim?

Mais uma vez Petros não conseguiu me encarar, e a forma como movimentava os lábios era um claro sinal de nervosismo.

– Me desculpa, Rainha Alisa, acabei de me lembrar de uma tarefa que a minha mãe me delegou, preciso voltar a Amerina. Falamo-nos depois?

– Hmm... sim... claro – respondi sem entender muito bem sua pressa.

Sem falar mais nada, Petros se teletransportou, e meus olhos ficaram fixos no lugar onde ele estava. Tentei imaginar o que poderia ter trazido tanto desconforto a ele e até repassei nosso diálogo mentalmente, será que eu tinha dito algo incômodo?

Balancei a cabeça para me livrar daqueles pensamentos e me levantei para ir em busca de minha mestra, torcendo para que ela pudesse encontrar uma solução.

– Precisas de mim. – Ela surgiu na sala de repente, e seu tom não era de quem pergunta, mas de quem afirma. Às vezes eu considerava o fato de Louína poder ser mesmo um fantasma do além capaz de ler mentes.

– Preciso de um jeito de controlar uma pessoa do mundo comum.

Louína suspirou impaciente e deu as costas para mim, como se não tivesse tempo para um draminha adolescente. Corri atrás dela para explicar que a situação exigia seriedade, não era como se eu estivesse tentando conquistar um garoto qualquer por simples capricho.

– Não tenho respostas, mas irei em busca do que me pedes.

– Obrigada, mestra Louína.

Ela deu as costas, e eu soltei uma risadinha; nada mais Louína do que aquele jeitinho de me tratar. Depois de tanto tempo, eu já estava acostumada e confiava em Louína como em poucas pessoas.

CAPÍTULO 4

Mundo normal

No meio de tanto caos, só havia um lugar onde eu poderia esquecer os problemas e me sentir mais normal por pelo menos alguns minutos.

– Ora, ora... – Mamãe colocou a mão na cintura e ergueu as sobrancelhas quando me viu. – Quem é vivo sempre aparece!

– Mãe... – Tentei interromper o show que eu sabia que começaria, mas era uma batalha perdida.

– Rodolfo, corre, parece que alguém lembrou que tem mãe, pai e irmãos! – Ela girou a cabeça na direção da cozinha, sem perder a pose. – Mas corre mesmo, porque ela pode sumir em segundos.

– Pode parar de ser boba? – Me aproximei para abraçá-la e dar um beijo em seu rosto.

– Eu sou boba por sentir sua falta? – ela fez drama.

– Minha vida tá uma bagunça e eu vim aqui atrás de calmaria, então, sem jogar pedra, por favor. Trégua – pedi rindo, e ela acompanhou.

– Você já lanchou?

— Ainda não.
— Então senta ali na mesa que eu vou chamar seus irmãos. É Bianca, Bernardo e Beatriz, caso você tenha esquecido os nomes — brincou ela mais uma vez, mas depois ergueu as mãos como quem se rende.
— Lisa! — gritou Beatrizinha vindo ao meu encontro. Abracei meus três irmãos e meu pai como se não os visse há meses. Eu sentia muito a falta de cada um.
— Você não ficaria tanto tempo sem nos ver se nos levasse mais ao castelo... — Bia lançou a frase no ar como quem não quer nada.
— Eu super levaria, Bia, mas as coisas estão complicadas, por enquanto não dá. Mais pra frente a gente combina, tá bom?
— Eu também? — Beatrizinha se animou enquanto passava geleia em sua torrada. Como ela tinha crescido tão rápido? Outro dia mesmo fazia a maior bagunça para comer e agora já era independente para tantas coisas...
— Claro!
— Quando você diz complicadas... — Meu pai tentou retomar o assunto de forma discreta enquanto Bê e Bia começavam a planejar o que fariam quando eu os levasse ao mundo mágico.
— Tenho trabalhado muito pra conquistar a aprovação do povo, mas eles ainda me enxergam como uma estrangeira que dominou o reino, especialmente depois que minha família mágica...
Não consegui completar a frase, e meu pai balançou a cabeça sutilmente colocando a mão sobre a minha, em um gesto de compreensão.
— Eles querem que eu me case — soltei de repente e aguardei a reação da minha mãe.

— Não me olhe assim, não vou comentar nada. Lavo as minhas mãos — disse ela dando de ombros.

— Não é tão simples assim...

— Eu só acho engraçado que, antes de aceitar a coroa, você me disse que não faria nada por obrigação. Caso fosse necessário abriria mão do reinado — ela retomou uma conversa que havíamos tido havia algum tempo, e eu sabia que dona Catarina jamais seria capaz de "não comentar nada".

— Você me ensinou que a vida é feita de escolhas, e eu optei por seguir o que meus pais mágicos me instruíram nesse curtíssimo período de convivência. Mas tudo tem uma consequência, e eu vou ter que lidar com a minha.

— É inaceitável que você se case aos 17 anos sem ao menos desejar isso.

— Tecnicamente já fiz 18.

— Pra mim você só faz em julho — contradisse ela com o dedo em riste. — E ainda assim, Alisa, você não quer se casar, não acho certo fazer isso por obrigação!

Abaixei a cabeça e respirei fundo. Estava bem claro que aquilo era uma verdade inquestionável.

— E por falar em aniversários... tem uma duplinha prestes a ficar mais velha, né? — Olhei para Bia e para Bê, na tentativa de desviar o foco da conversa. — Como vamos comemorar?

Meu plano de mudar de assunto foi bem-sucedido, mas não era nada reconfortante perceber que meus irmãos do meio estavam crescendo e, portanto, uma festinha para a família e alguns amiguinhos não era mais o suficiente. Os dois agora queriam um "dinheiro para gastar no shopping com os amigos". Meus irmãos tinham se transformado em dois adolescentes.

Depois do golpe que meu coração de irmã mais velha levou, encarei Beatrizinha, minha irmã mais nova, e toquei em seus cabelos cacheados.

– Por favor, prometa pra mim que nunca vai crescer!

Quando a pequena concordou com a cabeça e disse que iria ser criança para sempre, passou pela minha mente que eu também gostaria daquilo. Eu vivia a transição da adolescência para o universo adulto, mas já estava nítido para mim que, a cada ano que passava, mais problemas pipocavam. Viver num mundo inocente e de fantasias era uma dádiva.

– Ah, de novo? Não é possível! – reclamou mamãe ao ouvir uma das chamadas do jornal que passava na TV ao lado.

O preço de alguns alimentos subiria na próxima semana, e, pelo que estava acompanhando, estes aumentos haviam se tornado bastante frequentes no Norte do país, que passava por momentos difíceis em relação às necessidades básicas da população. Algumas cidades viviam secas horríveis e, além da falta d'água para consumo, as safras de alimentos estavam sendo prejudicadas, o que resultava em problemas sociais complicados.

Enquanto o Norte vivenciava dificuldades pela escassez, o Sul passava por desafios pelo excesso. O governo sulista não estava mais conseguindo esconder, e os noticiários deixavam claro como a utilização desenfreada de magia estava desestabilizando a sociedade. Os problemas que ouvi aquele cara de terno preto contar à diretora Amélia no estacionamento da escola não só deixaram de ser secretos como pareciam ter piorado.

As autoridades sulistas estavam investindo em fiscalização para prender os que passavam dos limites, mas era problemático perceber que no dia a dia, mesmo que não fizesse nada ilegal, a população estava se tornando refém do próprio dom. Nina me contou que um programa de domingo à tarde mostrou uma família em que mais ninguém sabia cozinhar ou fazer atividades simples em casa, eles dependiam da magia de um dos membros para tudo.

De maneira geral, a forma como utilizavam seus poderes era alienante. A população estava perdendo a capacidade de ser criativa, de interagir uns com os outros, de resolver problemas. A autonomia do Sul estava se esvaindo.

– Como está o resto da família? Todo mundo bem? – tentei mudar de assunto antes que a tristeza pelo que o jornal noticiava tomasse conta de nós.

– Sempre perguntam de você... – disse mamãe enquanto servia uma xícara de café.

– Por que você não dá uma passadinha na sua avó? Ela tem trabalhado bastante ultimamente, tenho certeza de que vai ficar muito feliz com uma visita sua... – propôs papai.

Vovó era a pessoa da família que eu mais via. Depois de descobrir que ela era melhor amiga da diretora Amélia e que a auxiliava na administração do Ruit, passei a me encontrar com ela em sua sala, cujo acesso era bem restrito.

– Claro! – respondi como se realmente não visse vovó há muito tempo. Minha mãe ainda precisava absorver a história do casamento, e eu daria um tempo a ela.

Desci as escadas, atravessei o jardim da entrada e saí pelo portão. Vovó morava bem ao lado, e sorri assim que a vi na varanda com um *notebook* no colo. Ela parecia bem concentrada.

– Atrapalho? – perguntei antes de entrar.

– Oi, querida! – disse ela desviando a atenção do computador por dois breves segundos.

– Muito trabalho aí?

– As lideranças dos Unificadores estão divergindo muito... – ela foi direto ao ponto enquanto olhava ao redor, se certificando de que ninguém nos ouvia. – Vamos pra dentro?

Atravessamos a porta de madeira que continha a placa "Lar doce lar" e nos sentamos no sofá cheio de almofadas bordadas. Pensando nos estereótipos, vovó Angelina seria a última pessoa que eu elegeria como espiã unificadora infiltrada no governo; tudo em sua casa colaborava para passar a imagem daquela avó meiga com dedicação exclusiva à família – e eu adorava esse contraste.

– Bem... os conflitos na Europa estão se intensificando e alcançando outras regiões. Norte e Sul de diversos países estão declarando guerra oficialmente, não tem como não temer o que vem acontecendo. As guerras afetam comércios, relações, acordos... a insegurança tá aumentando. E neste momento as lideranças de grupos Unificadores de todo o mundo discutem a melhor forma de atuar. Há quem pense ser o momento certo para agir, revolucionar e exigir o fim do contrato de divisão, mas há quem discorde.

– Por quê?

– Revelar a existência dos Unificadores pode ser um tiro no pé. Se não conseguirmos unir força suficiente, não será possível alcançar o que queremos, e os governos se prepararão para revidar e se fortalecer. Temos apenas uma chance de fazer isso dar certo, o problema é saber *quando* tentar.

– Como assim apenas uma chance?

– Quando os Unificadores se revelarem para a sociedade, será para exigir o fim do contrato. Nesse momento, os governos descobrirão quantas pessoas estiveram escondidas por todo esse tempo, como eu. Se não conseguirmos o fim desse regime mundial, todos os "rebeldes traidores", como eles provavelmente nos chamarão, serão punidos.

– Ah... e você acha que os Unificadores estão prontos pra quebrar o contrato? – Comecei a sacudir a perna quando as coisas fizeram sentido. Ou eles acabavam com esse sistema de divisão ou o sistema acabaria com eles.

– Olha, temos muitas informações, sabemos os pontos fracos das grandes potências, temos centenas de milhares de membros espalhados pelos mundos, mas... ainda não acho que é o momento. Seria precipitado. – Vovó passou as mãos pelos cachos grisalhos enquanto seu olhar ia longe. – O problema é manter os Unificadores alinhados, tenho medo de divisões... Se metade decidir agir contra os governos, eles não só colocarão a si mesmos em risco como nos entregarão também. E, se ainda não somos capazes de conseguir o que queremos, imagina metade de nós...

– É estranho pensar em como as pessoas não têm nenhuma noção do que tá acontecendo. O mundo inteiro pode entrar em guerra! Sulistas contra nortistas, Unificadores contra governos, mas ninguém faz ideia disso.

– Os bastidores políticos não são pra qualquer um.

Vovó se voltou para o computador e o movimento que fez com o braço deixou a tatuagem dos Unificadores à mostra.

– O que significa? – Apontei, e ela seguiu a direção do meu olhar.

– É uma rosa dos ventos. Representa os pontos cardeais e colaterais: norte, sul, leste, oeste, nordeste, sudeste, noroeste, sudoeste. Ou seja, as nomenclaturas que as regiões de cada país costumavam ter antes de tudo ficar dividido entre Norte e Sul. Como o objetivo é voltar com as múltiplas regiões e acabar com a segregação atual, escolheram esse símbolo.

Achei bonito o significado da tatuagem e fiquei imaginando uma dessas em mim.

— Vovó, eu quero agir, quero ajudar a mudar as coisas.

— Eu sei disso — respondeu ela erguendo uma sobrancelha e em tom reprovador.

— Por que não me deixa fazer parte dos Unificadores?

— Lisa... — Ela suspirou, colocando o computador de lado e voltando a me encarar. — Não quero você metida em algo tão perigoso... Por que acha que sua mãe nunca soube de nada a meu respeito? Nem mesmo que sou meio-mágica?

— Mas eu sei!

— Porque não consegui evitar.

— Escuta, vovó. — Segurei sua mão e encarei seus olhos. — Eu sei que quer me proteger, mas sinto que faço parte disso. Quero ajudar a mudar as coisas, quebrar o contrato, destruir esse sistema que só incita ódio e guerra! Quero ajudar a fazer uma revolução!

Ela tombou a cabeça para o lado e me analisou por alguns segundos; um sorrisinho brotou em seus lábios.

— Vejo em você a pessoa que fui anos atrás. — Vovó fechou os olhos e apertou minha mão. — Preciso passar mais tempo com você, Lisa, preciso voltar a sentir essa garra, essa força... Sou unificadora e acredito que podemos conseguir, mas, depois de tanto tempo, me pergunto se eu realmente verei o fim do contrato; talvez isso seja coisa pra daqui a muitos anos...

— Não, vovó, a gente pode fazer isso agora!

— Você não tem medo?

— Tenho — concordei em voz baixa. — Mas não consigo deixar que ele me impeça de fazer o que acho certo.

— Você parece mesmo ter nascido pronta pra arriscar sua vida por um ideal que te soe justo. — Vovó sorriu com um brilho nos olhos.

— Tive uma boa criação. — Pisquei para ela.

Ela suspirou, mas sua expressão não era a de quem iria ceder ao meu pedido.

— Tenho muito orgulho da pessoa que se tornou, meu amor. Mas sinto que preciso te proteger, principalmente sabendo de onde você veio. Não quero que se arrisque entrando para os Unificadores agora. Ninguém sabe o que está por vir, e você precisa se manter muito segura, *Rainha Alisa* — vovó segurou meu queixo e deu foco na palavra, como se quisesse me lembrar do cargo que eu ocupava.

— Mas, vó...

— Um dia — respondeu ela ao se levantar. — Já tomou café?

Sabia que esse era o fim da conversa. Era frustrante ver todo mundo ao meu redor tentando me proteger, quando toda a magia que existia em mim me sinalizava que eu era capaz de me defender de qualquer coisa. Mas eu ainda não havia desistido. Não mesmo.

CAPÍTULO 5

Mundo mágico

—Boa tarde, Clarina — cumprimentei apressada enquanto tirava meu tênis e jogava em algum canto do meu quarto. Ela meneou a cabeça e deu um sorriso.

— Majestade, aqui está. — Clarina me entregou um vestido branco com detalhes coloridos, e eu fui até o banheiro me trocar.

Essa era uma rotina decorada por nós duas. Saía apressada da última aula, comia alguma coisa rápida e ia direto para o mundo mágico, onde às 13h acontecia minha reunião com Olália e Vernésio.

— Príncipe Petros esteve no castelo pela manhã. Disse que precisava falar contigo — anunciou Clarina assim que saí do banheiro. — Tomei a liberdade de convidá-lo para um lanche na parte da tarde, se não te importas.

Neguei com a cabeça e avaliei o que vestia no espelho do meu quarto. Era bonito e confortável, uma verdadeira raridade entre as peças que habitavam meu guarda-roupa desde que havia me tornado rainha.

— De maneira alguma. Petros é sempre uma boa companhia — respondi.

— Imagino que sim. — Ela tentou conter o sorriso, mas só o tom de Clarina já era provocador o bastante.

Minha primeira reação era pedir que deixasse de ser tão boba e negar que houvesse qualquer coisa entre nós dois, mas, naquele momento, meu cérebro me levou por outro caminho. Dei as costas para o espelho e encontrei seu olhar.

— Clarina, tu achas que Petros seria uma boa escolha?

— Tua dúvida é como governante ou como esposo?

— Os dois.

— Bem, creio que o Príncipe Petros entende muito de política, além de ser carismático e agradar à população. Como pessoa, é atencioso e parceiro.

Petros tinha uma lista de qualidades sem precedentes, estava óbvio que me casar com ele resolveria grande parte dos problemas em que estava metida. Balancei a cabeça e conferi o relógio. Se demorasse demais, acabaria me atrasando.

— Tu saberás tomar uma decisão sábia, Alisa. — Ela sorriu tentando me reconfortar, e eu agradeci o gesto.

Caminhei apressada para a sala de reuniões com a ansiedade acelerando as batidas do meu coração. Não tinha para onde fugir, Olália e Vernésio tinham conseguido plantar a ideia do casamento na minha cabeça de forma irreversível.

— Boa tarde — falei aos ajudantes que já se encontravam na sala.

— Majestade. — Todos se levantaram para me reverenciar.

— Espero que tenhais desfrutado de uma boa manhã — Olália tentou ser simpática, mas eu já a conhecia por tempo suficiente para saber que havia muitos problemas a serem debatidos ali. Para mim, sua fala soava como: "espero que a manhã tenha sido boa, porque a tarde...".

Sentei-me à mesa, aguardando ser bombardeada pelos inconvenientes selecionados para o dia.

– Esta é a capa de um dos jornais de hoje – Vernésio foi direto, me entregando o papel.

Havia um casal de mãos dadas na fila da bilheteria de um teatro. Girei a cabeça para o lado, tentando encontrar o X da questão. O que havia de errado naquela foto?

– Estão dizendo que vós estais desvirtuando a juventude do mundo glorioso e incentivando isso. – Vernésio apontou para a foto, e eu tornei a buscar por qualquer detalhe que tivesse passado despercebido.

A verdade é que não havia nada ali que eu enxergasse como um problema. Repassei mentalmente algumas questões culturais que já tinha vivido no mundo glorioso e me lembrei de que eles eram bastante conservadores. Então a palavra "desvirtuando" ficou martelando em minha cabeça. Me aproximei mais da foto e, mesmo que não desse para ver direito, pude imaginar qual era o ponto.

– Porque são duas mulheres? – perguntei preguiçosa. Então o mundo mágico também era homofóbico?

Desde que assumi o governo, passei a me esforçar em dobro para conhecer a população e sua cultura. Já havia aprendido muito sobre o mundo glorioso, e, pelo visto, aquele era um dia para ter contato com um traço sombrio: o preconceito.

– Há? Jamais sairia na capa de um jornal algo tão... – O ajudante de governo ficou alguns segundos buscando uma palavra, e eu inspirei fundo, me preparando para ouvir o pior. – Comum – disse ele por fim, me deixando surpresa.

— Comum? — repeti sem entender. — Estás me dizendo que pro mundo mágico um casal de duas mulheres é algo completamente *comum*?

— Não estou compreendendo a vossa questão com os gêneros, o reinado anterior em Oceônio era das rainhas Delitha e Yanna — interferiu Olália.

— E em Ásina tivemos os reis Iorin e Klang há poucas décadas — acrescentou Vernésio.

— Sério? — perguntei empolgada. — Preciso que a professora Zera prepare uma aula sobre isso!

— Rainha Alisa, sei bem que viestes de um outro mundo e fostes criada em outra cultura, mas não compreendo o que está acontecendo aqui — falou Olália naquele tom de quem pisa em ovos.

— Não sei se quero contar as coisas horríveis que acontecem no outro mundo só porque as pessoas acham que podem determinar como as outras devem amar.

— Existem regras para o amor no mundo comum? — perguntou Olália, intrigada. — Quem as define?

Suspirei sem saber por onde começar a explicar. Eu estava vivendo um dos maiores choques culturais, o mais interessante para ser honesta. Olália estava tão surpresa que não era capaz de compreender, o que só comprovava que ninguém nasce preconceituoso, só aprende a ser.

— É uma longa história, posso contar depois pra vocês, mas antes queria saber qual é o problema da foto.

— A questão é a troca de afeto, vede! Estão de mãos dadas em local público. Para as gerações mais velhas e até para parte das mais novas, é assustador.

— E estão retomando o escândalo do lago Monteréula, quando beijastes o Príncipe Petros, como se o exemplo que dais estivesse corrompendo a juventude gloriosa.

— Calma, então a grande questão aqui são as mãos dadas? — Ergui os braços, ainda confusa.

— Exato.

Então Vernésio e Olália explicaram como tudo acabava nos questionamentos sobre meu casamento. O foco era criticar meus costumes adquiridos no outro mundo, que faziam com que eu não estivesse preocupada em me casar. Eu era uma afronta, segundo o jornal.

— Eu sei que parece algo simples, uma fofoca, mas precisamos alertar-vos, Majestade: isso pode vir a se tornar algo complicado para vosso governo, uma crise até.

No meu imaginário de contos de fadas, reis e rainhas faziam o que bem entendessem da própria vida, mas, a cada dia, ficava evidente que a realidade era algo muito distante disso. Não que eu estivesse detestando o posto, contudo, as responsabilidades e as exigências que vinham no pacote eram questões que eu achava que só teria de lidar no futuro.

O que eu não daria para ter meus pais comigo?

O resto da reunião com os ajudantes seguiu como de costume. Em meio às questões que tínhamos que deliberar, conseguia fazer minha mente se desviar um pouco. Mas vira e mexe lá estava eu pensando sobre como a recusa em me casar afetava meu governo. E pior: o que aquilo poderia vir a representar.

Estava na hora de ser uma rainha madura e de tomar decisões para além da minha vontade; um bom reinado exigia muito, e aquele era um dos primeiros desafios que iria enfrentar.

— Vossa Alteza, o Príncipe Petros Castelari de Amerina — anunciou o funcionário quando Petros e eu nos encontramos na sala principal, e eu sorri com sua presença.

A companhia do príncipe era uma das melhores coisas que eu tinha no mundo glorioso.

— Majestade. — Petros meneou a cabeça de leve.

— Boa tarde, Príncipe Petros Castelari — devolvi a cortesia no tom formal, mas com o deboche de sempre.

Nós sabíamos como deveríamos nos portar, mas isso não me impedia de fazer uma expressão zombeteira.

Busquei em Petros um reflexo da brincadeira, mas o príncipe se manteve sério e impassível. Não era o Petros de sempre.

— Preciso falar contigo — disse ele com seriedade.

— Eu também — respondi.

Petros me encarou, sua expressão denunciava a curiosidade.

— Podes dizer. — Ele gesticulou com as mãos, me dando a palavra.

— Tu te casarias comigo?

Joguei a bomba de repente e semicerrei os olhos, pronta para avaliar qualquer reação em seu rosto, mas não pude decifrar com exatidão. Susto? Desespero? Surpresa? Felicidade? Todas juntas?

— Alisa? O que dizes? — Petros deu um passo à frente.

— Olha, eu sei que não temos um relacionamento amoroso, mas minha situação exige medidas drásticas. Preciso me casar com certa urgência e...

— E pensaste em mim.

— És a pessoa com quem mais tenho proximidade aqui. Se não quiseres te meter em uma insensatez precipitada como essa, não há o menor problema, vou encontrar uma outra forma de solucionar minhas questões.

Parte de mim tentava me convencer de que aquilo era necessário e, se Petros aceitasse, teria menos um assunto a ser debatido na reunião. Mas a outra parte gritava o tanto que eu estava sendo precipitada. Eu tinha acabado de fazer 18 anos no mundo mágico, como alguém poderia ser rainha e estar noiva com tão pouca idade? E como alguém poderia tratar de seu próprio casamento como apenas mais um problema de governo? Eu havia me tornado uma pessoa pragmática demais – o que era assustador.

– Alisa, não sou digno de casar-me contigo. – Ele se virou para mim e despejou as palavras.

– O que dizes?

– Somos amigos há bastante tempo e sei que pensas que sabes muito sobre mim, mas a verdade é que escondo algo cruel de ti. – Ele encarou o chão, parecia envergonhado demais para continuar me olhando.

– O que houve? – preocupei-me, tentando imaginar possibilidades, mas nada passava pela minha cabeça.

Petros era um cara fantástico, tinha sido uma excelente companhia e um ombro amigo muito fiel, especialmente quando Dan terminou comigo.

– Amo-te, Alisa. – Petros soltou a frase como se tirasse um peso das costas. – Me faz sentir muito bem finalmente dizer isso a ti, mas desde a primeira vez que nos vimos, meu coração assumiu um ritmo completamente diferente do que eu já havia experimentado. Aos poucos, a pessoa incrível que és despertou o amor em mim e cogitei pedir-te em casamento.

Pisquei algumas vezes tentando encontrar alguma resposta decente, mas aquilo tinha me pegado de surpresa e, embora tivesse algumas pistas sobre os sentimentos de Petros, ouvi-los sem poder corresponder era angustiante.

– No entanto, tomei atitudes indignas que me fizeram questionar que tipo de amor é esse.

Meu coração se acelerou mais. Afinal, o que Petros havia feito de tão ruim? Continuei com o olhar fixo no príncipe, ansiosa pelas próximas palavras que sairiam de sua boca.

– Embora tenha ensaiado muito como dizer, não há qualquer maneira de suavizar o que aconteceu. – Ele puxou o ar para tomar coragem. – Quando o garoto Dan brigou contigo, dois anos atrás, houve um jantar aqui no castelo junto com a minha família. Tua mãe te perguntou por que estavas triste e tu contaste o que havia acontecido. No meio de tua fala, mencionaste a questão da parte do mundo comum que é conectada a nós. Tu explicaste sobre Guio Pocler, o personagem de Dan, e meu pai guardou aquele nome na memória.

"Seu maior sonho sempre foi que seus filhos governassem outros reinos, além do de Amerina, e ele sabia o quanto eu gostava de ti. Então meu pai se pôs a pesquisar alguma maneira de controlar o garoto deste lado do portal. Ao fim, foi bem-sucedido em sua tarefa de encontrar um feitiço, e sua tentativa envolvia fazer com que Dan passasse a nutrir um sentimento de ódio profundo por ti.

"Fato é que nunca soubemos se havia funcionado realmente ou se Dan manteve o rompimento do cortejo por vontade própria e, de alguma forma, alimentei essa dúvida na minha consciência, tentando me convencer de que eu poderia suprir o lugar de Dan em sua vida.

"Nada saiu como desejava, e eu bem sei que nunca me olhaste com outro sentimento senão o de amizade. E quando surgiu toda a questão de ele estar te prejudicando no outro mundo, quando contaste sobre os riscos que tua família corre, não me restou outra opção. Aqui está a fórmula que precisas para desfazer o feitiço. Sei que não mereço teu perdão, Alisa, minhas atitudes egoístas foram longe demais, mas preciso que saibas que eu gostaria muito de poder voltar no tempo para consertar as coisas."

Quando Petros encerrou sua fala, meus olhos estavam arregalados, suas frases pareceram socos no estômago, no peito, no rosto e onde mais ele pudesse causar dores agudas. Não consegui pegar o papel bege enrolado e amarrado com uma fita vermelha que ele me entregava, e Petros o colocou na mesinha ao lado.

As lágrimas escorriam tão rápido quanto a correnteza de um rio e, por mais que eu me esforçasse para impedi-las, meu corpo não correspondia aos comandos. Eu estava estilhaçada.

– De tudo que imaginei que fosses dizer, jamais pude calcular que me decepcionarias tanto como agora – consegui falar em meio ao choro.

Como pude confiar tanto em uma pessoa que havia escondido aquele segredo por dois anos?

– É impossível que o que sintas por mim seja amor. Como pode alguém amar outra pessoa a ponto de fazê-la sofrer? Amor não é posse, Petros, tu não tinhas o direito de manipular meu relacionamento com Dan para que ficássemos juntos – falei tomada pela raiva.

Me virei de costas para ele e caminhei em direção à porta, a raiva e a decepção borbulhando dentro de mim.

– Alisa, eu sinto muito. – Ele soltou a frase quando eu estava prestes a deixar a sala principal.

Parei de andar, respirei fundo e girei meu corpo, fuzilando-o com os olhos. Se eu ainda não soubesse controlar meus poderes, aquela sala estaria congelando de tão frio que era o meu olhar em direção ao príncipe.

– Vá embora, Príncipe Petros Castelari de Amerina. E nunca mais cruze o meu caminho. – Fiz questão de utilizar seu título completo, com a distância que queria dar entre nós dois. Não éramos mais amigos com intimidades. E eu me arrependia de um dia termos sido.

CAPÍTULO 6

Mundo mágico

Era inacreditável como ações de outras pessoas podiam influenciar tanto os rumos da minha própria vida. Com uma revelação de poucos minutos, Petros desalinhou completamente meus pensamentos, e eu não conseguia parar de me perguntar "e se...?".

E se o pai dele não tivesse enfeitiçado Dan? E se eu não tivesse contado sobre minha briga com ele na frente da família real de Amerina? E se Petros tivesse decidido me contar a verdade antes? Quão diferente seria minha vida agora? Dan e eu teríamos dado certo? Tantas perguntas que eu jamais teria condições de responder...

Altélius não tinha o direito de fazer o que fez! E Petros não poderia ter traído minha confiança e minha amizade daquela maneira fria e calculista!

Reuni forças de onde não tinha para pedir à Louína que me ajudasse a quebrar a magia em Dan. Era um feitiço elaborado, e não havia como saber se eu tinha sido bem-sucedida. Eu poderia atravessar o portal e usar o celular, mas seria ridículo mandar uma mensagem do tipo: "Oi, sumido! Tudo bom? Você ainda me odeia? Só pra testar uma coisa rapidão".

Havia quase dois anos desde que terminamos, como seria nosso reencontro? Um abraço amigável como se nada tivesse acontecido? Um "olá" sem graça? Uma troca de olhares apreensivos? Só de pensar, meu coração começava a bater desorientado. Não estava nem um pouco pronta para reencontrar Dan.

Comecei a vagar pelo castelo tal qual um fantasma. Estava me esforçando para manter minha mente ocupada com qualquer outra coisa, mas todas as tentativas pareciam gotas no oceano. Quando dei por mim, estava na porta do quarto dos meus pais, sem saber se deveria entrar.

Desde o desaparecimento, nunca mais tive coragem de ir ali, no entanto, depois de alguns segundos encarando a maçaneta, decidi entrar. Varri o ambiente com os olhos; tudo estava tão intacto quanto eu ordenara. Não havia autorizado qualquer mudança na mobília ou na decoração porque ainda era tola o suficiente para alimentar as esperanças de um dia ver minha família retornar.

Avancei alguns passos pelo ambiente e abri o *closet* da minha mãe. Havia algo de reconfortante em perceber que seu cheiro permanecia nas roupas, e, quando fechava os olhos por algum tempo, era capaz de senti-la na minha frente.

– Como eu queria que estivessem aqui de verdade... – falei baixinho para evitar que minhas seguranças me ouvissem. Eu sabia que elas se esforçavam para me dar a impressão de não estarem ali, mas não tinha como.

Só queria ter a chance de poder abraçá-los mais uma vez e contar com pelo menos um dos sábios conselhos dos meus pais. Não aguentava mais aquele sentimento de que estava sempre metendo os pés pelas mãos, mesmo que todas as minhas decisões tivessem sido tentativas ferrenhas de fazer honrar a memória da minha família.

— Lisa! — Uma voz feminina surgiu no corredor. — Lisa!

— Oi! — respondi me levantando e enxugando algumas lágrimas.

— Ah, você tá aí. — Nina deu aquele sorriso leve assim que seus olhos caíram em mim, e eu fiquei feliz por ver minhas amigas.

— Como está? — Sol uniu as sobrancelhas como quem avalia. — Clarina nos contou...

Suspirei aliviada por ela ter me poupado trabalho. Não sabia se tinha condições de repetir a história de Petros sem ser tomada pela fúria.

— Quase dois anos! — Ergui os dedos formando o número, a umidade surgindo em meus olhos. — Vocês conseguem acreditar? Dois anos! Sabem o que é pior? Toda vez que as pessoas cometem erros comigo, arrumo uma forma de culpar a mim mesma. Caio armou pra cima de mim, e eu repeti mil vezes como tinha sido estúpida por não ter percebido; Dan não acreditou em mim, e eu fiquei me martirizando como se tivesse causado tudo; Altélius enfeitiçou o Dan, e até agora me odeio pelo fato de ter contado sobre o Guio Pocler e ter dado a informação que ele precisava; Petros escondeu essa história por dois anos, e eu me sinto mal por ter quase transformado ele em rei de Denentri! Não importa o que aconteça, sempre acho que a responsabilidade é minha! E eu não aguento mais carregar tanto fardo... — Passei a mão para enxugar os olhos e me joguei na poltrona do *closet*.

As duas se aproximaram. Sol se sentou no chão e apoiou os braços em minhas pernas, e Nina ficou ao meu lado, alisando minhas costas.

— Sinto muito por todo esse peso que suas responsabilidades te colocam, mas você precisa saber que não pode controlar os outros, muito menos controlar os erros dos outros. — Nina acariciou meu ombro e me aconchegou em um abraço.

— Você também precisa saber que estamos prontas pra dar uma coça nesse rei e nesse príncipe — Sol disse brava, e eu dei uma risada com a frase repentina.

— Vocês seriam presas.

— Por uma boa causa. — Ela deu de ombros e depois sorriu.

— Ai... — Soltei o ar de uma vez. — Me sinto mais perdida do que nunca. O que eu faço agora?

Além das consequências que a revelação de Petros traria para minha vida do outro lado do portal, eu havia voltado para a estaca zero no mundo mágico. Sem casamento à vista, o povo faria o possível para arrancar a coroa da minha cabeça.

— Agora eu não sei, mas espero que esteja preparada para um certo reencontro amanhã no Ruit... — Nina deixou as palavras no ar, e eu me afastei de seu abraço para encará-la.

— O que você quer dizer? Tá sabendo de alguma coisa? — perguntei intrigada com suas reticências.

— Dan me ligou. Ele estava muito confuso, me pediu para contar tudo o que aconteceu entre vocês dois e disse que tinha a impressão de que esteve agindo sem consciência quando se tratava de você. Já tava pronta pra mandar o Dan ir ao médico depois de tantas frases sem sentido, mas decidi vir aqui primeiro. Então Clarina nos contou e aí entendemos tudo...

Encarei o chão, perplexa, meu coração pipocando diante das palavras de Nina. Já estava nervosa para o próximo dia de aula, agora que sabia que tinha sido bem-sucedida com o feitiço, então...

— É o retorno do quinteto fantástico? – Sol se empolgou.

— Quinteto? – Nina colocou a mão na cintura e se virou para a loirinha. – Do jeito que as coisas andam, daqui a pouco você vai querer rebatizar o grupo por conta de uma integrante a mais...

Sol deu uma risadinha olhando para o chão. Havia algo diferente em sua reação ao ataque de ciúme da Nina, ela parecia querer contar algo, mas acabou se calando.

— Não sei por que fica assim quando se trata da Luísa, você falou que ela era legal! – disse Sol por fim.

— A Luísa é ótima, mas eu jamais vou perder a chance de reclamar por você estar trocando de amigas.

A loirinha revirou os olhos, bufando de brincadeira. E mais uma vez havia uma ironia em sua expressão, era como se Nina e eu tivéssemos perdido alguma piada ali no meio.

— Podemos voltar ao drama da Lisa? – perguntou Sol entre sorrisos e, mesmo que eu quisesse confrontá-la sobre algo que nem eu sabia explicar, fui incapaz de não morder a isca.

— Não tô pronta pra vê-lo – confessei. – Sobre o que vamos conversar? Desde o 1º ano não trocamos qualquer palavra que não envolva um tom grosseiro e um olhar fulminante. Não faço a menor ideia da pessoa que o Dan é hoje! Imagino que eu tenha mudado muito também e...

— Ei, calma! – Nina balançou as mãos. – Vai dar tudo certo.

Ela acariciou meus cachos e deu um sorriso apaziguador.

— Meu *ship* tá vivo – Sol colocou a mão no coração e suspirou.

Se não estivesse focada no meu ataque de nervos, poderia rir da cara que Sol fez, mas infelizmente meu cérebro não estava lidando bem com piadas. Eu só sabia pensar no reencontro que teria no dia seguinte.

***

Mundo meio-mágico

O Ruit é enorme.

Foi o que repeti mentalmente no mínimo umas trinta vezes enquanto me arrumava no dormitório. Eu não tinha aula no primeiro horário, mas o frio na barriga me fez levantar da cama junto com Nina e Sol, que tinham matérias avançadas.

Qual era a chance de eu me encontrar com Dan naquela manhã? Não estávamos juntos em quase nenhuma turma – o que, inclusive, havia facilitado muito o meu trabalho de ignorá-lo – e o refeitório era bem grande. Ou seja, talvez nosso reencontro ficasse para outro dia. Não que eu fosse uma medrosa que não quisesse reencontrar o ex-namorado por não saber como agir.

Ok. Era exatamente isso.

Que ridículo pensar que a rainha de Denentri, a pessoa que governa o reino central do mundo mágico, que toma decisões importantíssimas diariamente, estava planejando estratégias para evitar um garoto – *um garoto!* – por puro medo. Infelizmente o mercado ainda não vendia potinhos de racionalidade para tomarmos em caso de urgência. E eu ainda era uma adolescente.

– O que eu não daria pra voltar atrás, cancelar essa aula avançada e poder dormir mais um pouco na segunda-feira... – reclamou Sol.

– Não sei se a Lisa tá de pé em solidariedade ou algo assim, mas eu só fico me perguntando por que ela se odeia tanto. Uma hora a mais de sono salva vidas – concordou Nina me encarando como se eu fosse uma aberração.

– Vocês falam demais, não consigo dormir.

– Ah, sei... – Nina me olhou através do espelho enquanto dava mais volume ao cabelo crespo. – Então agora *nós* somos o motivo da sua insônia...

As duas trocaram um olhar cúmplice e riram. Odiei o fato de me conhecerem o suficiente para saber a verdade.

– Vamos, Sol! – ela apressou a loirinha, que colocava brincos amarelos.

Sol acelerou o passo e Nina abriu a porta, indo para o corredor. De repente minha amiga voltou com uma expressão sorridente e apontou o dedo para mim.

– Um aviso pra você! Quero detalhes!

E dito isso, as duas saíram, deixando uma porta fechada e uma grande perturbação em meu ser. O Ruit era enorme, talvez nem nos encontrássemos!

Respirei fundo, imitei Nina ao dar uma batidinha em meus cachos para que se soltassem mais e ficassem com mais volume e conferi as horas. Tinha longos minutos para tomar café antes da minha aula começar. Peguei minha mochila e saí do quarto depois de relutar alguns segundos. Bastou fechar a porta e dar um passo no corredor da ala feminina para me arrepender de ter saído do meu único refúgio.

O Ruit era enorme. Mas não o suficiente.

O aviso sorridente de Nina fez sentido ao encontrar Dan parado no início do corredor, me esperando. Nossos olhares se cruzaram e, mesmo sabendo que havia conseguido quebrar o feitiço de Altélius, esperei pela fúria que minha imagem lhe causava. Daquela vez, contudo, ela não veio. Ele apenas me fitou com cautela, e seus olhos pareciam pedir permissão até para se aproximar de mim.

Meu corpo estava imóvel por fora, enquanto um turbilhão de sensações me tomava por dentro. Era como se as batidas incontroláveis do meu coração, que apressavam minha corrente sanguínea, estivessem consumindo toda a energia de que dispunha. Não sobrava qualquer resquício para que pudesse me mover. Dan, por sua vez, arriscou um passo em minha direção, mas o desespero em meu rosto deve ter ficado claro o suficiente, e ele parou.

— Oi — tentou.

Me limitei a balançar a cabeça, deixando-o sem ação. Desviei meus olhos, tentando recobrar um pouco de autocontrole e voltei minha atenção para ele quando me senti um pouco melhor.

— Oi — respondi finalmente.

— A gente pode conversar? — Suas sobrancelhas se ergueram um pouco e o tom de sua voz era receoso.

Abri a porta do meu quarto e indiquei com a mão para que entrasse. Puxei o ar mais uma vez e só consegui soltar quando ele passou por mim. Entrei logo atrás, fechei a porta, coloquei minha mochila no canto e o encarei.

Daquela curta distância, dava para ver melhor seus traços. Era estranho porque Dan estava diferente e igual ao mesmo tempo. Pude reconhecer várias coisas tão bem como se não tivesse ficado dois anos sem olhá-lo de perto; aquele tom de pele marrom lindo, herança de sua família indígena materna; as marquinhas da covinha; os óculos que, só naqueles poucos minutos de interação, Dan já havia ajeitado quatro vezes sem qualquer necessidade; a blusa nerd com uma piada que não tinha a menor graça; e o cabelo liso preto, bagunçado como sempre.

Mas também existiam diferenças: o cabelo mais longo, o maxilar mais fino, e os olhos pretos, embora tivessem o mesmo brilho de antes, tinham um ar mais maduro; e seu corpo mais forte e sua postura mais ereta evidenciavam os dois anos que separavam o meu Dan daquele que eu tentava evitar.

Ele também me encarava, e me perguntei se, como eu, estava buscando vestígios da Alisa de dois anos atrás. Será que havia encontrado alguma coisa?

– Não sei por onde começar. Isso parece impossível, é como se eu estivesse olhando para uma pessoa completamente diferente da que costumava enxergar. Nina me contou tudo, mas continua bizarro. Sei que magia é algo poderoso, ainda assim é difícil aceitar o quanto me afetou. Você tá aqui, diante dos meus olhos, e eu não entendo como pude sentir tanta coisa ruim por você, Lisa. – Dan balançou a cabeça confuso, os olhos marejados me deixando mais sensível.

– Dan... – Minha voz falhou quando a primeira lágrima escorreu. – Por que você não acreditou em mim?

Fechei os olhos, aceitando a dor que aquela pergunta me causava. Eu tinha entendido o motivo dos olhares de ódio que ele me lançava, mas Altélius só o havia enfeitiçado alguns dias depois de brigarmos. Dan não estava sob o efeito de nenhuma magia quando preferiu acreditar na armação de Caio.

Ele deu um passo em minha direção, parecendo querer pegar minha mão ou algo assim, só que me afastei instintivamente, o que o magoou.

– Lisa... eu sei que te causei muita dor, Nina não poupou qualquer detalhe, mas, por favor, me perdoe.

– Te fiz uma pergunta – falei seca.

Minhas atitudes frias eram como golpes em Dan, era notório. Não estava fazendo aquilo como vingança, era apenas o que eu tinha para oferecer. Estava ferida, e encarar a situação só me fez perceber que eu não tinha superado nada daquela história, mesmo depois de tanto esforço.

Dan concordou e foi em direção à minha cama. Então ele olhou para o espaço ao seu lado, esperando que eu me sentasse também.

– Estou bem – respondi, permanecendo de pé.

– Bom... no momento em que vi aquele vídeo, confesso que fiquei transtornado e realmente pensei que... – Ele fitou o chão e preferiu não terminar a frase. – Quando vim até o seu quarto e você disse que tinha sido uma armação, parte de mim quis muito acreditar, mas outra parte ficava martelando na minha mente que você sempre foi apaixonada pelo Caio, então era óbvio que o escolheria na primeira oportunidade.

"Você sabe que entre mim e meu irmão existe uma série de competições e rivalidades. Caio sempre conseguiu o que queria com seu charme: presentes, atenção da família, simpatia de todos ao redor... Mas o pior de tudo era saber que ele também tinha conseguido te conquistar. Não preciso repetir toda a história, você já sabe que desde muito tempo sou apaixonado por você..."

Meu coração deu uma pirueta quando Dan disse o verbo da última frase no presente.

– Então, quando vi aquele vídeo, acreditei de verdade que o Caio mais uma vez tinha jogado seu charme e te reconquistado. Depois comecei a me tocar, eu tava sendo injusto, você nunca trairia minha confiança. Caio podia ser um otário, você não.

"Mas, mesmo sabendo que não tinha me traído de verdade, eu só sabia me boicotar pensando que um dia você iria cair em si e perceber que ele era o cara dos seus sonhos e todos os clichês que eu consegui inventar.

"Lisa, eu sei que fui um babaca e completamente injusto deixando você acreditar que eu não confiava em suas palavras, quando na verdade era só um problema estúpido de autoconfiança e de competição com meu irmão. Só consegui enxergar isso depois, quando entendi que estava sendo egoísta. Marco me ajudou muito e percebi que eu nunca conseguiria me manter em um relacionamento saudável se não confiasse na outra pessoa. Decidi vir conversar com você, abrir o jogo, como tô fazendo agora, mas, de repente... um ódio muito grande surgiu em mim, e o resto você sabe..."

Enquanto Dan ia narrando seu lado da história, eu era capaz de me lembrar de como vivi aquele mesmo período. A primeira vez que me deparei com seu olhar de puro ódio foi quando tentei provar que falava a verdade com o livro da minha vida e Marco me contou que não entendia o que havia acontecido; Dan parecia aberto à conversa, porém mudou de postura do nada.

— Me perdoe por ter feito isso com a gente. — Ele apontou para a distância física entre nós, uma excelente metáfora para a distância afetiva.

Sua voz estava trêmula e lágrimas escorriam por suas bochechas. Dan estava sofrendo com toda aquela história, e era inacreditável que, depois de dois anos, eu não fosse mais a única a experimentar aquele gosto amargo de uma separação que nunca deveria ter acontecido.

— Você tava enfeitiçado, mas eu não. Passei os últimos dois anos não só sofrendo com a forma como me tratava, mas me esforçando de verdade pra arrancar você da minha vida.

— E conseguiu? — Ele levantou a cabeça e nossos olhares se cruzaram.

Eu o conhecia bem o suficiente para saber que, embora quisesse muito fazer aquela pergunta, tinha medo da resposta.

– Preciso ficar sozinha, Dan – fui sincera. Não havia nada que ele pudesse fazer para aliviar aquela sensação de vazio. Eu estava magoada e não dava para achar que, num piscar de olhos, tudo fosse se resolver.

– Tudo bem.

Ele balançou a cabeça algumas vezes, se levantou da cama, ajeitou os óculos e se virou para a porta. Depois me olhou mais uma vez.

– Eu amo você, Lisa. E espero fazer as coisas certas a partir de agora.

Dan enxugou o rosto antes de sair e, quando a porta se fechou, eu estava prestes a desabar. Era como se eu estivesse quebrada em vários pequenos pedaços, e não fazia a menor ideia de como começar a juntá-los.

CAPÍTULO 7

Mundo meio-mágico

Ainda não havia sido bem-sucedida na tarefa de organizar meus sentimentos e compreendê-los para, então, descobrir qual seria a etapa seguinte. Ter Dan de volta foi o que mais sonhei nos últimos dois anos, mas, com a conversa que tivemos, me dei conta de que meu sonho envolvia viajar no tempo. Não era simplesmente normalizar as coisas, o que eu desejava mesmo era viver o 1º ano de novo.

Isso não estava ao meu alcance – óbvio –, mas qual era o próximo passo, então? Se pelo menos eu tivesse conseguido superá-lo, poderia propor que fôssemos... sei lá, amigos. Não era o caso: Dan ainda mexia com meu coração.

Peguei meu pequeno caderno lilás e não me refreei. Não me preocupei se as frases faziam sentido ou eram longas demais, curtas demais... Eu só queria desabafar. Nunca havia imaginado que aquilo pudesse ser útil. Quando comecei a aceitar que não veria minha família mágica outra vez, passei a escrever cartas para eles, o que me trazia alguma sensação de conforto e, ao mesmo tempo, me dava a oportunidade de colocar para fora e compreender pelo menos um pouco os meus sentimentos. Era óbvio que aquele processo me levava às lágrimas, mas, no fim, valia a pena. Sempre conseguia me sentir um pouco menos sobrecarregada depois da escrita.

Chequei o relógio após guardar meu caderno e me assustei com o avançar da hora. Precisava ir para a aula.

Contexto Histórico não era minha disciplina favorita, no entanto o conteúdo atual era sobre o mundo mágico, o que me empolgava. Eu sabia tudo de trás para a frente, só que estava adorando ver Olívia, a melhor professora da escola, ensinando sob a perspectiva do Sul. Por isso, lavei meu rosto no banheiro do quarto, joguei o "assunto Dan" para debaixo do tapete e peguei um pacote de biscoitos que estava em minha mochila, já que não teria tempo de tomar café direito.

– E aí? – perguntou Nina ao se sentar na carteira ao meu lado.

– Ah... – suspirei sem saber se queria trazer aquilo à tona. – Depois a gente conversa.

Minha amiga colocou a mão em meu ombro e assentiu, compreensiva.

– Bom dia, pessoal. – A professora entrou na sala e todos se acomodaram em seus lugares. Ela usava um turbante vermelho aberto maravilhoso e quase tive que pegar um guardanapo para enxugar a baba de Nina por conta do *look* da professora. – Onde eu parei com essa turma?

– Na queda dos Doronel – respondeu um colega.

– Ah, ótimo. – Olívia se apoiou em sua mesa e olhou para nós. – Então temos uma dinastia que governou o mundo mágico por muito tempo, mas, por uma má gestão nas últimas décadas, foi substituída por seus primos distantes, os Guilever.

Nina me olhou de lado, e eu segurei uma risadinha. Era engraçado escutar Olívia narrando fatos aparentemente distantes, mas que, na verdade, faziam parte da minha vida.

– É óbvio que os Doronel não gostaram da mudança, o que gerou a Grande Crise, que vou detalhar melhor pra vocês. Ao final, quando não havia mais possibilidade de retorno ao trono naquele momento, os Doronel prometeram que um dia voltariam ao poder.

As palavras de Olívia me fizeram refletir sobre a situação atual do mundo mágico; fazia muito tempo desde que os Guilever assumiram o poder – tanto tempo que, em alguns reinos, já tinham ocorrido novas mudanças, como em Amerina, onde os Castelari governam desde que um Guilever abdicou do trono. Mas ainda assim a promessa de retorno dos Doronel continuava rondando a população. Um exemplo eram as investidas dos jornais para acabar com a minha reputação, e até os ajudantes de governo disseram que havia chance de ser aquela família manipulando a mídia na tentativa de restituir o trono.

Não sabia dizer se acreditava nisso, quero dizer, eles nem estavam mais organizados como um núcleo familiar! O sobrenome Doronel não existia mais, de acordo com as pesquisas da minha equipe e, mesmo que existisse, por que eles decidiriam atacar agora, tanto tempo depois da Grande Crise? Para mim, os Doronel cheiravam a lenda. Uma promessa antiga de uma família que nem existia mais: prato cheio para histórias de fantasia.

Ao mesmo tempo, como governante, não podia ignorar uma ameaça daquele tipo. Era uma dualidade, como naquela frase: "Eu não acredito em bruxas, mas que elas existem, existem!". Não acredito nos Doronel, mas...

— E eles conseguiram voltar? — quis saber uma colega.

— Até onde temos informações, não. Ninguém sabe o que está acontecendo agora no mundo mágico — respondeu Olívia.

— Como assim?

— Quais são as nossas fontes sobre o primeiro mundo? — a professora rebateu a pergunta.

— Os livros dos nossos personagens.

— Exatamente. Mas existem pesquisas que afirmam que esses livros só chegam ao nosso mundo no mínimo quinze anos depois que seu protagonista morre no mundo mágico. Ou seja, as notícias chegam com atraso. Até onde temos informação, os Guilever continuam no governo de alguns reinos, como de Denentri, que é de responsabilidade da Rainha Âmbrida e do Rei Honócio.

Aquela frase fez meu estômago embrulhar. Como eu gostaria que aquilo fosse verdade...

— Eles têm uma filha, não é?

— Denna — respondeu Olívia com certo desconforto e, por um segundo, seu olhar caiu em mim. Foi bem rápido, mas não o bastante para que eu não percebesse algo diferente. — Podemos voltar à Grande Crise? — ela se apressou em dizer.

— Viu isso? — Cutuquei Nina.

— Ela sabe. — Minha amiga foi categórica. Seus olhos estavam semicerrados, encarando a professora.

— Como? — perguntei intrigada.

— Diretora Amélia, talvez...? — Nina se virou para mim.

— Por que ela faria isso?

– Não sei, mas acho que deveria perguntar.

Passei o resto da aula relembrando as feições de Olívia quando citou minha família e tentando me convencer de que Nina e eu tínhamos visto coisa demais. Mas, assim que o sinal bateu e meus colegas começaram a se levantar, a professora me chamou.

– Podemos conversar um minutinho? – Ela alternou o olhar entre mim e Nina, então minha amiga percebeu que era uma conversa particular e disse que me esperaria no corredor.

– Claro – respondi com um pé atrás.

Eu gostava muito de Olívia. Além de ser nossa professora pelo terceiro ano, era a madrinha do movimento negro do Ruit, o que causava ainda mais identificação. Mas fiquei receosa quanto ao assunto da conversa.

– Eu sei sobre você – ela despejou de uma vez, confirmando minha suspeita.

– Sabe o quê? – dissimulei.

Olívia levou a mão à parte debaixo do turbante, afastando-o da nuca, o que deixou evidente a tatuagem que possuía: uma rosa dos ventos.

– Oh! – Levei a mão à boca num ato de espanto.

– Preciso te falar rápido, antes que a próxima turma chegue. – Ela fechou a porta e depois se aproximou mais. – Você ouviu o que eu disse a respeito de nossas fontes sobre o mundo mágico, né? Elas se renovam com aproximadamente quinze anos de atraso do momento atual.

– Sim. – Balancei a cabeça.

– O que aconteceu na sua vida mais ou menos dezesseis anos atrás? – Ela olhou no fundo dos meus olhos e, mesmo não sabendo exatamente aonde queria chegar, me preocupei com sua expressão.

— Fui raptada pela minha irmã.

— Exato. Os personagens que estão chegando agora trazem informações sobre Alisa, a filha recém-nascida dos reis de Denentri. E em breve mais dados vão chegar.

— Ai, meu Deus! Vão me descobrir! — falei mais alto do que calculei quando consegui entender.

— Esse é o meu medo. — Ela segurou minhas mãos e uniu as sobrancelhas. — Não é algo que tenha se espalhado ainda, ouvi dizer que chegaram alguns livros com essa informação na Argélia, em Angola e em alguns países da Europa. Leva um tempo até os historiadores pesquisarem as fontes e incorporarem uma versão à História, mas entende que é algo preocupante? Pode ser que passe despercebido quando o relato do seu sumiço um dia chegar ao Brasil, mas você manteve o nome, tenho medo de fazerem associações, especialmente porque sua caixa veio muito diferente no dia da Celebração.

— Sim, é verdade... — Mordi os lábios; até quando problemas sérios continuariam surgindo na minha vida um atrás do outro? — Na minha cabeça, conseguiria esconder do mundo comum a minha origem, pelo menos enquanto vivesse e meu livro não estivesse disponível para eles. Mas agora vejo que não terei opção. Ainda que este lado do portal não associe a criança raptada a mim de imediato, vão descobrir no futuro, quando novas fontes revelarem que minha irmã me jogou aqui. Vão começar a buscar por mim.

Olívia concordou, triste.

— Você tem alguma ideia do que eu devo fazer? — perguntei, perdida.

— Vou conversar com sua avó e com Amélia. Nós vamos pensar em uma saída pra... — Ela interrompeu

quando um aluno bateu à porta. – Deve ser a outra turma. Conversamos depois, tá?
– Obrigada, professora.
– Imagina...
Embora Olívia tentasse soar otimista, eu podia sentir o peso daquela conversa. Ser descoberta pelo governo era a pior coisa que poderia me acontecer. Se eles matavam os adolescentes que eram ligados à realeza, o que desejariam fazer com um membro real em pessoa?

***

Mundo meio-mágico

– Então cedo ou tarde seu segredo vai ser revelado de qualquer maneira – Nina raciocinou enquanto saíamos da última aula em direção à cantina. – Nunca tinha pensado nisso.
– Nem eu.
– E como a professora sabe sobre você?
– Hmmm... – murmurei sem saber o que responder.
Eu não havia contado a ela sobre os Unificadores ou sobre os detalhes que eu havia descoberto no ano anterior com a diretora e a minha avó. Eram segredos complexos demais e não tinha sido autorizada a compartilhá-los.
– Parece que a Amélia contou, mas a Olívia é confiável.
– Imagino que sim.
Nina parecia pronta para fazer mais perguntas, ela com certeza havia pescado algo na minha hesitação, mas Sol passou por nós e ela se distraiu. Ufa.
– Sol! – gritou Nina para a loirinha. – Vamos almoçar?

– Então... – Ela coçou a nuca e olhou para os lados, como se buscasse uma rota de fuga. – Tudo bem se eu não almoçar com vocês hoje?

Dei um sorrisinho quando encarei Nina. Ambas sabíamos o que aquela frase significava.

– Combinei de almoçar com a Luísa no restaurante mexicano – ela confessou logo, antes que Nina a bombardeasse de perguntas.

– Ah, beleza! Nos vemos mais tarde! – Nina mandou um beijo e conectou nossos braços para continuarmos caminhando rumo à cantina principal.

– O que foi aquilo? – Apontei para trás com um polegar.

– Psicologia reversa. – Ela fez uma expressão séria, que me deixou ainda mais perdida. – Não quero bancar a ciumenta com a nova amizade da Sol, embora esteja me corroendo por dentro. Quem sabe assim meu cérebro passe a acreditar que não tô nem aí de verdade e pare de se importar.

Dei uma gargalhada com a explicação. Ela era ótima.

– Essa amizade tem feito bem pra ela, eu acho – palpitei. – Pelo menos venho percebendo a Sol mais alegre.

– Tá dizendo que nós não somos boas amigas?

– Não é isso! – Dei um tapinha leve em seu braço.

– Ela tem ido à terapia aqui do colégio. Acho que isso também pode estar ajudando, você sabe, a Sol sempre foi muito fechada.

– Que bom. – Sorri com a novidade. – E foi muito maduro da sua parte decidir parar de implicar com a nova amizade dela.

– Eu *sou* muito madura – respondeu Nina como se estivesse ofendida.

Dei uma risada e balancei a cabeça enquanto pegava meu prato para servir a comida. Sol estava mesmo ficando muito próxima de Luísa, mas não era algo que me incomodava. Primeiro porque a menina parecia ser bacana, e segundo porque Sol continuava tão próxima da gente quanto sempre foi. Não sentia como se estivesse nos trocando pela garota.

– Tudo bem se... – Nina começou a falar assim que terminamos de servir nossos pratos, indicando com a cabeça a mesa onde Marco e Dan estavam sentados.

– Não tem problema – respondi um pouco impactada. Eu tinha empurrado Dan para o mais fundo possível da minha memória depois daquela manhã, não esperava encontrá-lo ali.

– Podemos sentar em outra mesa se você ainda...

– Não, tudo bem – interrompi.

– Olá. – Nina deu um beijo em seu namorado e acenou para Dan. Nós nos sentamos à mesa, e eu me limitei a um aceno.

– Oi. – Dan me lançou um sorriso com covinhas, e meu coração parecia querer respondê-lo com o som de suas batidas apressadas.

Como eu podia estar apaixonada e magoada ao mesmo tempo? Isso nem fazia sentido! Cada célula do meu corpo vibrava com a presença de Dan, mesmo dois anos depois do nosso término, e, ao mesmo tempo, sua imagem representava uma mágoa profunda. Era olhar para ele para ser atingida por aquela onda de contradição. Eu queria sua presença, mas também queria afastá-lo.

O silêncio constrangedor que se instaurou deixou óbvio que nós não sabíamos mais nos portar como o grupo de amigos que costumávamos ser. Depois de alguns segundos,

Marco trouxe à tona um projeto que estava desenvolvendo em uma de suas aulas avançadas, o que rendeu algum diálogo. O tema era interessante e captou minha atenção, mas, vez ou outra pegava Dan me lançando olhares, o que servia como um lembrete do desconforto que ainda reinava ali.

Assim que acabei de comer, pedi licença aos três e me levantei dizendo que precisava ir a Denentri. Não era uma desculpa esfarrapada, realmente tinha que comparecer a uma reunião, porém, assim que me afastei da mesa, suspirei de alívio, provando que o compromisso no castelo não tinha sido a única motivação. A parte de mim que implorava para me manter afastada de Dan havia finalmente ganhado.

***

Mundo mágico

— A doença foi controlada no reino de Euroto, já enviamos auxílio para as regiões atingidas pela seca em Amerina, o novo reinado da família Guilever de Áfrila tem índices excelentes de aprovação... — Olália seguiu a lista de informes em nossa reunião diária.

Fiquei satisfeita por perceber tantas coisas positivas, embora soubesse que ela ainda não havia chegado aos problemas.

— Já em Denentri... — A ajudante de governo trocou olhares com Vernésio, e eu soube exatamente o que iriam começar.

Fechei os olhos e inspirei profundamente, preparando as palavras.

— Não quero mais ouvir sobre casamento. — Coloquei as mãos em cima da mesa e olhei para cada um dos presentes. – Por causa dessa pressão, quase fiz uma coisa estúpida me casando com um homem que não merecia a minha confiança.

A curiosidade ardia no rosto de cada um dos funcionários. Ninguém sabia o que tinha acontecido entre mim e Petros.

– Está decidido que não vou me forçar a isso, seja qual for a consequência.

O rosto de Vernésio parecia pedir socorro, como se eu estivesse tomando a pior decisão do mundo.

– Mas, Majestade, uma das melhores dinastias que o mundo glorioso já viu é a dos Guilever. Colocar tudo a perder dessa forma seria... – Ele deixou a frase no ar, pois sabia que eu era capaz de imaginar um termo forte o bastante para completá-la.

– Dizer não à ideia do casamento não significa que eu esteja ignorando o problema. – Retirei os papéis que havia guardado em minha pasta especialmente para a reunião.

– Andei analisando a opinião pública, os comentários, as notícias de jornal e acho que compreendi os pontos críticos para o povo.

Me levantei da mesa e criei a imagem de um quadro com meus poderes para que eles acompanhassem meu raciocínio.

– Antes de tudo, vamos iniciar com alguns apontamentos sobre o regime. O que é a monarquia? – lancei a pergunta enquanto colocava a frase no meu quadro mágico.

– Um regime – respondeu Olália sem entender o meu objetivo.

– Um regime no qual quem governa é um descendente real. Eu nasci Guilever, portanto herdei o trono dos meus pais. Simples assim. – Dei de ombros, a maioria sem compreender o motivo de eu falar tantas obviedades. – O primeiro problema que eu enxergo no nosso povo é o fato de que, mesmo que eu seja filha de Âmbrida e Honócio, eles ainda não estavam prontos para me ver no governo, o que é bastante justificável. De acordo com os padrões, eu deveria assumir aos 30 anos e cá estou eu, aos 18, governando depois de uma fatalidade com a família real.

Assim que citei os nomes dos meus pais, todos os presentes ergueram os próprios dedos indicadores e chocaram o da mão esquerda com o da direita duas vezes. Eu adorava como o mundo mágico colecionava sinais com as mãos, mas aquele era um que eu gostaria de não ter precisado aprender, já que funcionava como tributo a pessoas mortas. Era algo como "que Deus a tenha" ou "descanse em paz".

– O que eu quero dizer é que o povo não confia em mim e, para ser sincera, não acredito que estejam errados; além de muito nova, não fui criada aqui e ainda tenho muito a aprender.

– Mas, Majestade, estais avançando muito.

– Obrigada, Olália, só que a questão é que não tenho legitimidade como meus pais tinham. E isso nos leva ao segundo problema: mesmo que eu não seja a governante que o povo queria no momento, não há opção. Eu era a primeira na linha sucessória, logo, são obrigados a aceitar meu governo. – Fiz com que o item que estava discutindo aparecesse no quadro e, assim, meus argumentos ficaram mais visuais. – Analisando as queixas e os comentários acerca da exigência do casamento, cheguei à conclusão de que a população, na verdade, não se importa se tenho um marido ou não, eles apenas querem participar das decisões políticas, me compreendem?

– Não muito... – Vernésio franziu o cenho e negou levemente.

– A população quer ser protagonista de uma ação que afeta diretamente a vida dela, ou seja, impulsionar uma mudança no governo para que se sinta mais segura. Para isso, eles trouxeram a questão da tradição à tona: "todos os governantes devem se casar", mas, no fundo querem apenas expressar uma insatisfação com a situação atual.

– E qual seria outra medida para responder aos anseios da população, além do matrimônio? – quis saber um dos funcionários.

Inspirei fundo; toda a minha linha argumentativa tinha sido para chegar àquele ponto: o de apresentar uma solução e lidar com a provável resistência.

– Bem... eles querem participar das decisões políticas, só que um regime monárquico como este não permite muita coisa, a não ser exigir um casamento. Dessa forma, proponho uma alteração no regime.

Lancei a frase tentando sustentar minha melhor postura, e os ajudantes me encararam chocados. Eu sabia que o apego à tradição era grande no mundo glorioso, eles amavam a monarquia e toda sua história. Mas eu estava vislumbrando uma abertura para mudança e precisava me agarrar a ela.

– O quê?! – Vernésio arregalou os olhos.

– De onde venho, há o que chamamos de democracia. Isso significa que as pessoas podem eleger seus governantes, optar por aqueles que melhor representam seus ideais e objetivos para a sociedade. Quer dizer que meu mundo alcançou a paz mundial? Não mesmo! Até porque eles sempre dão um jeito de burlar a democracia...

Meus olhos vagaram ao me recordar dos milhares de problemas que enfrentamos, mas me obriguei a voltar o foco para os ajudantes de governo, eu não precisava confundir mais a cabeça deles com a podridão do mundo comum.

– Estais tentando dizer que devemos abolir a monarquia? E então qualquer pessoa poderá governar, ainda que não tenha o sobrenome nem os poderes reais?

– Majestade, se vós acreditais que não tendes prestígio o suficiente, pensai como seria com uma pessoa de fora da dinastia!

Eles começaram a discutir o quão absurdo era tudo o que eu estava dizendo, e eu ergui as mãos, chamando a atenção de volta.

– Calma. Não sou ingênua, sei que o sistema monárquico é tradicional e respeitado e que funciona muito bem por aqui. O que quero propor é uma pequena mudança, a título de teste. Quem sabe um dia não podemos nos tornar uma monarquia parlamentarista?

Eles me encararam de um jeito tão confuso que eu quase podia ver as interrogações surgindo em suas cabeças.

– Depois explico. – Balancei a cabeça. – Vamos por partes; o que eu gostaria de propor é que a população pudesse eleger, por meio do voto, uma pessoa para estar aqui, dividindo as tarefas do governo comigo. Seria como um representante de seus interesses, como um ajudante de governo eleito pelo povo.

– Mas já tendes muitos ajudantes de governo.

– Então vamos dar o nome de... – Tentei pensar em algo que pudesse soar importante, mas que não ultrapassasse os limites do aceitável para eles. – Conselheiro real. O que acham? Mais tarde pensamos em outras formas de representação: deputados, senadores...

– Basicamente o que estais tentando fazer é dividir o poder dos monarcas com pessoas de fora? – perguntou uma das funcionárias boquiaberta.

— O que estou tentando fazer é com que um representante escolhido pelo povo possa influenciar nas decisões que afetam a vida deles mesmos. Quero que se sintam parte da política.

— Bom... é algo completamente novo para todos. Pode causar muito estranhamento, mas... acho que pode ser uma boa mudança. — Olália franziu o cenho e levantou os ombros, era nítido que estava insegura, contudo parecia pelo menos um pouco convencida com meus argumentos.

— Vocês querem votar? — perguntei, e todos concordaram de imediato.

— Acho que seria interessante saber a opinião dos presentes. — Vernésio ergueu a mão, apontando para os ajudantes.

— Vejam como é uma ótima analogia! Vocês querem ter a oportunidade de expressar a própria opinião em um assunto importante. Como rainha, poderia apenas dizer: "está decidido e ponto-final!", mas eu quero ouvi-los e valorizar o que pensam. E esta é exatamente a oportunidade que desejo que a população tenha: a de votar e dar a própria opinião.

Minhas últimas palavras tiveram mais efeito do que aquela reunião inteira. Mostrar na prática teve muito mais valor do que toda a teoria que expus. Os ajudantes queriam participar da decisão, assim como o povo. No fim, consegui convencer a maioria, e ficou decidido que começaríamos a elaborar os pormenores da mudança no regime. Começaríamos em Denentri como teste, depois poderíamos expandir para os outros reinos.

Saí da sala de reuniões empolgada com o futuro que desejava para o meu povo. Será que meus pais ficariam orgulhosos de mim?

***

Mundo meio-mágico

Os dias seguintes envolveram um trabalho árduo para planejar os detalhes da mudança que propus. Não foi tarefa fácil alterar – ainda que um pouco – o único regime que o mundo mágico conhecia. O que me ajudou bastante foi ter levado minha avó para Denentri. Ela tinha muita experiência como funcionária do governo e pôde explicar as bases do que eu queria para o reino.

Com toda a energia dispensada a essa atividade, poderia dizer que não havia sobrado tempo para pensar em Dan. Estaria mentindo. Por mais ocupada que estivesse, minha mente sempre encontrava o caminho até ele. Era irritante que, quando estava perto de Dan, queria dar um jeito de sair, mas, quando estava longe, só conseguia pensar em qual seria a próxima vez que o veria.

Como poderia resolver isso? Como passar uma borracha e me esquecer do que tinha acontecido dois anos atrás? Porque este era o grande problema: eu o amava, mas ainda não tinha conseguido perdoá-lo.

– Sabe do que eu sinto muita falta? – Sol lançou a pergunta enquanto se sentava em sua cama, tirando minha concentração dos deveres de Biologia. – Das nossas reuniões de quinta... Agora que finalmente o quinteto fantástico tá de volta, o que vocês acham de retomarmos?

Nina se virou para mim instintivamente. Suas sobrancelhas se ergueram, e ela parecia esperar minha resposta para depois opinar.

– Muito precoce? – perguntou Sol diante da minha hesitação.

– Não sei... – fui sincera.
– Como vocês estão? – quis saber a loirinha.
– Não estamos – fui direta. – Não somos nem namorados, nem amigos, nem inimigos. Não somos nada.
– "Nada" é muito forte. – Nina ergueu um dedo. – Vocês são obviamente apaixonados um pelo outro.
– É verdade, eu não paro de pensar nele um minuto sequer. Nem sempre é no sentido positivo, mas, de um jeito ou de outro, o Dan tá sempre aqui. – Toquei minha cabeça.
– Você não acha que uma aproximação como grupo seria saudável? – sugeriu Sol. – Tem algo mal resolvido entre os dois e aos poucos vocês podem encontrar um caminho.
– Esse conselho até parece meu. – Nina semicerrou os olhos encarando Sol, como se ela tivesse acabado de desenvolver o poder de ler mentes para roubar a ideia de sua cabeça.
– Tô ficando boa no assunto relacionamentos, fofa. – Ela deu de ombros ao utilizar o bordão preferido de Nina.
– Ah, é? E por quê? – Minha amiga colocou a mão na cintura, curiosa.

Sol se atrapalhou para falar e confesso que até eu desejava saber a resposta.

– Ando lendo muitos romances – a loirinha encerrou o assunto sem convencer nenhuma de nós duas. – Mas você não acha que seria uma boa ideia?
– Pode ser. – Dei de ombros.
– Ótimo. Hoje é quinta, vamos marcar! – Ela bateu palmas e foi em direção ao celular.

A agilidade de Sol para organizar tudo me deixou ansiosa. Ainda faltavam horas para a reunião, e eu já tinha conseguido pensar em cenários horríveis.

— Bom, então nos encontramos mais tarde no dormitório dos meninos, né? – perguntou Sol indo em direção ao espelho. Ela checou a própria aparência algumas vezes e depois passou um batom.

Por um momento achei muito estranho não ter nada amarelo em seu *look*, mas ela logo tratou de pegar um bolsa da sua cor preferida.

— Que roupa linda – comentei encantada pelo conjunto azul de cropped e short que Sol usava.

— Minha madrasta ficava martelando na minha cabeça que pessoas gordas não ficam bem de cropped, mas comecei a seguir uma influenciadora de moda que tem o corpo parecido com o meu e me apaixonei! Tô me sentindo linda como nunca!

— Você tá! – concordei com ela. – Ainda bem que bloqueou a mala da sua madrasta.

— No celular e na vida, nunca fui tão feliz.

Sol deu algumas voltinhas exibindo o corpo e a roupa nova, o sorriso enorme tomando conta do rosto.

— Comprei esse pela internet pra testar, mas, agora que gostei, vou pedir pras costureiras do castelo fazerem mais – disse ela já gargalhando.

— Aproveita e leva uma foto da Lisa usando cropped e fala que quer se inspirar na *rainha* – Nina entrou na onda.

Fechei os olhos, imaginando o potencial caótico que uma besteira como aquela poderia causar.

— Uma crise diplomática se instauraria e eu seria destituída do cargo – acrescentei.

— É, melhor eu comprar por aqui mesmo... o mundo mágico não tá pronto pra isso. É tão engraçado que eles são conservadores pra algumas coisas e liberais pra outras, tipo aquela história que você contou dos ajudantes de

governo te dizendo que não existem regras para o amor...
– lembrou Sol.

– Nossa, sim! Isso dá um nó na minha cabeça. Até eu me acostumar com tudo...

– Imagino! – disse Sol conferindo os itens de sua bolsa.

– E aonde você vai assim tão bonita? – perguntei fazendo o papel de Nina. Com aquele lance de "psicologia reversa", ela estava se policiando muito.

Sol deu um sorrisinho e soprou um beijo antes de fechar a porta – nos deixando sem qualquer resposta.

– Você tá vendo? – Nina esticou o dedo em direção à porta. – Agora é assim!

– Ela é inacreditável!

– Depois você fala que eu exagero.

Comecei a rir sem conseguir esconder minha curiosidade, e depois voltei a fazer meus deveres de casa, enquanto Nina trocava mensagens pelo celular.

– Marco tá chamando pra jantar, vamos? Quem sabe não conseguimos descobrir alguma coisa da Sol... – Nina esfregou as mãos, e eu ri de sua expressão convidativa.

– Proposta tentadora, mas preciso terminar esses exercícios. – Dei dois tapinhas no caderno. – E já comi em Denentri.

– Tudo bem. Se eu descobrir algo, te aviso. – Ela piscou. – Nos encontramos no quarto dos meninos, então?

– Beleza.

Nina concordou e saiu, deixando o quarto com o silêncio de que eu precisava para fazer as tarefas que enrolei mais do que deveria para terminar. Sem pensar muito, aquela foi a estratégia que arrumei para me atrasar para a reunião. Eles tinham marcado às 20h30 – que era quando a senhorita

Guine ia dormir, mas só às 21 horas decidi que eu não podia continuar agindo feito uma criança e finalizei a última questão da lista de Biologia. Fugir não era a saída. Além do mais, as reuniões de quinta sempre foram preciosas, e eu faria o possível para voltar a me divertir com elas.

Guardei meu material na mochila e pulei a janela para o estacionamento. A janela do dormitório dos meninos estava aberta e havia um banquinho dentro do quarto para ajudar, como sempre. Há dois anos que eu não fazia aquilo e uma nostalgia me atingiu. Será que o banquinho ficara ali inutilizado durante todo esse tempo?

– Desmarcaram a reunião? – perguntei do lado de fora, estranhando a falta do resto do grupo.

Dan se assustou com a minha fala repentina e se levantou da cadeira num impulso.

– Ah, oi! Não que eu saiba – respondeu ele confuso. – Quer ajuda pra entrar?

Dan estava surpreso com a minha presença; ele tinha gaguejado em todas as frases e parecia não saber como agir.

– Não, obrigada – recusei enquanto entrava. – Pensei que o pessoal tivesse marcado oito e meia.

Eu me sentia como naqueles eventos em que você não conhece ninguém e quer matar sua amiga por demorar tanto a chegar.

– Você não tava com eles? Marco disse que chamou as três pra jantar. – Dan uniu as sobrancelhas, sem compreender.

Neguei com a cabeça sem falar nada a mais e ficamos os dois sem saber o que comentar para render assunto.

– Ah, sim... – foi o máximo que Dan conseguiu.

– E você? – arrisquei para evitar que o clima estranho se intensificasse.

– Hmmm... – Ele olhou para os cantos do quarto, evitando me encarar, e, no fim das contas, exalou o ar e voltou sua concentração para mim. – Decidi não ir por sua causa.

Aquilo me pegou de surpresa e, sem conseguir evitar, me doeu ouvir a frase.

– Não! Não é isso que tá pensando – disse ele com urgência, provavelmente imaginando o que eu havia entendido. – Tá bem óbvio que a minha presença tem te deixado um pouco desconfortável, Lisa. Você sempre foi alegre e comunicativa, e eu não quero que você se sinta mal, principalmente com seus amigos.

Encarei o chão e assenti com delicadeza. Dan parecia querer muito que eu respondesse alguma coisa e encaminhasse o assunto para nós dois, mas o que eu poderia dizer? "Sim, está certíssimo, sua presença me deixa incomodada."

– Então decidiu ficar sem comer por minha causa? – Resolvi sair pelo humor, já que falar sobre nós era a última coisa que eu desejava.

– Tenho uns biscoitos. – Ele mostrou um pacote pela metade em cima da escrivaninha.

– Isso não é saudável. – Balancei a cabeça e ele deixou escapar uma risadinha.

Suas covinhas, que sempre foram meu ponto fraco, estavam bem marcadas, e eu precisei desviar meus olhos para não levar minha mente para um caminho sofrido.

– Por falar em saudável, como anda a sua vida entre três mundos?

Suspirei me sentando no pequeno sofá de dois lugares. No passado, Dan e eu costumávamos ficar horas conversando ali, enquanto ele fazia cafuné em meus cabelos.

– Intensa. Aconteceu algo horrível e... – Interrompi minha frase, sem saber se gostaria mesmo de falar sobre o desaparecimento da minha família.

– Nina me contou. – Dan assentiu compreensivo e se sentou no braço do sofá, ainda que o lugar ao meu lado estivesse disponível. Ele estava firme em se manter a uma distância confortável para mim.

– Então acabei assumindo o governo, o que tem sido muito pesado.

– Posso imaginar.

– E a sua vida, como anda? – perguntei.

– Ah... – Ele deu de ombros. – Vários projetos, várias aulas avançadas... Por aqui nada mudou.

– Muita coisa mudou – corrigi por instinto, sem pensar que ele se referia à sua vida escolar, não ao nosso relacionamento. – Digo... é o último ano e tudo mais – tentei emendar.

– É. Tem razão, muita coisa mudou. – Ele encarou o chão e ajeitou seus óculos.

– Senti tanto sua falta – falei de repente, parecendo ter perdido o filtro do que saía da minha boca. Simplesmente dizia o que passava pela minha cabeça.

Dan me encarou surpreso, uma luz pareceu se acender em seus olhos. Ele observou meu rosto por alguns instantes e pensei que talvez fosse pedir para repetir, como se não acreditasse no que seus ouvidos haviam lhe contado.

– Eu ainda sinto a sua – disse ele por fim, e deixou escapar um sorriso entristecido.

Desejei muito poder transpor aquela barreira estranha entre a gente, mas não dava. O que eu poderia responder? Nada razoável me ocorria.

Fui salva pela porta, que se abriu.

– Desculpa, perdemos a hora! – Nina ergueu as mãos na defensiva, sabendo o que eu me preparava para dizer.

Marco e Sol entraram logo atrás e, embora minha vontade fosse xingá-los, só conseguia me sentir agradecida por não terem deixado aquele clima entre mim e Dan se prolongar.

Cada um ocupou um lugar no quarto e decidimos fazer aquela brincadeira de adivinhação que envolve colocar um papel na testa e tentar acertar o que está escrito. Aquele jogo era diversão certa para mim, e fiquei muito satisfeita por perceber que, pela primeira vez, havia relaxado de verdade na presença de Dan. Sol tinha acertado com a ideia de trazer de volta as reuniões de quinta, afinal.

Depois de várias rodadas – quase todas envolvendo derrotas humilhantes do Marco –, Nina checou o relógio e ficou preocupada.

– Amanhã tenho aula no primeiro horário – ela choramingou. – Preciso dormir.

– Na próxima marcamos mais cedo pra eu ganhar de vocês mais vezes. – Sol sorriu, satisfeita porque havia adivinhado a última antes de todos.

– Ou vocês podem chegar no horário marcado – cutuquei enquanto todos se levantavam.

O trio trocou um olhar cúmplice; existia uma grande chance de terem combinado o atraso para que eu ficasse sozinha com Dan. Golpe baixo.

– Boa noite, meu amor. – Nina deu um selinho em Marco e foi em direção à janela.

– Ah, Dan. – Voltei-me para ele antes de sair. – Não gostaria que deixasse de fazer as refeições por minha causa.

Encarei seus olhos de perto, aquele era o mais próximo que havíamos ficado desde que terminamos. Eu podia sentir seu cheiro e conseguiria tocá-lo sem ter que fazer muito esforço. Dan concordou com a cabeça, achando graça da minha frase, e eu me virei para atravessar a janela.

— Te vejo amanhã no café então? — perguntou ele antes que eu alcançasse as meninas no estacionamento, ao que respondi com um sorriso.

Por mais que eu quisesse enforcar as minhas amigas por provavelmente terem tramado o atraso, não pude deixar de reconhecer que aquilo tinha trazido algo bom. Não sabia o que havia acontecido no breve momento de conversa com Dan, mas talvez tivéssemos conseguido tirar o primeiro tijolo do muro que nos separava.

E eu queria muito continuar o processo.

PARTE II

PART II

CAPÍTULO 8

Mundo meio-mágico

Fechem os olhos – pediu Olívia enquanto caminhava pela sala. – Agora imaginem uma garota linda, muito linda mesmo, cabelos incríveis e um sorriso contagiante. Ela está de mãos dadas com seu namorado, que é o menino mais cobiçado da escola onde estudam, e ambos andam em direção ao pátio do colégio. Conseguiram imaginar? Ótimo. Quantos de vocês imaginaram um casal branco?

A professora se virou para o enorme grupo do movimento negro em busca das respostas e poucas pessoas não levantaram a mão. Éramos mais de cinquenta. O braço de Nina estava tão levantado quanto o meu. Seus lábios se curvaram em desapontamento e trocamos um olhar de decepção. O que tinha acontecido conosco?

– O tema que trouxe pro debate de hoje é o nosso imaginário literário racista, que, infelizmente, é algo que domina nossa mente. O Brasil é um país muito diverso: negros, indígenas, asiáticos... mas onde estão essas pessoas na TV, nos filmes ou nos livros? Em geral, quem são as mocinhas lindas com cabelos incríveis? E quem são os mocinhos mais cobiçados do colégio? É natural que a esmagadora maioria desta sala tenha imaginado uma garota e um garoto brancos, só que existe algo errado aí, não acham?

Professora. – A voz ecoou do fundo da sala, e eu me virei correndo.

O movimento negro costumava funcionar no formato de roda, mas o grupo havia crescido tanto que foi preciso colocar mais cadeiras ao redor, por isso não tinha visto que Dan estava ali na reunião também. Não sabia que ele tinha começado a frequentar os debates abertos a pessoas não negras – também não era como se eu estivesse sendo uma frequentadora assídua desde que assumi o posto de rainha.

Meu coração pulsou mais rápido ao vê-lo. Nos últimos dias tivemos alguns contatos que mesclavam momentos esquisitos e lembranças do que fomos um dia. Havia algo que nos impedia de acessar o relacionamento que construímos por anos como amigos e por meses como namorados e, cada dia mais, eu tinha a certeza de que voltar ao que era antes seria impossível. Não havia retorno, apenas um novo tipo de relação que se desenhava aos poucos.

Como Nina tinha dito, estava nítido que ainda éramos apaixonados um pelo outro, restava agora saber como iríamos lidar com nossos sentimentos em meio a tudo o que havia acontecido em nossas vidas nos últimos dois anos. Eu tinha me tornado uma pessoa diferente, e ele também havia mudado, o que significava estabelecer um novo vínculo entre nós dois.

Dan trouxe sua perspectiva à reunião ao comentar que a identidade indígena era bem diferente da negra porque não era baseada na aparência da pessoa e sim no pertencimento e reconhecimento de um povo. Seu irmão tinha olhos verdes e a pele clara e não era "menos Krenak" do que ele por isso. E ainda que povos indígenas batessem nessa tecla, muitos livros ainda enfatizavam essa visão estereotipada, como se só existisse uma forma de ser indígena. Depois uma colega asiática amarela contribuiu com o debate mencionando livros que reforçavam a visão de que todos as pessoas amarelas são inteligentes e responsáveis, mas eu já não parecia estar mais ali. O sangue bombeado pelo coração corria para as pernas, como se meu corpo estivesse se preparando para fugir. O que estava acontecendo comigo?

– Concordo demais com a Isabela! – falou Nina me tirando do transe, eu não tinha escutado uma só palavra do que Isabela tinha dito. – É como se você dissesse "uma menina muito linda mesmo" ou "com um cabelo incrível" e eu automaticamente pensasse que não mereço esses elogios.

Pior do que não conseguir focar no debate era não impedir meus olhos de se voltarem para Dan de tempos em tempos. Era patético porque para encará-lo eu precisava virar de costas, zero discrição.

– Tá tudo bem? – Nina cochichou comigo.

– Aham – respondi no automático, e ela não se deu por convencida.

Consegui me restabelecer na segunda parte da reunião; Olívia sugeriu que nos cercássemos de livros, séries e filmes com bons exemplos de protagonismo negro, indígena, amarelo e marrom para dar uma mexida nas nossas referências, e todo mundo compartilhou dicas para montarmos uma lista coletiva de indicações.

Quando o pessoal se aglomerou em volta da lista, eu escapuli para a biblioteca porque precisava terminar de ler as últimas notícias do mundo mágico. Juro que não era uma desculpa para evitar Dan – tudo bem, era um pouquinho –, mas a questão principal era que, mesmo os ajudantes de governo se esforçando para me atualizar em todas as reuniões, eu gostava de ver outras análises sobre os acontecimentos. Às vezes sentia que os ajudantes passavam um filtro nas notícias; se eles diziam que o povo estava "pressionando" para que eu me casasse, já poderia presumir que estavam metendo o pau em mim.

Me sentei em uma das mesas da biblioteca e iniciei a leitura. Avanços científicos, acontecimentos marcantes, bailes, festas, problemas... Tinha de tudo naqueles exemplares que havia separado. Uma notícia, no entanto, chamou minha atenção: a troca de monarquia no reino de Áfrila dias atrás. Tradicionalmente não havia nada de errado; o primogênito da família real havia completado 30 anos, portanto deveria assumir o governo. Para compor a matéria, havia uma foto do novo rei, sua esposa e, ao lado, Altélius, o rei de Amerina, com representantes de outras dinastias. Em destaque, estava a frase "Família Neldoro conquista mais um reino". Eu havia estado presente na coroação, mas não tinha me atentado para aquele detalhe.

A família Neldoro, embora não fosse a dinastia oficial, estava em Oceônio, Ásina, Euroto, Amerina e agora Áfrila. Só faltava Denentri. Olália comentou o quanto eles eram queridos, mas não era estranho que estivessem tão espalhados pelo mundo glorioso? Nem mesmo os Guilever estavam tão presentes assim...

– Lisa! – Escutei alguém atrás de mim e levei um susto. Estava tão concentrada nos jornais que ouvir meu nome me fez aterrissar de repente. – Desculpa por te assustar.

Só reconheci a voz na segunda frase, ainda não tinha me acostumado àquele tom mais grosso e adulto de Dan.

– Tudo bem. – Abanei a mão e nós nos encaramos sem saber por onde guiar a conversa.

– Eu ia falar com você depois da reunião do movimento negro, mas não te achei mais... – Ele tentou puxar papo.

– É, hmmm... achei legal tu teres ido e... quero dizer, achei legal *você* ter ido e falado também – soltei nervosa corrigindo a conjugação, meu cérebro perturbado a ponto de ligar a Alisa versão mundo mágico.

– Tento vir sempre que consigo – ele respondeu ao ajeitar os óculos. – Não sabia que você tinha voltado.

– Tento vir sempre que consigo – repeti sua frase e rimos sem graça.

– Parece que estamos nos desencontrando então.

– Há alguns anos – respondi sem pensar muito.

Eu sabia que ele estava falando sobre o movimento negro, mas, ao mesmo tempo, sabia que também não estava. De alguma forma, sempre encontrávamos uma metáfora para nossa vida em conversas banais.

– Precisamos dar um jeito nisso. – Dan colocou as mãos no bolso e me lançou um olhar profundo. – Quem sabe não começamos agora com alguma indicação daquela lista que criamos no movimento? Um filme cairia bem...

Meu coração gelou. Dan estava propondo um encontro. Eu e ele. Sozinhos. Vendo um filme.

– Minha reunião de hoje ficou pro final da tarde, então tenho que ir a Denentri. Consegui só algumas horinhas de folga, até por isso pude ir ao debate hoje – expliquei meio destrambelhada, incapaz de organizar as palavras direito.

O rosto de Dan murchou.

– Mas eu topo depois – falei antes que me refreasse. Eu queria estar com ele, só não sabia como fazer aquilo voltar a ser confortável.

— Quando você quiser, é só chamar — falou ele naquele tom de quem quer estar comigo, mas também quer me dar espaço para decidir o melhor momento.

Um silêncio esquisito voltou a reinar, até que Dan se voltou para a bagunça em cima da mesa e puxou um novo assunto.

— E isso, o que é? Você parecia bem focada, é algum trabalho?

— São jornais do... — olhei ao redor para me certificar de que não havia ninguém por perto e cochichei: — mundo mágico.

— Ah, que legal! — Ele arregalou os olhos, animado com o que estava vendo.

— Não! — gritei quando vi sua mão se aproximando de um dos exemplares.

Tarde demais. Dan encostou na beiradinha de um dos jornais, e então todos que estavam em cima da mesa se queimaram em segundos.

— Uau! — Ele tapou a boca, assustado. — O que eu fiz?

— Criei um feitiço quando tava separando os jornais no mundo mágico para desaparecerem caso alguém, que não eu, tocasse neles. Não queria correr o risco de caírem em mãos erradas.

— Ah, me desculpe. — Ele pareceu chateado quando entendeu.

— Não tem problema, pego outros mais tarde.

Dan suspirou ainda se sentindo culpado, e eu achei graça da expressão dele.

— Já que queimou meus jornais e estragou meu trabalho — comecei a falar no tom mais acusador possível para que ele percebesse que era só uma brincadeira —, me ajuda com uma coisa: já ouviu falar sobre a família Neldoro?

Ele colocou a mão no queixo e fechou um pouco os olhos, esforçando-se para lembrar.

– Acho que não. – Dan balançou a cabeça levemente.

– Por quê? Era sobre eles que você tava lendo?

– Os Neldoro estão presentes em todos os governos do mundo mágico, exceto em Denentri. Mas não sei nada sobre essa família, de onde eles vêm ou qualquer coisa.

– Podemos pesquisar. – Ele colocou sua mochila em cima da mesa e se sentou na cadeira ao meu lado.

Pelo celular, Dan acessou o acervo literário do complexo de bibliotecas do Ruit e pesquisou pela palavra-chave "Neldoro", na tentativa de localizar algum livro.

– Nada – negou ele decepcionado. – Mas foi uma busca simples, posso tentar ir mais a fundo com os professores que estudam as famílias do mundo mágico.

– Acho melhor não envolver ninguém daqui nisso, pode deixar que vou perguntar pros ajudantes e professores de lá. Também vou fazer umas buscas no acervo do castelo.

– Você quer ajuda? – ele se ofereceu.

Encarei a expressão prestativa de Dan, pronto para me apoiar no que eu precisasse, e me fiz a mesma pergunta: eu queria a ajuda dele?

Isso envolveria levá-lo de volta ao mundo glorioso e passar bastante tempo com ele, o que poderia gerar murmurinhos no castelo sobre nossa reconciliação. Clarina seria a primeira a fazer alguma piadinha. E se a notícia vazasse? Se o povo já estava infeliz por ver uma rainha criada em outra cultura governando seu reino, imagina como eles iriam reagir com a hipótese de o rei também ser de fora! Porque era exatamente assim que a notícia se espalharia: "Rainha Alisa planeja casamento com um comum", e tudo por causa de uma ajuda com pesquisas sobre a família Neldoro.

– Quero – respondi quando meu cérebro começou a pensar demais, um claro sinal de que iria acabar dizendo não, mesmo com a minha vontade implorando pelo contrário. E eu estava cansada de negar a mim mesma o que queria.

– Se você puder, é claro... – tentei corrigir com medo de o meu "quero" ter soado muito empolgado.

– A que horas?

– Quando acabam suas aulas da tarde?

– Não tenho hoje.

– Mentiroso. – Dei uma risada quando vi que aquele Dan à minha frente tinha mais uma coisa em comum com o meu Dan de dois anos atrás: ambos eram péssimos em contar mentiras.

– Mas eu posso faltar. – Ele acompanhou minha risada.

– Primeiro você deixa de comer por minha causa, agora vai matar aula também? Essa culpa eu não carrego. – Movi meu dedo indicador próximo ao seu rosto, e seu sorriso se alargou.

– Cinco horas tô livre.

– Marcado.

Abri minha mochila e entreguei a ele o livro da aventura de Andora que eu utilizava como portal.

– Fica com esse, tenho outro no quarto. – Conferi as horas. – Preciso ir, até mais tarde.

– Até! – Dan acenou enquanto eu andava em direção à porta.

Segurei o máximo que pude, mas, assim que saí do seu campo de visão, foi impossível impedir que um sorriso tomasse conta do meu rosto.

***

Mundo mágico

— Obrigada a todos pelo trabalho duro para tornar realidade a minha ideia do conselheiro real. Significa muito para mim e para o tipo de governo que almejo — falei para encerrar a reunião com os ajudantes de governo.

Nós havíamos gastado algumas horas para resolver as questões daquele dia, principalmente com a eleição se transformando cada vez mais em um projeto pronto para sair do papel.

— Tenho certeza de que esse será um dos vossos grandes legados, Majestade. — Olália sorriu orgulhosa e a equipe a acompanhou.

Depois de ter pedido minha avó para ajudar nos detalhes burocráticos e compartilhar conhecimento, os funcionários pareceram mais seguros com a proposta. Mais do que isso, estavam agora confiantes de que seria algo positivo para os denentrienses — acredite ou não, havia vários dias que a palavra "casamento" não era pronunciada.

Os ajudantes fizeram uma reverência para se despedir, e o relógio da parede marcou 17 horas exatas. Meu coração bateu mais forte: era hora de me encontrar com Dan.

— Por que tanta pressa? — Clarina surgiu atrás de mim no caminho entre a sala de reuniões e a sala principal.

— Não sei se devo contar-te. — Semicerrei os olhos e encarei seu falso rostinho inocente.

— Talvez eu já saiba. — Ela fez uma expressão maliciosa.

— É claro que sim. — Suspirei derrotada.

Nada acontecia no castelo sem que a rádio peão tomasse conhecimento. Dan já devia ter chegado e a fofoca alcançou Clarina na velocidade da luz.

– Me ofende que tenhas voltado a cortejar o garoto Dan sem ter me contado!

– Não... olha, é... complicado.

– O quê? – Ela levou as mãos à cintura e esperou pela minha explicação.

– Não somos namorados de novo, acho que estamos tentando nos reaproximar aos poucos, sabe? Acabamos de voltar a nos falar direito...

– E agora tens um *encontro* na biblioteca? – cutucou Clarina.

– Você não vale o chão que pisa – brinquei.

– Não vou nem perguntar o que isso significa! – ela falou com pressa e começou a me girar para conferir o vestido e o cabelo, que estava preso de um lado com os cachos soltos e volumosos do outro – Que bom que hoje estás de vermelho! No mundo comum, é como se morásseis no reino de Amerina, certo?

– Sim, o continente se chama América. Mas lá não temos essa relação com as cores. E ele também não é um rei, não é como se eu precisasse prestar homenagem.

– Rei? Quem é que falou de o garoto Dan ser um rei? Tu é quem estás dizendo! – ela zombou mais um pouco, e eu soltei uma risada. – Mas ele poderia ser...

– Quando foi que te tornaste essa pessoa? – Revirei os olhos retomando meu caminho até a sala principal.

– Bom encontro! – disse Clarina antes de soltar uma gargalhada.

– Há uma visita para vós, Rainha Alisa – um funcionário me avisou antes de abrir a porta da sala principal.

– Sim, sim, eu estava aguardando. Não precisa me anunciar – pedi, mesmo sabendo que era inevitável.

— Vossa Majestade, a Rainha Alisa Guilever de Denentri — falou o funcionário ao abrir a porta, e eu revirei os olhos.

— Uau! — Dan não conseguiu evitar a interjeição assim que seus olhos caíram em mim. — Se eu soubesse que tinha código de vestimenta pra fazer pesquisa na biblioteca real, teria me preparado melhor.

Ele avaliou a própria roupa — uma típica blusa nerd e uma bermuda de cor neutra — e fez uma expressão decepcionada.

— Bem que eu gostaria de vestir algo mais casual, mas isso é o que tem de mais modesto no meu guarda-roupa. Se ser princesa já me exigia um vestuário impecável, imagine agora sendo rainha.

— Você deve estar adorando tudo isso, Lisa. — Ele sorriu debochado, mas depois ficou sério de repente. — Ou devo dizer... Majestade?

Dan me reverenciou com exagero, deixando tudo dramático.

— Pelo visto, nesses últimos anos nada mudou quanto a esse traço cômico da sua personalidade. Nem mesmo as piadas se renovaram — zombei séria.

Dan arregalou os olhos e abriu a boca em "o", como se estivesse ofendido.

— E você continua sutil como sempre. — Ele tentou segurar o riso.

— Você sabe, é um dos meus pontos fortes.

— Entre os vários que possui — completou Dan sem tirar os olhos dos meus.

Desviei sem graça. Embora eu mesma tivesse me vangloriado, ainda não sabia receber elogios tão diretos assim. Ao redor, os funcionários tentavam parecer neutros, mas sabia que estavam fazendo anotações mentais de cada diálogo para repassar mais tarde.

– Podemos começar nossa pesquisa?

– É claro. – Ele sorriu.

Encaminhei Dan até a biblioteca do castelo e foi incrível a expressão de encantamento em seu rosto assim que entrou. A biblioteca real era um dos lugares mais lindos em que eu já tinha entrado. Era enorme, com um pé direito alto e o teto cheio de desenhos. Aquela arquitetura me fazia lembrar o reino de Amerina, e tudo fez sentido no dia em que descobri que Andora havia planejado a biblioteca. Desde então, sentia ainda mais prazer em visitá-la; primeiro porque ler me encantava, especialmente sobre a história do mundo glorioso, e segundo porque saber que era um lugar cheio de marcas de Andora me fazia sentir em casa.

Se antes detestava as comparações com a rainha mais importante do mundo mágico, agora me apegava ao máximo àquela ideia. Governar não havia se mostrado uma tarefa fácil e, de algum modo, tentava me encorajar com essas possíveis semelhanças entre nós duas.

Dan começou a vasculhar o espaço, ainda chocado, e vez ou outra tocava em algum livro só saboreando a sensação. Enquanto ele se divertia como uma criança num parque de diversões, fui até o localizador da biblioteca. Era como uma imagem projetada na parede em que você escrevia sua busca com os dedos. Redigi a palavra "Neldoro" e encontrei várias referências disponíveis. Automaticamente, a estante que continha os exemplares começou a piscar uma luz vermelha e, ao me aproximar, notei que os livros também piscavam.

– Uau! – Dan se admirou mais uma vez.

– Bem-vindo ao mundo mágico – zombei, e ele forçou uma risada.

– Ironicamente o mundo mágico utiliza bem menos magia do que o meio-mágico, tá? – contra-atacou ele, e eu ri. – Especialmente agora...
– A situação tá complicada, né? – Usei o tom sério que a situação pedia.
– Completamente! As pessoas não sabem mais o significado de limite, a utilização dos poderes tá descontrolada e ninguém faz nada a respeito.
– Ouvi dizer que tinham colocado regras mais rígidas.
– Mas não tem fiscalização nem conscientização, então não adianta. – Ele ergueu os ombros.
– E parece que esse descontrole no Sul é uma tendência no mundo todo...
– O pior são as guerras! Venho lendo as notícias internacionais e sinto que uma hora ou outra vão chegar ao Brasil também... – lamentou ele.

O cenário nada otimista de Dan me fez temer por nossas famílias. Nós vivíamos em cidades fronteiriças entre o Sul e o Norte; se uma guerra civil se instaurasse, seria uma zona muito perigosa.

– Vamos mudar de assunto? – propôs ele quando viu a expressão de medo em meu rosto. – Família Neldoro.

Dan recuperou nosso foco e colocamos em cima da mesa os livros que piscavam nas estantes. Suspirei só de pensar no trabalho que aquilo daria.

– Não é bizarro todos esses livros serem recentes? Não tem nenhuma informação antiga sobre essa família. Se você pesquisar por "Guilever" vai encontrar publicações cheias de poeira de tão antigas, mas essa família, não. Eles parecem ter surgido do nada.

– E ontem – completou ele.
– Tem algo muito esquisito aí!

Interrompi minha linha de pensamento quando alguém bateu na porta.
— Entre! — autorizei.
— Majestade. — Um dos funcionários me reverenciou. — Quena está planejando o jantar e mandou perguntar se Vossa Majestade jantará com o Príncipe Petros no castelo hoje.
— Príncipe Petros? — perguntei sem entender por que cargas d'água Quena estava perguntando aquilo.
— Ah, perdoai-me! — desculpou-se o funcionário quando seus olhos caíram em Dan. — Disseram que Vossa Majestade estava acompanhada hoje e creio que Quena presumiu ser o príncipe de Amerina.
— Ah — arfei quando entendi.
— O que respondo a ela?
— Você quer jantar aqui? — Virei-me para Dan.
— Um jantar com a rainha, que honra! — Ele colocou as mãos no peito, dramatizando mais uma vez. — Jamais recusaria.

Balancei a cabeça com a bobagem e pedi ao funcionário que avisasse Quena, já imaginando os julgamentos da cozinheira; até podia visualizá-la dizendo que num dia estou com o Príncipe Petros para cima e para baixo e depois apareço com outro garoto. Não tinha como explicar a ela tudo o que havia acontecido e o quanto tinha sido enganada...

— Meu casamento! — gritei de repente quando algo veio à minha mente.
— O quê?! Você vai se casar? — Dan ficou desesperado.
— Não! — rebati. — Quero dizer, eu ia.
— Com quem? — Ele não conseguia esconder o susto.
— Com Petros — falei sem qualquer empolgação.

— Mas a Nina disse que você tava brava com ele por ter escondido sobre o feitiço.

— Exatamente! Pedi Petros em casamento por causa de toda a pressão do povo, só que a consciência dele pesou e ele decidiu me contar o que o Rei Altélius tinha feito com você. Agora pensa comigo, se Petros e eu tivéssemos nos casado, então a família Neldoro estaria em todos os reinos do mundo glorioso! O sobrenome mais importante de Petros é o Castelari, porque sua mãe é da dinastia oficial de Amerina, mas, ainda assim, ele carrega o Neldoro por causa do pai. Isso tudo me faz pensar que, assim que Altélius soube que você e eu tínhamos terminado no mundo meio-mágico, não hesitou em encontrar uma forma de nos separar definitivamente, deixando o caminho livre para Petros...

— Faz muito sentido. — Dan balançou a cabeça.

— Agora por que a família Neldoro tá tão empenhada em ocupar as monarquias se não é a dinastia oficial? E desde quando eles arquitetam esse plano? Porque, como pode ver, parece algo muito bem esquematizado.

— E eles já foram bem-sucedidos em quase todos os reinos.

— Exatamente.

Aquela conversa estava me deixando nervosa, havia algo grande ali, bem debaixo do meu nariz, e eu precisava descobrir. Me levantei da cadeira e comecei a caminhar de um lado para o outro, me perguntando quem era essa família estranha e sem história.

— Neldoro, Neldoro, Neldoro... — repeti sem conseguir sossegar. — AI, MEU DEUS!

— O que foi? — Dan se levantou e se aproximou de mim.

— Repita "Neldoro" sem parar – consegui dizer apesar de estar em choque.

Dan seguiu minha instrução e então ficou claro para ele também:

— Doronel – ele disse quase como se estivesse pronunciando um nome amaldiçoado.

— Neldoro é um anagrama de Doronel! É por isso que não há registro dessa família, eles inventaram esse nome! Perderam a coroa muito tempo atrás, mas prometeram que voltariam ao poder! Meu Deus, estão conquistando o mundo glorioso! Petros é um deles e, assim que assumissem o reino central, dariam um jeito de decretar os Doronel como dinastia oficial outra vez, é óbvio! Caramba, fui tão enganada. – Coloquei as mãos no rosto e me neguei a acreditar que Petros era pior do que mentiroso, era um golpista!

— Calma, Lisa. – Dan se aproximou. – Você não tem culpa, não tinha como adivinhar.

Respirei fundo algumas vezes tentando recobrar meu autocontrole, mas era muito difícil pensar que, por muito pouco, eu não havia me casado com um Doronel, possibilitando o último arranjo do plano daquela família maldita. Que raiva!

— E se... – comecei a falar, mas uma onda de lágrimas me atingiu. Puxei um pouco de ar para tentar novamente.

— E se os Doronel forem os responsáveis pelo sequestro da minha família?

Dan tombou a cabeça para o lado, aguardando minhas próximas palavras. Minha mente fervilhava, as conexões sendo feitas uma atrás da outra, criando toda a narrativa do que havia acontecido nos últimos anos.

— Tecnicamente eu só comandaria o governo aos 30 anos, então tiraram minha família da jogada pra me forçar a assumir logo o trono e a me casar. Garantiram que você e eu não voltaríamos a namorar, manipularam os jornais para que o povo me detestasse, tudo isso para chegar à cartada final com a minha união com Petros, que sempre foi a pessoa mais próxima que eu tive aqui! Não queriam esperar até que eu completasse 30 anos, queriam oficializar a dinastia Doronel agora, alcançando todos os reinos do mundo mágico.

Encarei os olhos arregalados de Dan.

– Isso parece viagem?

– Não – negou ele rapidamente. – Na verdade, faz todo sentido.

De repente, a porta da biblioteca se abriu, e eu levei um susto, principalmente porque do outro lado estava Louína – com sua expressão séria e aquele jeito fantasmagórico.

– Tu precisas de mim – afirmou ela.

Será que um dia descobriria como minha mestra era capaz de saber de tudo com tanta precisão?

– Muito – respondi.

CAPÍTULO 9

Mundo mágico

—**V**ejo grandes probabilidades de tuas hipóteses serem verdadeiras – disse Louína depois que eu repeti o que pensava sobre os Neldoro/Doronel. – Acredito que um sequestro tramado dentro da própria realeza nunca fora considerado pela investigação.
– O que eu deveria fazer? Confrontar Altélius e os outros?
– Não! – Ela arregalou os olhos e me encarou séria. – Pensando em tua teoria, é possível que não tenham assassinado tua família.
A frase de Louína acendeu um lampejo de esperança em mim.
– Como assim? – perguntei ansiosa para me apegar a qualquer coisa e voltar a acreditar.
– Se eles os tivessem matado, então a magia de Âmbrida, Honócio e Blenda também morreria. Acredito que não seria do interesse dos sequestradores perder a oportunidade de acumular tanta magia. Precisam dos poderes para

vencer-te. Não tenho certeza, mas a probabilidade é grande se essa ligação que fizeste entre Neldoro e Doronel for real. Só de imaginar meus pais e minha irmãzinha presos por tanto tempo, uma agonia enorme tomou conta de mim.

– Se estiveres certa, precisamos libertá-los! – me desesperei.

– Tem calma. Não podes agir com tanta precipitação. Tu te lembras que não conseguiste utilizar teus poderes para descobrir quem sequestrara tua família? Pois bem, tu és a pessoa mais poderosa do mundo mágico, é inegável, no entanto, és incapaz de destruir feitiços feitos por alguém que acumulou tanto poder: o próprio, o da princesa, o da rainha e o do rei. Imagina se descobrem que estás desconfiada? Matar-te-ão – ela sentenciou utilizando a bendita mesóclise.

Louína era do tipo de pessoa que, quando precisava ser direta, não hesitava. O que eu poderia fazer diante daquilo? Minha mestra já havia descartado pegar os poderes dos outros reis; segundo ela, era muito perigoso para mim, além de não saber se seria útil, uma vez que os poderes dos outros monarcas eram muito inferiores aos da família real de Denentri.

Louína ergueu um dedo enquanto seus olhos iam longe. Quase podia ouvir seu cérebro trabalhando para encontrar soluções.

– Primeira coisa: ninguém pode saber que desconfias dos Neldoro. Também não podem saber que tu voltaste a cortejar o garoto do mundo comum. – Ela olhou para Dan, que estava sentado conosco, e eu pensei se deveria esclarecer o status do nosso relacionamento ou não. – Petros te entregou as informações sobre como desfazer o feitiço, o que é muito estranho, pois contraria a teoria que criaste. Talvez signifique que não estejas completamente certa. Mas, de qualquer forma, ele não pode saber que estão juntos.

— Por quê?

— O garoto é um problema para os planos deles. Se tu estás com ele, então como te casarias com um Neldoro? Eles poderiam eliminar-te facilmente e tentar colocar outra dinastia em Denentri.

Um calafrio percorreu meu corpo. Eles tinham raptado minha família para eu assumir o poder e me casar com Petros. Se descobrissem que Dan e eu estávamos nos entendendo, o que os impediria de nos tirar da jogada também?

— Tu deves te retratar com Petros. Propor um restabelecimento do noivado.

— O quê?! — gritei exasperada.

— Eles precisam pensar que o plano voltou a dar certo. — Louína continuou a utilizar seu tom calmo, mesmo que o meu estado de espírito fosse exatamente o oposto. — Tu precisas ser madura e pensar na tua proteção. Se não fores uma ferramenta para os Doronel alcançarem o poder, então vão encontrar uma forma de retirar-te do caminho, tal como fizeram com tua família.

— E depois faremos o quê? — Abaixei o tom de voz quando caí na real. Era uma questão de vida ou morte.

— Preciso pensar direito. Por enquanto, garante a própria sobrevivência: reata o noivado com Petros, adia ao máximo a marcação da cerimônia ou o anúncio público. Em paralelo, criarei estratégias de investigação contra os Neldoro, bem como pensarei em formas de detê-los.

— Tá — assenti. — Preciso também apagar a memória das pessoas que viram o Dan no castelo, ninguém pode saber de nada.

— Isso já sabes como fazer. — Ela se levantou da cadeira, mostrando que nossa pequena reunião estava no fim. — Tuas aulas de Tranto, Cultura, História e Geografia estão canceladas até segunda ordem. A partir de agora, nos encontraremos todos os dias depois da reunião com os ajudantes de governo. A propósito, não contes nada a nenhum deles e engaveta teu projeto do conselheiro real que, apesar de ser muito bom, não acho que seja o melhor momento para colocá-lo em prática. Dividir o poder é tudo o que os Doronel não desejam, e podem tentar impedir as eleições de uma forma não muito amigável. Não faças nada que represente risco à tomada de poder deles, me ouvistes? Precisas estar completamente alinhada aos anseios dessa família para garantir tua segurança.

— Entendido — respondi enquanto repassava mentalmente todas as ordens de minha mestra. Ela era muito boa, embora fosse meio arrogante, e era a pessoa a quem eu mais confiava assuntos tão sérios como a minha própria vida.

Depois que Louína saiu da biblioteca, o mundo pareceu cair sobre meus ombros. Foi como se eu tivesse tomado consciência de toda aquela conversa de uma só vez.

— Você vai passar por cima disso. A gente vai estar com você. — Dan segurou a minha mão e a apertou.

— Obrigada.

— Você sabe o que precisa fazer agora. — Dan pegou um pedaço de papel e uma pena que estavam em cima da mesa e me entregou.

— Parece que nosso jantar no castelo foi cancelado — lamentei enquanto desenhava a linha da memória e a linha da realidade, exatamente como fiz quando precisei apagar nosso desaparecimento da memória das pessoas do outro lado do portal.

— Pra mim, sim, mas não pra você. — Ele negou com a cabeça. — Convide Petros.

Fiz uma careta para a proposta.

— Eu acho que você tem que dizer a ele que entende por que ele escondeu o segredo. Fala que às vezes fazemos coisas estúpidas, mesmo quando amamos muito a outra pessoa. — Dan fez uma pausa, e sua última frase me deu a impressão de que ele falava sobre si mesmo. — Depois diga que o feitiço funcionou, mas que, quando voltamos a nos falar, você percebeu que dois anos foi tempo demais e que, de tanto se esforçar, conseguiu me tirar do seu coração.

Sua mão continuava unida à minha, e seu olhar era tão penetrante que parecia me tocar também. Era nítido o sofrimento de Dan ao dizer todas aquelas coisas, ainda mais para ajudar a me unir a outra pessoa. Mas também estava claro que o risco que eu corria superava qualquer outra preocupação. Eu o conhecia o suficiente para saber que colocava minha segurança em primeiro lugar.

— Não sei se vou parecer convincente falando uma mentira dessas. — Mantive nossos olhares. Tirá-lo do meu coração foi a tentativa mais penosa que pude experimentar e, ao mesmo tempo, a menos bem-sucedida.

Dan não conseguiu evitar que seus lábios se repuxassem em um sorriso, então seus olhos mudaram de direção, caindo em minha boca. Uma corrente elétrica pareceu percorrer todo o meu corpo e desejei um toque mais intenso do que o simples contato entre nossas mãos.

Eu sabia que ele não tomaria qualquer atitude. Dan parecia pisar em ovos comigo, não queria apressar nada nem me deixar desconfortável — o que eu tinha apreciado muito. Se eu desejava um beijo, então precisava mostrar com todas as letras. Mas e se ficasse uma situação horrível depois? E se eu me arrependesse no outro dia? E se voltássemos a namorar e eu não conseguisse me esquecer do que tinha acontecido?

Por outro lado, estava óbvio que eu desejava acabar com aquela distância entre nós e unir nossos lábios de uma vez por todas. Quem eu queria enganar? Eu era apaixonada por Dan, queria estar com ele, e sua presença me fazia bem.

Duas partes do meu cérebro brigavam para decidir qual deveria ser minha próxima ação. Uma – carinhosamente apelidada de "medrosa" – implorava para que eu fugisse dali e evitasse sofrimento maior. Outra – mais "aventureira", digamos – pouco se importava se nosso relacionamento daria certo a curto, médio ou longo prazo. Tudo o que ela queria era pagar para ver. Não havia como prever o futuro, mas havia como viver o presente e descobrir por mim mesma.

Suspirei quando a parte medrosa venceu e dei um passo para trás, soltando nossas mãos.

– Eu... eu preciso resolver as coisas e organizar minha cabeça, a gente pode se falar depois?

– Quando você quiser, vou estar aqui te esperando.

Dan deu um sorrisinho de lado, e eu soube que a frase tinha um duplo sentido.

***

Mundo mágico

– Pede desculpas pelo convite de última hora e diz ao Príncipe Petros que preciso conversar com ele, por favor – solicitei a um dos funcionários depois de ter usado o feitiço para apagar a memória de todos que viram Dan no castelo.

Eu mesma poderia ir até o reino, mas Altélius era o último Doronel que eu toleraria ver. Já não gostava dele antes, imagina depois de toda a teoria que criei...

— Vais convidar *Printese* Petros para o jantar? — Clarina cruzou os braços e fez uma expressão desconfiada.

— Eu sei que isso soa contraditório, só que preciso que confies em mim. Não posso entrar em detalhes, mas... vou me reconciliar com Petros e pedi-lo em casamento.

— Alisa! — protestou ela em um tom mais alto, mas logo voltou ao normal quando se deu conta de que alguém poderia nos ouvir. — Por que farias isso?

Me aproximei de Clarina e desejei muito poder contar a verdade a ela, porém achei melhor poupá-la. Pelo menos por enquanto.

— Prometo que te explico assim que possível.

Ela sustentou meu olhar por alguns segundos, depois assentiu. Clarina confiava em mim, embora tudo aquilo parecesse bizarro.

Aguardei a chegada de meu convidado na sala principal. Era inegável que estivesse nervosa. Depois de toda a teoria que havia criado sobre os Doronel, pensei no tamanho do perigo que corri me aproximando de Petros sem fazer ideia de suas reais intenções. Era inacreditável uma pessoa aparentar ser tão doce, mas no fundo conspirar contra você. Como Petros era bom ator! Jamais desconfiei de qualquer falta de caráter de sua parte! Só esperava que eu fosse tão boa em mentir quanto ele, pois dependia disso para me manter segura.

— Vossa Majestade, o Príncipe Petros Castelari de Amerina — o funcionário para quem havia pedido o favor anunciou o príncipe, que entrou na sala com uma expressão surpresa.

– Rainha Alisa. – Ele meneou a cabeça me cumprimentando.

– Olá. – Sorri um pouco tentando esconder meu desconforto.

– Teu convite me deixou estupefato, devo ser honesto.

– Imagino que sim. – Concordei com a cabeça. – Tenho algo a dizer-te.

– Sou todo ouvidos.

– Li tua carta. – Ergui a correspondência que havia recebido há alguns dias.

Petros tinha sido bastante eloquente em suas desculpas e, no momento em que li, simplesmente joguei o papel de lado, mas agora precisava dele para a encenação soar crível.

– Tens toda razão, tu me magoaste muito escondendo-me aquele segredo por tanto tempo, porém, quando fiquei mais calma, entendi o que tentaste me dizer. Todos nós cometemos erros e teus sentimentos por mim levaram-te a tal conduta.

– Exato! – Ele movimentou a cabeça positivamente algumas vezes, parecendo genuinamente feliz. – Fui egoísta por pensar que poderia colocar meu amor por ti acima da honestidade. Estou muito arrependido do que fiz.

Era incrível seu talento para encenação! Qualquer um seria capaz de acreditar naquela cara de cachorro arrependido.

– Pois bem, convidei-te hoje para falar que não gostaria que este fato estragasse o que construímos. Tu és da família real de Amerina, e eu, de Denentri. Não seria bom que mantivéssemos qualquer inimizade. Além disso, és uma pessoa muito cara para mim, não posso me esquecer do tanto que me ensinaste e de como vivi boas experiências ao teu lado.

— Fico muito feliz em ouvir isso, Rainha Alisa, sinceramente.

Dei um sorriso pacificador, enquanto por dentro pensava em formas de encaminhar o assunto para o desfecho do meu teatro.

— Se não for intromissão, permita-me questionar sobre o garoto do mundo comum. Espero que tenham restabelecido o cortejo, me alegraria saber que conseguiram reatar mesmo depois do feitiço.

— Dan e eu não funcionamos mais juntos. Muita coisa mudou nesses dois anos, agora sou rainha e minha vida é aqui. Ainda este ano me mudarei para o castelo e ele é só um garoto do mundo comum. É irônico dizer isso, mas parece que, de alguma forma, esses dois anos longe me fizeram perceber que não havia possibilidade de o nosso relacionamento funcionar a longo prazo, compreendes?

Petros parecia ainda mais surpreso com meu discurso e não sei como conseguiu simular uma expressão sentida.

— Nós voltamos a nos falar, mas logo ficou claro que um novo relacionamento não daria certo.

— Sinto muito, Alisa.

Mentiroso!

— Não sintas. — Abri um sorriso tranquilizador. — Foi libertador perceber isso. Dan foi algo da adolescência, agora sou outra pessoa e posso ver tudo com mais clareza.

— Nesse caso, fico satisfeito por te sentires bem.

Dei um passo para me aproximar de Petros e peguei sua mão.

— Obrigada — agradeci com os olhos fixos nos seus, tentando jogar todo o charme que eu nem sabia se tinha.

— E quanto aos ajudantes de governo? Ainda estão te pressionando em relação ao casamento? — ele usou um

tom tranquilo, não parecia afetado pelo meu toque. Eu era péssima em flertes.
— Tu não podes imaginar! — Dei uma risada.
— Continuo disponível, se ainda precisares de um noivo — ele falou simpático, e eu me perguntei pela milésima vez como ele era capaz de fazer aquilo mesmo sendo um Doronel tentando dar um golpe!
— Tu és incrível! — falei sem soltar sua mão, e Petros sorriu. — Tu aceitarias te casar comigo, Príncipe Petros?
— Seria uma honra para mim, Rainha Alisa. — Ele fez uma mesura e eu me obriguei a sorrir.
Pelo menos por enquanto, minha vida ainda estava a salvo.

CAPÍTULO 10

Mundo normal

Foi horrível, vovó – falei deitada em seu colo. Ela acariciava meus cabelos e ouvia meu desabafo. – Tenho a impressão de que, por estar tão cercada de mentiras e segredos, acabei incorporando isso à minha vida. Eu achava que Petros era um amigo, sabe? Mas de repente descobri que é só mais um Doronel tentando me arrancar a coroa. E pior: precisei entrar nesse jogo teatral também! Se você visse tudo o que tive de falar, toda a teia de falsidade que construí... e eu nem sei até quando isso vai durar. Ainda não encontramos qualquer saída... Só de olhar pra cara dele e pensar que Petros é um dos responsáveis pelo rapto da minha família, que sabe se estão vivos ou não e onde poderiam estar, sinto um embrulho no estômago. Minha vontade é esganar seu pescoço até que me conte tudo.

– Oh, meu amor... – Ela enrolou um dos meus cachos em seu dedo. – Você não deve se sentir culpada. Está tentando manter a ordem do seu mundo, e ser uma rainha significa tomar medidas que não são exatamente confortáveis.

— Eu sei, vovó, mas é tão difícil. Só queria que a minha vida pudesse entrar nos eixos por alguns segundos. As coisas se transformaram em uma sequência de contratempos desde o dia da Celebração. Nesse momento, existe uma possibilidade enorme de a minha família mágica estar viva e, além de não conseguir libertá-la, ainda preciso fingir um noivado com Petros.

— Não é estranho que ele, mesmo sendo um Doronel e mesmo fazendo parte de todo o golpe, tenha te contado sobre o feitiço do Dan? — vovó ficou intrigada. — Por que ele estragaria os planos da família se você já estava convencida a se casar com ele?

— Me questiono isso bastante. Será que a minha hipótese tá errada? Ou será que Petros tem um motivo ainda pior? E se ele estiver tramando algo além do que imagino? Posso achar que tô mantendo tudo sob controle fingindo reatar o noivado quando na verdade ele tá preparando um ataque ainda pior.

— Não tem nada que possa fazer? Algum tipo de feitiço para que Petros te conte a verdade? — sugeriu ela.

— O problema é que, se eles estiverem com os poderes da minha família mágica, meu dom não será suficiente para vencê-los. Também se desconfiarem de que o plano deles não está funcionando, podem me tirar de cena fácil. Imagina se eu utilizo meus poderes contra Petros e ele tá com os dons dos meus pais e da minha irmã? Ele pode simplesmente contra-atacar, e aí ferrou, eu não duraria segundos numa batalha contra a magia deles.

— Tenho certeza de que vocês vão encontrar formas de tornar viável este embate com os Doronel e, por mais difícil que seja fingir, nós sabemos que é necessário para mantê-los sob controle e proteger a sua vida e a de sua família. Tenho muito orgulho desta garota que você se tornou, que não mede esforços para conseguir o que quer e o que acha certo.

Fiquei tocada por suas palavras e então me sentei para encará-la. Vovó era uma mulher incrível e, desde criança, eu adorava dizer que me parecia com ela. Havia dois motivos para isso. O primeiro era porque minha avó era muito especial, e desde sempre tentei me inspirar em seu jeito de enxergar o mundo e levar a vida. O segundo era porque, ao olhar para meus pais e meus irmãos, ficava óbvio que eu era muito diferente deles, todos tinham um tom de pele bem mais claro, além de cabelos lisos ou ondulados. Quando enxergava a pele da minha avó, contudo, só um tom de negro mais claro que o meu, e seus cabelos só um pouco menos cacheados, eu me agarrava àquelas características para dizer que havia puxado minha avó. Não tinha outras semelhanças físicas, mas era nisso que eu me apegava para me sentir parte da família quando ainda não sabia sobre a adoção.

— E, mesmo pensando assim, você não me deixa entrar para os Unificadores. — Cruzei os braços e fixei o olhar nela.

— Tudo o que digo você leva pra esse assunto. — Ela deu uma risada balançando a cabeça.

— É claro! Você acabou de me elogiar! Por que não posso fazer parte do grupo se pensa que sou boa em lutar pelos meus ideais?

— Lisa, meu amor. — Ela pegou minha mão e ficou encarando-a por alguns segundos. Depois elevou o olhar até encontrar o meu. — Você vive tantos problemas e perigos no mundo mágico, eu só quero te proteger aqui. Quero que tenha pelo menos algum lugar seguro para onde ir.

— Vó, aqui também não é seguro pra mim, você sabe. Eles estão procurando por mim.

— Sobre isso, não há com o que se preocupar, eu mantenho o controle de toda a investigação, não vou deixar que alcancem você.

— Não é só isso. — Neguei com a cabeça. — A professora Olívia disse que já começaram a aparecer em alguns livros sobre o meu nascimento em Denentri. Daqui a pouco deve aparecer sobre o meu rapto. Eu mantenho aqui o mesmo nome do mundo mágico, e muita gente sabe que aconteceu algo diferente comigo na Celebração. A qualquer momento, podem ligar os pontos e chegar a mim.

— Oh, meu Deus! Realmente! — Ela levou a mão à boca.

— E, daqui a alguns anos, também chegará aos livros o relato de que "a Princesa Alisa voltou ao mundo glorioso depois de passar treze anos no comum". Eles vão me descobrir cedo ou tarde. Precisamos acabar com o contrato, revelar o que o governo faz com os alunos que têm personagens da realeza, o ódio que eles incitam entre as populações e todas as atrocidades que cometem em busca de poder. Esse mundo é tão inseguro pra mim quanto o outro.

— Minha nossa... — Vovó tentou, sem sucesso, regular a respiração descompassada. — Ainda não acho que seja o momento ideal, mas certamente precisamos agir antes que te descubram. Nunca duvidei de sua competência e do bem que fará à luta, mas sempre tive o instinto de tentar te proteger. Só que você tem razão: a forma de te proteger é agindo.

— Isso quer dizer que tô dentro?

— Calma, preciso conversar com o grupo e pensar em estratégias para atacar no momento ideal.

— Fechado! Vovó, imagine do que nós duas seremos capazes! — falei olhando para o horizonte e vislumbrando nosso futuro vitorioso. — Você com os poderes de Andora e eu com os meus vamos destruir essa sociedade segregacionista!

Falei me sentindo em um filme de super-heroínas, mas, de repente, aquela brincadeira me levou a um pensamento real.

— Calma aí! — Me levantei do sofá como se tivesse sido picada por vários insetos. Eu estava eufórica com o que havia me ocorrido. — Vovó! Você é a solução!

— Do quê?! — ela se desesperou.

— Do problema do mundo mágico! Nós duas temos os poderes mais grandiosos que já existiram! Se nos unirmos, conseguiremos quebrar todos os feitiços que os Doronel fizeram pra esconder o sequestro da minha família mágica!

— Lisa, faz décadas que eu não utilizo meus poderes, provavelmente nem sei mais como se faz isso.

— É como andar de bicicleta, você nunca esquece — brinquei. — Você iria comigo a Denentri? Posso te apresentar à minha mestra e ver o que ela acha disso?

— Claro! — Ela balançou a cabeça, e eu fui atrás do portal na minha bolsa.

Tudo o que desejava era ouvir uma resposta positiva de Louína e salvar minha família, e só de imaginar uma possibilidade disso dar certo, meu coração disparou em ritmos frenéticos.

Era hora de mostrar aos Doronel que mexeram com a família errada.

***

Mundo mágico

— Precisamos conversar — falei séria para minha mestra, que encarou minha avó ao meu lado.

— Para a sala de treinamento. — Louína indicou com a cabeça e nós a seguimos pelos corredores do castelo. — Não me digas que tens mais problemas.

— Na verdade eu espero que agora tenha a solução. — Inspirei fundo, ansiosa por expor a alternativa que rondava minha mente. — Se houvesse uma forma de utilizar os poderes de Andora Guilever contra os Doronel, o que me dirias?

— Ah, Alisa. — Ela suspirou impaciente. — Pensei que tivesses algo sério a conversar, não fantasias da tua cabeça.

— É sério. Tu te lembras o que expliquei sobre o mundo comum? Como funciona a conexão com as pessoas gloriosas?

— Sim. — Louína balançou a cabeça, ainda impaciente.

— Minha avó é conectada a Andora Guilever. — Toquei o ombro de vovó Angelina, e os olhos de minha mestra quase saltaram de seu rosto.

— Estás me dizendo...

— Sim, minha avó tem os poderes da Rainha Andora!

— Ó, deuses! — Louína levou a mão a boca e deu um passo em direção à minha avó.

— Só que, como disse à Lisa, faz tempo que não utilizo minha magia, estou enferrujada.

Nenhuma frase seria capaz de captar a atenção de Louína. Ela estava mais expressiva do que jamais a vira, e todo seu foco se voltava para uma única pessoa. Sem desviar os olhos da minha avó, Louína deu ordens para que eu criasse um *titoberu* e pediu permissão para que eu retirasse os poderes dela.

— Uau, isso é muito estranho! — Vovó Angelina olhou para as próprias mãos e depois encolheu os braços, provavelmente sentido um vazio quando transportei todo o seu poder para aquele vaso flutuante.

Louína correu ao *titoberu* para analisar de perto e, depois de ver a agitação do objeto, sua expressão facial se iluminou ainda mais.

– Isso é incrível! – disse ela por fim.

– Me sinto uma estúpida por não ter pensado nisso antes!

– De fato – Louína concordou e vovó se assustou.

– Achas que com isso tenho condições de vencer os Doronel? – perguntei, já acostumada ao *jeitinho* da minha mestra.

– Teu poder unido ao de Andora é imbatível, Alisa.

– Então posso agora mesmo pegar a magia e resolver toda a questão com os Doronel e salvar minha família!

– Acalma-te, nem tudo é tão simples. Não sabemos se consegues te manter com as duas magias dentro de ti.

– Posso tentar?

– Tu compreendes o que queres fazer? – Ela me olhou fixamente, tentando passar toda a gravidade da situação.

– Não é nada parecido com o que treinaste. O poder de Andora Guilever é grandioso como o teu. Tu te lembras do quanto precisaste praticar para controlar o teu poder? Imagina o dobro.

– Mas não há outro modo razoável de salvar minha família, preciso tentar.

Louína assentiu. Ela sabia dos perigos tanto quanto entendia a urgência.

– Cria um isolamento mágico em volta de ti, de modo que não consigas afetar o lado de fora da bolha, vamos analisar como teu corpo reage, mas sem colocar ninguém em risco.

Depois de seguir as instruções, me aproximei do *titoberu*, que mais parecia um caldeirão pelando com a magia da minha avó, e hesitei alguns segundos antes de transferi-la para mim. Ao meu lado, minha mestra e minha avó tentavam transmitir segurança – cada uma a seu modo. Então respirei fundo e toquei o vaso flutuante, criando um fluxo de magia para o meu corpo.

Assim que os poderes da vovó me alcançaram, uma sensação muito estranha surgiu. Era como se estivesse me afogando num rio de correnteza forte, sendo jogada de um lado para o outro enquanto afundava cada vez mais, me distanciando do oxigênio. Não conseguia respirar ou controlar as ações do meu corpo, até que senti um baque nas costas e tudo ficou escuro.

***

Mundo mágico

Fogos de artifício de todas as cores explodiam rompendo o preto do céu. O barulho era ensurdecedor e alguns restos de faíscas queimavam meu corpo. Primeiro caíram em minhas mãos, depois nos braços, na barriga, nas pernas, nos pés e, por último e mais dolorido, na cabeça.

Queria poder me mexer e me desvencilhar da ardência que os fogos causavam em meu corpo, mas eu estava imóvel, incapaz de fugir daquele ardor. Tentei gritar, porém não saía qualquer som da minha boca. Tudo o que me restava era passar por aquele sofrimento de forma passiva, sem ao menos lutar contra ele.

– Alisa! – uma voz soou distante, contudo não consegui localizar quem era. Os fogos de artifício eram a única coisa que minha visão capturava. – Alisa!

– Lisa, o vaso flutuante, devolva os poderes! – outra voz ecoou.

Quando as falas começaram a fazer sentido em minha mente, consegui sair daquele universo. Me obriguei a abrir os olhos e encontrei um teto alto com pinturas. Eu estava na sala de treinamento. Os fogos sumiram, apesar de a queimação permanecer em meu corpo rígido.

– Ela tá bem? – perguntou vovó ao meu lado, mas não consegui virar minha cabeça para olhar para ela.

– Vai ficar – respondeu Louína séria. – Já recuperou a consciência, acho que é melhor que ela se mantenha com os poderes e tente se adaptar.

Tentei organizar minha mente para elaborar uma frase. Nada de inteligível saía.

– Alisa, trabalha tua calma, foca em te manter tranquila para que possas dominar os dons – disse minha mestra, e eu tentei respirar fundo algumas vezes, o que de certa forma ajudou. O ar que entrava em meus pulmões me trazia uma sensação refrescante em meio ao calor que percorria meu corpo.

– Quente – consegui dizer por fim.

– Eu sei, mas quanto mais estabilizada tu conseguires ficar, menos a magia em teu corpo te afetará.

Como seria possível me estabilizar diante daquela ardência? Se eu tivesse algum controle sobre meus músculos, estaria gritando, pulando, tentando fugir do fogo.

Louína me observava compenetrada, já vovó tinha um desespero evidente no olhar. Levei um tempo que pareceu dias até que a quantidade de magia extra se acomodasse em meu corpo.

– Acho que tá melhorando agora – consegui falar, a voz falhando um pouco. – Parece que estou carregando sacos de chumbo, mas pelo menos a ardência está passando.

– Creio que já fizeste muito para um primeiro dia. Devolva os poderes a tua avó e treinaremos mais amanhã.

Concordei, aliviada por poder tirar aquela sensação ruim do meu corpo e, assim que fiz o que Louína me pedira, pude relaxar de verdade.

– Achas que serei capaz de administrar tanta magia em mim? – perguntei descrente.

De repente, a "solução perfeita" que eu havia pensado passou a soar como uma péssima ideia. Depois do que havia acontecido, me sentia tudo, exceto pronta para enfrentar os Doronel.

Louína se aproximou de mim e ficou alguns segundos calada. Pensei em repetir a pergunta, mas eu sabia que minha mestra tinha escutado muito bem.

– Não sei. Isso vai exigir treino e dedicação e faremos o que estiver ao nosso alcance para salvar tua família – afirmou Louína por fim, e eu me agarrei à sua fala. Se ela considerasse impossível, seria a primeira a descartar.

Batidas na porta desviaram nossa atenção, e Louína permitiu a entrada.

– Com licença. – Clarina meneou a cabeça para nós três. – Sinto muito interromper-vos, mas *Printese* Petros está no castelo e disse que precisa falar com Vossa Majestade em caráter de urgência.

Encarei minha mestra assim que ouvi o recado, e ela balançou a cabeça de forma discreta, liberando minha saída.

– Clarina, tu poderias ficar com minha avó enquanto converso com Petros?

– É claro, levá-la-ei a um passeio para conhecer o castelo. – Ela sorriu, e vovó gostou da ideia.

Deixei as três e me dirigi até a sala principal, onde encontrei um Petros nervoso, andando de um lado para o outro.

– Olá. – Fiz o sinal de cumprimento próximo à cabeça.
– Rainha Alisa. – Ele me encarou espantado. Sua postura não estava perfeitamente alinhada como sempre, e ele parecia não saber o que fazer com as mãos.
– O que houve?
– Podemos falar em particular? – Petros olhou ao redor e, embora não tivesse ninguém ali, além das seguranças, as portas da sala principal estavam abertas. Usei meus poderes para fechá-las sem conseguir tirar os olhos do príncipe.

Desde a minha teoria sobre a família de Petros, estar com ele representava medo. Sempre me perguntava quanto tempo eles gastariam até decidir que eu não era mais útil para o plano de tomar o poder. E não adiantava estar na companhia das minhas seguranças. Com os poderes da minha família contra mim, não havia escapatória.

– Podes dizer. – Ergui minha mão, dando-lhe a palavra.
– Errei contigo uma vez ao esconder um segredo que afetou tua vida. Mas, agora que estamos noivos, decidi ser completamente sincero, Rainha Alisa. Não quero correr o risco de decepcionar-te.

Semicerrei os olhos e girei minha cabeça para o lado. O que era aquilo agora?

– O que queres dizer, Petros? – perguntei séria.
– Quando teus pais foram sequestrados, algo me fez suspeitar do meu pai, só que ele negou qualquer envolvimento. Ainda assim, sinto certa desconfiança. Não que eu tenha provas da acusação que faço, mas preciso ser sincero contigo. Ofereço-te minha ajuda, caso desejes iniciar uma investigação contra ele.

Meu queixo caiu, e um alerta de perigo soou em minha mente. Tentei buscar nuances de falsidade em sua fala, contudo Petros era estupidamente bom em fingir – não à toa passei anos acreditando em sua bondade. Mas aquela fala me pegou de surpresa. O que Petros queria com aquilo? Devia haver algum plano maligno por trás da confissão. Será que estava tentando ganhar minha confiança? Será que era uma estratégia para me levar até o castelo de Amerina, onde sabe-se lá o que estaria preparado para me capturar? De qualquer forma, tinha o sentimento de que corria grandes riscos ali. Petros era um Doronel. E os Doronel não eram confiáveis.

Mais rápido do que imaginava ser capaz, criei um *titoberu* e suguei os poderes do príncipe. Eu sabia que era uma atitude arriscada, considerando que ele podia estar com os poderes da minha família mágica, mas não me restava alternativa. Eu estava em um beco sem saída.

– O que é isso? – Ele se assustou depois que coloquei seus poderes no vaso flutuante.

Não satisfeita, usei minha magia para amarrar Petros a uma cadeira e garantir que não fizesse nada.

– Alisa? – O príncipe parecia em choque, como se não me reconhecesse.

Abranja e Leônia deram um passo, prontas para interferir mesmo sem entender o que estava acontecendo. Balancei a mão, pedindo que me deixassem agir sozinha.

– O que pensas de mim, Príncipe Petros? – Dei alguns passos em sua direção e coloquei as mãos na cintura. – Achas que sou ingênua? Sei quem tu és e sei muito bem o que planejas fazer.

Eu não estava agindo certo. Não era hora de revelar aos inimigos que eu os havia descoberto porque ainda nem tinha unido forças o suficiente para derrotá-los. Mas a dissimulação de Petros me tirou do sério em tantos níveis que não fui capaz de entrar em seu jogo.

— O que dizes, Alisa? — Havia uma grande interrogação em sua face, e tive vontade de rir do talento teatral do príncipe.

Era óbvio que ele não falaria nada sem um empurrãozinho mágico.

— *Abrianto* — falei, jogando nele o feitiço que o obrigava a dizer a verdade. — Conte-me tudo.

— Sobre o quê?

— A família Doronel. — Cruzei os braços, aguardando as confissões.

— Essa foi a dinastia que governou o mundo glorioso por muito tempo, até que decidiram trocá-la pela de seus primos próximos, os Guilever. Recentemente, tu sofreste grandes ataques nos jornais e, pelo que me disseste, teus ajudantes de governo suspeitam que sejam obra da família Doronel, que tenta retornar ao poder — Petros falou de um jeito automático, como se estivesse lendo todas as informações do arquivo "Doronel" em seu cérebro.

— E o que mais? — perguntei impaciente.

— É tudo o que sei, Rainha Alisa. — Ele me encarou, o rosto evidenciava completa confusão.

— Como consegues mentir para mim se estás sem magia e sob efeito do meu feitiço? — Levei as mãos à cabeça, indignada.

— Não estou mentido — ele negou desesperado. — Não sei mais nada sobre os Doronel.

E então um estalo soou em minha cabeça. E se minha teoria estivesse errada? E se Neldoro não fosse um anagrama de Doronel? Aquilo me levaria à estaca zero na investigação do rapto da minha família mágica. Sentei-me no sofá ao lado e apoiei meu cotovelo no joelho, deixando minha cabeça descansar nas mãos.

– Podes me explicar por que me amarraste e tiraste meus poderes? O que te fiz, Alisa?

Encarei o rosto de Petros, ao que tudo indicava ele estava sendo sincero durante todo o tempo, enquanto eu tentava enxergar pistas de falsidade onde não havia.

– Por que decidiste me contar sobre o feitiço do Dan tanto tempo depois? – rebati com uma pergunta.

– Desde que tudo acontecera, a culpa de esconder o segredo de ti me corroía cada dia mais. Ensaiei dizer a verdade várias vezes, mas sempre que colocava os olhos em ti, imaginava o ódio que nutriria por mim e tive medo de perder-te. No entanto, após o teu pedido de casamento, me dei conta de que não conseguiria continuar esconder algo tão grandioso. Como construiríamos uma relação com um segredo desses no meio?

– E por que decidiste vir hoje me contar sobre a suspeita que nutres de teu pai?

– Pelo mesmo motivo, Alisa. Não posso e não quero manter algo tão importante em sigilo outra vez. Se meu pai fez algo contra tua família, há que pagar por isso.

– Tu me amas sinceramente, Petros?

– Se me fizesses essa pergunta um tempo atrás, diria que sim sem a menor dúvida. Mas, depois de perceber o erro que cometi, passei a questionar a natureza dos meus sentimentos. Fui capaz de ver-te sofrer tanto pelo garoto Dan e, ainda assim, não revelar o segredo. Estava óbvio que tu não me correspondias, e eu continuei alimentando a crença de que poderia mudar a realidade. Então venho me perguntando que tipo de amor é esse que sentia por ti se, ao ver teu sofrimento ao longo de dois anos, não fiz a única coisa capaz de acabar com ele. Fui egoísta e tentei prender-te a mim. E, como tu disseste, amor não é isso, Alisa, amor é liberdade, eu sei que o amor é uma coisa boa.

Uma lágrima escorreu pelo meu rosto, e eu respirei fundo tentando me manter calma. Aquele assunto ainda me fragilizava.

– E te casarias comigo mesmo tendo chegado a essa conclusão?

– Tenho uma eterna dívida contigo, faria o que fosse necessário para que não te prejudicasses neste mundo também. Sinto uma culpa enorme por ter estragado teu relacionamento com o garoto Dan, não quero me sentir culpado pelo fim da dinastia Guilever também.

– Uau, estás dizendo que te casarias comigo por culpa? – falei um pouco espantada, não era algo tão agradável de ouvir.

– Me perdoa ser tão direto, é o efeito do feitiço. Certamente te diria isso de uma forma melhor.

– Não, eu quero a verdade nua e crua. – Balancei a cabeça, voltando a me concentrar no interrogatório. – Então tu nunca tiveste o objetivo de prejudicar-me? Não te aproximaste de mim apenas para ascender ao poder?

– Jamais, Alisa. Sinto-me mal por ter pensado isso de mim, mas não te condeno, sei que abri margens para que desconfiasses do meu caráter.

– E o teu pai? Ele é uma pessoa boa? Por que suspeitas dele?

– Meu pai é uma incógnita. Nunca negou que seu sonho era unir os filhos a outras dinastias e sempre incentivou a aproximação. O casamento de meu irmão mais velho com a princesa de Euroto foi fruto de uma pressão dele, ainda que significasse a renúncia de Enélio ao trono de Amerina; na verdade, ele nem se importou com isso. Depois, fez de tudo para que nós dois nos casássemos.

A fala de Petros fez com que minha teoria sobre eles serem os Doronel martelasse outra vez na minha cabeça. Talvez Altélius não tenha contado aos filhos, talvez estivesse tentando fazer as coisas por debaixo dos panos para mais tarde revelar ao mundo e dar o golpe.

– Tá, é a minha vez de te contar algumas coisas – falei decidida.

– Estou aguardando esse momento há algum tempo.

– Ele encarou as cordas mágicas que utilizei para amarrá-lo à cadeira.

– Pesquisei sobre a origem dos Neldoro e só encontrei informações atuais, não há nada sobre o passado da família. Desconfio que teu sobrenome seja um anagrama de Doronel – fui direta. – Associei a informação de que tua família tem um representante em quase todas as dinastias à grande lenda de que os Doronel desejam voltar a reinar e criei a hipótese de que estão planejando tomar o poder.

– Ó, deuses! – Os olhos de Petros se arregalaram; parecia um espanto genuíno.

– E agora, com o que me contaste sobre a insistência de teu pai, tendo a crer que existe alguma coerência em minha hipótese. Mas confesso que o fato de tu não saberes de nada me fez questionar.

– Há sentido no que dizes, mas te juro que não faço parte disso.

– Sim, eu estava enganada. Pensei que fingias interesse em mim para conquistar mais um espaço para os Doronel na monarquia.

– É compreensível que tenhas pensado isso, especialmente depois que guardei o segredo sobre o garoto Dan por tanto tempo.

– Ah, e sobre o Dan, nós voltamos a nos falar. Não tinha a intenção de casar-me contigo, Petros, mas tive medo de que pudessem fazer algo contra mim se pensassem que eu não estava colaborando com o plano de colocar os Neldoro em todas as monarquias.

– Mentiste para mim? – Ele semicerrou um pouco os olhos e me encarou, como se não pudesse acreditar no que eu dizia.

– Queres mesmo falar sobre mentiras e segredos guardados? – Coloquei a mão na cintura e cerrei o cenho.

– Tens razão, me perdoa. – Ele balançou a cabeça, achando graça. – Então está tudo bem entre o garoto Dan e ti?

– Muita coisa aconteceu nos últimos dois anos, mas estamos tentando lidar com tudo – assenti.

– Posso sentir menos culpa agora, se me permites. – Ele deu um sorrisinho brincalhão.

Cruzei os braços me rendendo a um sorriso também.

– Vou pensar em teu caso. Se tu me ajudares a investigar tua família, quem sabe não possa *tentar* perdoar os erros do passado... – Ergui os ombros e lancei a ideia como quem não quer nada.

– Estou às suas ordens, Rainha Alisa – Petros ficou sério. – Se tua teoria estiver correta, é algo muito grave, e estou disposto a colaborar para que a verdade apareça, ainda que represente sanções à minha família paterna.

Petros não possuía qualquer poder e ainda estava sob o efeito do meu feitiço, o que significava que eu podia confiar no que dizia. Ele havia errado comigo ao não contar sobre Dan, mas agora tinha consciência de que agiu mal. Petros podia ser um bom amigo, no fim das contas.

– Obrigada. – Sorri para ele e o libertei das cordas depois de devolver sua magia. – Preciso que sejas discreto quanto a teu pai. Também peço que contes tudo o que sabes e suspeitas para meus ajudantes de governo.

Petros concordou com a cabeça e se aproximou de mim.

— Nós vamos descobrir tudo e salvar tua família, Alisa — falou ele decidido, e fiquei ansiosa para transformar aquelas palavras em realidade.

CAPÍTULO 11

Mundo meio-mágico

Os dias seguintes foram de treino pesado. Eu estava decidida a dar o meu melhor para conseguir controlar os poderes da minha avó. O processo era lento e me irritavam os poucos avanços mesmo com tanto esforço, mas não havia alternativa, precisava seguir as instruções de Louína e torcer para que dessem certo.

Ela quase infartou quando contei sobre minha conversa com Petros e, depois de um sermão homérico, elaborou estratégias para conseguir informações de que precisávamos.

Todo o trabalho duro no mundo mágico me rendeu algumas faltas no Ruit, porém a diretora Amélia intervia por mim – sem revelar a verdade, é claro. Eu podia apostar que a senhorita Guine estava se mordendo para me dar umas broncas, mas Amélia devia estar me protegendo muito bem, porque a supervisora não havia falado um "ai" comigo.

Depois de uma semana intensa, Louína me obrigou a ficar um dia sem treinamento, o que custei a aceitar.

Só conseguia pensar na minha família e, segundo minha mestra, aquilo estava me atrapalhando. Ela pediu para que eu tentasse "recuperar meu equilíbrio" antes de retomar o trabalho pesado. Não era como se Louína tivesse colocado em discussão o que era melhor; tirar um dia de folga era uma ordem que não cabia a mim questionar, então decidi ficar na escola para tentar recuperar alguma coisa da matéria que tinha perdido.

– A Fátima passou um trabalho pra gente, mas pode ficar tranquila que coloquei nós duas juntas.

– E a Sol?

– Vai fazer com a Luísa – falou minha amiga sem deixar transparecer qualquer emoção, só que eu a conhecia o suficiente para saber que Nina estava fazendo um esforço além da conta para evitar um tom de voz crítico ou uma expressão aborrecida.

– Ah... – respondi na mesma linha, mas, sendo sincera, até em mim já nascia aquela pontinha de ciúme pela nova amizade de Sol. – E a professora passou matéria no quadro?

– Passou, tá nessa página aqui. – Nina me entregou uma folha do fichário.

Peguei a caneta no estojo e comecei a completar meu caderno, quando fui interrompida por uma batida na porta. Nina se levantou para abrir e estiquei o pescoço, o que me permitiu ver Luísa. Ela tinha feito tranças novas no cabelo, dessa vez eram roxas e destacavam ainda mais sua pele escura. Estava maravilhosa.

– Oi, meninas, vocês viram a Sol? – perguntou ela um pouco tímida.

– Se você não sabe, quem somos nós pra saber, fofa – disse Nina cruzando os braços e com uma cara de poucos amigos.

— Ah... — Luísa pareceu chocada com a forma com que Nina respondeu, e ficou meio sem saber o que fazer.
— Já tentou mandar mensagem? — intervi antes que a situação ficasse mais constrangedora.
— Porque ultimamente responder às suas mensagens é tudo o que a Sofia sabe fazer. Já eu não tenho a mesma sorte — Nina soltou com ironia, e eu quis dar uma cotovelada nela para que se tocasse da infantilidade.
— Beleza, obrigada. — Luísa deu um sorriso sem graça antes de sair.

Assim que a porta se fechou, coloquei as mãos na cintura e lancei um olhar de repreensão à Nina.

— Outro dia a senhorita tava me ensinando sobre sororidade, dizendo que nós mulheres devemos nos unir e não competir por bobagem, e agora tá aí sendo grossa com uma menina que não fez nada pra você.

A expressão de Nina desmoronou e ela pareceu refletir sobre minhas palavras.

— Também tô aqui lembrando de um certo dia que você tava toda aflita atrás de uma base pra pele escura, lembra? Quem foi que teve a benevolência de te emprestar?

— Argh, eu fui mesmo uma vaca — ela assentiu quando percebeu. — Acho que vou seguir o exemplo da Sol e começar a fazer terapia aqui no colégio, quem sabe não consigo lidar melhor com meu ciúme.

Estiquei o dedo para ela e concordei.

— É uma boa. Mas, sendo sincera, até eu tô um pouco enciumada — confessei, e Nina suspirou aliviada por não estar sozinha nessa. — Sabe o que a gente devia fazer? Trazer a Luísa pro grupo, ela parece legal, sempre fala coisas inteligentes nas reuniões do movimento negro.

– Depois de como tratei a menina, a última coisa que ela vai querer é entrar pro nosso grupo.
– Realmente. – Ri.
– Lisa! Esse é o momento em que você me apoia, dizendo que não foi tão ruim assim ou que eu sou capaz de me desculpar e me tornar uma pessoa melhor. – Ela semicerrou os olhos me fitando.
– Amiga, foi bem ruim, sim, não vou passar a mão na sua cabeça. Mas você é ótima em se desculpar, reconhecer os próprios erros e consertá-los.
– Obrigada. – Ela abriu um sorrisinho, depois escondeu o rosto com as mãos. – Coitada da garota... na próxima vez que nos encontrarmos, vou falar com ela.
– Ótimo, porque amanhã temos aula de História logo no primeiro horário, é a sua chance.
Mal terminei de falar, a porta se abriu e Sol entrou no quarto.
– Chance de quê? – ela quis saber.
– Ah, apareceu a margarida! – tentei mudar de assunto. – Luísa esteve aqui te procurando.
– Aham, encontrei com ela no corredor e já tô sabendo do momento amigável entre a Nina e a Lu. – Sol balançou a cabeça rindo.
– Se serve como desculpa, não tive a intenção de ser mal-educada com a sua melhor amiga. – Nina ergueu os braços, sem conseguir evitar a provocação.
Sol fechou os olhos por um segundo, inspirou fundo e usou o elástico que estava em seu braço para prender o cabelo.
– Ok – falou ela soltando o ar. – Lisa, senta aqui.
Sol apontou para minha cama, onde Nina também estava sentada. Obedeci à instrução, e a loirinha pegou

a cadeira de uma das escrivaninhas e se sentou de frente para nós duas.

— *Vocês* são as minhas melhores amigas — ela falou séria enquanto alternava o olhar entre mim e Nina, para conferir se havíamos entendido. — Eu tô falando de verdade. Não sei o que seria de mim sem a nossa amizade, temos uma ligação especial, e eu sofro por antecipação só de pensar em como vai ser a minha vida depois da formatura, sem as melhores companheiras de quarto do universo.

— A sua intenção é nos fazer chorar? — perguntei, tentando controlar a umidade em meus olhos.

— Não. — Ela deu uma risadinha. — O que eu tô dizendo é que nada nem ninguém vai afetar a nossa relação.

Enquanto eu me esforçava para segurar as lágrimas, os olhos de Nina pareciam duas cachoeiras.

— Eu tô, sim, me aproximando muito da Lu ultimamente — falou Sol com delicadeza, como se não quisesse enciumar ninguém com a declaração. — Mas com ela é diferente, porque eu quero mais que amizade. Eu gosto da Luísa.

Ela soltou a frase sem vacilar e continuou alternando o olhar entre nós duas, esperando nossas reações.

— Ai, meu Deus! — gritou Nina exasperada e Sol arregalou os olhos, assustada com a atitude. — Minha nossa! Você tá querendo dizer que fiquei com ciúme sem a menor necessidade? Que o meu posto de melhor amiga nunca esteve em risco?

— *Nosso* posto — corrigi.

— É com isso que tá preocupada, Nina? — Sol não conseguiu segurar a risada, e até eu achei graça.

— É claro! Se a Luísa tem um lugar diferente no seu coração, então não preciso me sentir ameaçada. — Ela suspirou de alívio e relaxou sobre a cama. – O que não anula o fato de eu ter que procurar uma boa psicóloga pra cuidar do meu ciúme. Deus me livre sentir isso outra vez.

– Se você não existisse, a gente teria que inventar. – Sol gargalhava.

Nina respirou fundo, mexeu nos cabelos, pigarreou e ficou séria.

– Tudo bem, ok, desculpa o drama. Vamos voltar ao que interessa... – Então minha amiga deu um sorrisinho cúmplice. – Você acha que é correspondida?

– Não sei, mas eu acho que... sim? – Sol ergueu os ombros e suas bochechas coraram.

– Isso quer dizer que o meu sonho de termos um encontro triplo de casais pode se tornar realidade agora? – Ela esfregou uma mão à outra, animada. – Lisa e Dan, eu e Marco, você e Luísa! Vai ser lindo! Que dia podemos marcar?

– Nina, nada disso! – negou Sol desesperada. – Eu acabei de dizer que nem sei se sou correspondida e você já tá marcando encontro triplo? Quer assustar a menina e acabar com as minhas chances?

– Ela tá certa, deixa de ser apressada. – Coloquei a mão no ombro de Nina, tentando dar algum limite aos exageros da minha amiga.

– Tudo bem, me empolguei. – Nina ergueu as mãos, rendida. – Mas olha bem pra você! Nem uma amiga desvairada como eu seria capaz de estragar suas chances!

– Ela tá certa. – Apontei para Nina enquanto olhava para Sol. Eu era suspeita para falar, mas minha amiga era uma pessoa incrível.

– Vocês estão me deixando sem graça. – Ela balançou a mão, como quem pede pro outro parar.

– O que tá bem óbvio pelo tom vermelho do seu rosto. – Comecei a rir, achando a coisa mais fofa.

– Afe, nunca mais conto nada pra vocês. – Sol bufou fingindo estar brava, o sopro esvoaçando a franjinha loira.

– E pra quem mais vai pedir conselhos amorosos senão pra gente, fofa? – Nina ergueu as sobrancelhas com aquele ar superior que só ela sabia fazer.

– Nina, uma pessoa que sonha com um encontro triplo é brega o suficiente pra não estar apta a dar bons conselhos amorosos – provocou Sol.

– Nunca fui tão ofendida. – Nina colocou a mão no coração e balançou a cabeça. Comecei a rir.

Quando Sol preparava uma resposta, seu telefone vibrou e, pelo sorriso iluminado que se abriu em seu rosto, não havia a menor dúvida da remetente.

– Hmmm... – pronunciou Sol enquanto se levantava da cadeira, a vermelhidão das bochechas triplicando. – Nos vemos mais tarde no jantar?

– Memorize cada frase dita pra gente analisar depois. Ou se preferir gravar o encontro... vamos avaliar e descobrir as intenções da Luísa! – pediu Nina como se fosse a própria versão feminina do Sherlock Holmes.

– Às vezes você me dá medo, Antônia. – Sol balançou a cabeça e depois saiu do quarto segurando uma risada.

– Encontro triplo então? – zombei me virando pra minha amiga.

– Nunca julguei seus sonhos. – Ela moveu a cabeça como se tivesse sido insultada, mas logo começamos a gargalhar.

No fim das contas, minha mestra estava certa, como sempre. Eu precisava daquele dia de folga, especialmente para ficar com minhas amigas. Nada no mundo era capaz de restabelecer tão bem as energias como boas amizades.

***

Mundo meio-mágico

— Meu Deus! — gritou Nina desesperada depois de ler algo no celular e se levantou da cama num impulso. — Tá tendo conflito na fronteira do Paraguai com o Brasil!
— Como assim?
Entrei em estado de alerta e corri para ler a notícia que Nina me mostrava. Liguei a TV à procura de algum canal que estivesse comentando. Todos estavam.
— O governador do Mato Grosso do Sul acaba de anunciar estado de sítio por conta da invasão de nortistas paraguaios. Até o momento, dezessete feridos foram confirmados.
— Misericórdia! — Nina tapou a boca.
Fazia tempo que alguns conflitos estavam se espalhando pelo mundo, havia países já oficialmente em guerra civil, mas, embora você se compadeça pelo sofrimento alheio, nunca acredita realmente que um dia pode acontecer no lugar onde mora. E aquele confronto veio para provar que ninguém está imune.
Os motivos para os problemas ao redor do mundo eram variados. Algumas regiões nortistas estavam passando por dificuldades econômicas, enquanto as partes sulistas usavam e abusavam da magia, já que não havia regras rígidas de controle. E, nesse clima hostil, estopim é o que não faltava; qualquer faísca podia originar um incêndio.
Todo esse caos tinha como base o ódio entre normais e meio-mágicos. E o que mais me enfurecia era que, enquanto a população depositava toda a fé nos governantes, esperando

que fizessem acordos para cessar os conflitos, esses mesmos políticos eram os responsáveis pelo clima de guerra estabelecido pelo contrato.

Pelo que minha avó e a diretora me explicaram, era interessante para os governos que a população continuasse abominando uns aos outros para nunca desejar a união nem os tirar do poder. Acontece que agora, com as guerras, estava visível quão caro custava a ganância da classe política. Para mim, era hora de os Unificadores intervirem. Precisávamos aliviar os conflitos e fazer uma transição para finalmente abolir o contrato. Uma população que não se suporta e reproduz discurso de ódio tende ao enfrentamento, e é óbvio que o lado mais fraco – porque nunca é uma luta justa – sofre mais.

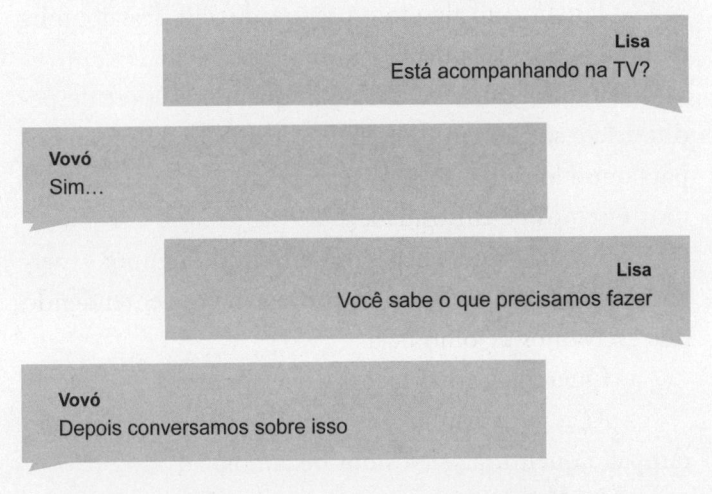

> **Lisa**
> Está acompanhando na TV?

> **Vovó**
> Sim...

> **Lisa**
> Você sabe o que precisamos fazer

> **Vovó**
> Depois conversamos sobre isso

Não podia deixar que minha avó continuasse me enrolando. Eu precisava me juntar aos Unificadores e somar ao plano de destruir a ordem política vigente no planeta. Se unir meus poderes aos dela era uma solução no mundo mágico, também seria deste lado do portal.

Quando fomos jantar, o conflito no Mato Grosso do Sul era o assunto em todas as mesas. A tensão da cantina era quase palpável, ninguém esperava que aquilo pudesse acontecer tão perto de nós.

– Espero que façam alguma coisa antes que esse conflito vire uma bola de neve – Nina comentou entre garfadas.

Tive pena da inocência da minha amiga. Ela ainda acreditava no governo, já que eu havia sido proibida de mencionar qualquer informação a respeito dos bastidores políticos narrados pela minha avó e pela diretora.

Do outro lado da cantina, Sol e Luísa jantavam juntas. As duas trocavam um sorrisinho que me derreteu. Nina também viu, e ficamos encarando a expressão de boba apaixonada de Sol, testando quanto tempo ela levaria para se tocar de que estava sendo observada.

– Finalmente algo fofo pra nos distrair dessa bomba de hoje – Nina suspirou.

Sol só foi capaz de nos notar quando Luísa se despediu dela e seguiu em direção aos dormitórios. Acenamos para que a loirinha viesse se sentar com a gente, antes que morrêssemos de curiosidade.

– Ah, oi! Vocês chegaram tem muito tempo? – perguntou ela ficando vermelha, provavelmente entendendo que estávamos de olho nela.

– Queremos atualizações – me apressei.

– Ai... – A loirinha colocou a mão no rosto, tentando tampar a quentura. – Nós nos beijamos.

– Aaaah! – Bati palmas de alegria.

– Meu encontro triplo cada dia mais perto! – Nina fingiu enxugar lágrimas de emoção inexistentes, e nós rimos.

– Conta tudo!

– Não tem muita coisa pra contar. – Sol deu de ombros, mas sua expressão dizia o contrário. – Estávamos conversando, ela me contou que é bissexual, daí fiquei feliz, só que sou um completo desastre para flertar ou sacar um flerte. Ou seja...

Sol riu de si mesma, e eu apertei suas bochechas vermelhas.

– Então, quando você disse que não sabia se era correspondida, talvez Luísa já tivesse declarado todo seu amor de forma explícita e nada de você notar? – zombou Nina.

– Não é pra tanto, Antônia. – Sol ergueu a palma da mão em direção a nossa amiga, e eu ri.

– No encontro triplo vamos ter que ouvir a versão da Luísa pra descobrir se é pra tanto ou não. – Ela levantou as sobrancelhas, numa expressão desafiadora.

– Vamos, continua a história. – Balancei minha mão, empolgada para o ápice.

– Então conversa vai, conversa vem, ela disse que tava a fim de mim, assim, bem direta. E eu me engasguei. Sem estar bebendo nada. – Ela tapou a boca abafando uma risada. – A Luísa ficou toda: "Ai, meu Deus, acho que entendi tudo errado. Você é hétero, é isso?".

– Daí você se engasgou de novo, é claro – brincou Nina, e Sol assentiu enquanto nós três ríamos da cena que visualizávamos em nossas mentes.

– Foi aí que percebi que tava rolando uma falha de comunicação forte e, já que minhas habilidades de paquera não eram grande coisa...

– Paquera? – interrompeu Nina achando graça. – Tô conversando com a minha amiga de 17 anos ou com a minha mãe? O próximo termo vai ser qual? Azaração?

– Posso terminar de contar ou tá difícil? – Sol colocou as mãos na cintura.

– Por favor! – implorei, curiosa demais.

— Então decidi que, em vez de *falar*, eu iria *mostrar*, porque talvez fosse mais eficiente... — Ela deixou a frase no ar. — No fim, digamos que fui bem-sucedida ao passar a mensagem.

— Ah... — suspirei romântica e peguei as mãos de Sol, que estava do lado oposto da mesa. — E você tá feliz?

— Tô. — Ela deu um sorriso iluminado, e Nina a abraçou em comemoração. — Obrigada por dividirem essa felicidade comigo, isso é muito importante pra mim. Sabe... sou muito grata por ter decidido mudar de dormitório, o que me possibilitou conhecer vocês duas.

A locução verbal "ter decidido" fez com que Nina e eu nos olhássemos instantaneamente. Aquela informação era nova. Nós sabíamos que o episódio era delicado para Sol e, na última vez que tentamos descobrir o que tinha acontecido, ela chorou e saiu correndo. Depois disso, prometemos nunca mais tocar no assunto.

— Eu sei o que essa troca de olhares significa. Vocês querem saber o que houve, mas não querem perguntar. Inclusive, faz tempo que não mencionam o ocorrido. — Sol semicerrou os olhos desconfiada.

— Nós nos tocamos de que estávamos sendo invasivas sobre algo que claramente te afetou muito — fui sincera.

— Minha ex-colega de quarto descobriu que sou lésbica ao bisbilhotar meu diário na época — Sol soltou de repente, e eu fiquei em choque. Ela estava mesmo contando a tão secreta história do dormitório? — Daí ela começou a fazer da minha vida um verdadeiro inferno. Ouvi todos os termos preconceituosos que vocês conseguirem imaginar saindo da boca de uma garota de 13 anos. Às vezes tinha a impressão de que ela buscava na internet novas formas de me atingir só pra se manter sempre com um arsenal de novidades.

"Um tempo depois, a avó dela surgiu no Ruit exigindo que a neta se mudasse de dormitório porque eu tava sendo 'má influência' pra ela. A diretora Amélia ficou indignada, disse que jamais tomaria uma atitude preconceituosa como aquela, uma vez que raça, religião, orientação sexual ou qualquer coisa do tipo não configuravam motivos para mudança de dormitório. Depois me chamou, dizendo que queria fazer uma reunião com meus pais e relatar o acontecido.

"Sinceramente, não faço a menor ideia de qual teria sido a reação deles, o que eu sabia era que não desejava que as coisas acontecessem daquele jeito. Numa reunião de escola? De jeito nenhum. E era óbvio que eu também já estava ansiosa pra sair daquele quarto, então implorei pra Amélia me trocar e não comentar com meus pais. A diretora foi superlegal comigo, e eu agradeci mil vezes pelo caso ter caído nas mãos dela e não nas da senhorita Guine, que não estava na escola no dia."

Sol parou por um tempo, seus olhos estavam marejados, mas, mesmo assim, a loirinha deu um sorrisinho para aliviar o clima.

— E essa é a história por trás da minha mudança pro dormitório de vocês. Eu sei que parece algo bobo, só que foram semanas vivendo aquilo todo dia, e isso me afetou muito.

— Não parece e nem é algo bobo — Nina acariciou o ombro de Sol, e eu voltei a tocar suas mãos em apoio. — Foi violento, foi horrível e você tão novinha... Eu sinto *muito* por todas as vezes que te pressionamos a contar.

Ela balançou a cabeça e passou os dedos para enxugar as bochechas molhadas.

— Tá tudo bem. Decidi aceitar que terapia não é "coisa de gente 'louca'" e comecei no início do ano, como vocês sabem. Inclusive, indico muito! — ela ergueu o dedo com uma cara de mãe quando faz uma recomendação já em tom de bronca. – A psicóloga tá me ajudando a perceber algumas coisas, como o fato de nunca ter conseguido contar a história pra vocês por medo de que agissem como a menina. Não era algo racional, sabem? Simplesmente não conseguia dizer. E entender o motivo me libertou, por isso falei com vocês sobre a Luísa e por isso tô falando agora sobre o passado. Porque me sinto livre.

– Isso é tão bom! – comemorou Nina enquanto tentava controlar as próprias lágrimas.

– O que tá acontecendo aqui? – Marco chegou de repente e ficou assustado com o chororô na mesa.

– Tá tudo bem? – Dan tocou meus ombros por trás e depois se virou de frente para mim, na intenção de conferir se eu estava chorando também.

– Sim – respondi automaticamente enquanto encarava Sol.

– Os meninos também merecem saber – a loirinha começou a dizer, mas parou de repente quando a notificação no celular atraiu seus olhos. – E vocês estão mais do que autorizadas a contar enquanto eu vou ali… hmmm… devolver meu prato.

Sol se levantou apressada digitando algo. Estiquei o pescoço para bisbilhotar e vi que estava aberta a conversa com uma certa garota negra de tranças roxas e sorriso largo.

– Você é ridícula! Não sabe nem inventar uma desculpa convincente! – gritei para ela.

– Elas estavam juntas tipo dois minutos atrás! – falou Nina olhando para mim, mas querendo provocar Sol.

– Eu tive que aguentar *sozinha* vocês duas grudadas nos meninos quando começaram a namorar, então agora vocês me aguentem. – Sol cruzou os braços.

– Não se esqueça de introduzir o assunto do encontro triplo! – reforçou Nina, e eu ri.

– Amo vocês! – Sol se virou para a gente e jogou um beijo, para logo depois dar uma gargalhada gostosa e seguir seu caminho.

Sua felicidade era contagiante, e eu tinha certeza de que, só de olhar para ela, qualquer um conseguiria ver o próprio Sol.

CAPÍTULO 12

Mundo mágico

— **D**esse jeito nunca vais conseguir enfrentar os Doronel — sentenciou Louína depois de quatro longas horas de treino.

Eu estava exausta, não tinha conseguido um avanço sequer naquela semana, por mais que me esforçasse. Havia frequentado dois dias de aula no Ruit no máximo, deixado todos os deveres sem fazer e perdido metade das provas. Todo o meu tempo estava investido nos treinos com mestra Louína.

— Todos os dias eu penso na possibilidade de meus pais e Blenda estarem vivos, presos em algum lugar sofrendo sabe-se lá o quê e me sinto um fracasso por ser incapaz de resgatá-los.

— Tens sido um fracasso realmente.

Vovó se remexeu na cadeira. Embora nunca tivesse interferido, era perceptível como ficava desconfortável com o jeito de minha mestra.

— Mas se não fosses capaz, eu não estaria perdendo o meu tempo contigo.

Foram anos para me acostumar com o jeitinho *especial* de Louína. Por mais que ao meu lado vovó Angelina fizesse uma careta, a última frase de minha mestra soava como o maior estímulo que eu poderia receber.

— Duas magias tão poderosas exaurem uma pessoa, Alisa. Precisas entender que estás fazendo algo inédito em nosso mundo. Outro dia tive de obrigar-te a parar, esta semana tu agendaste treinos fora do horário. O que tu precisas é compreender que trata-se de um processo. Não conseguiste controlar teus poderes da noite para o dia quando chegaste, também não vais conseguir fazer isso agora. Eu sei que tens pressa, mas a magia não tem, e nós vamos seguir o ritmo dela a partir de agora.

— Tá. — Só me restava assentir, não podia discordar de Louína. A sensação era de que um caminhão tivesse passado por cima de mim e depois dado ré.

— Hoje é o aniversário da Lisa, peço permissão para levá-la para o outro mundo, talvez ajude a descansar a mente — sugeriu vovó, receosa.

Estive tão focada nos treinos que mal me lembrei da data. Ainda não tinha estado do outro lado do portal e só podia imaginar as mensagens no celular que eu estava perdendo.

— Excelente. Volta apenas nos horários regulares dos teus compromissos.

Louína não esperou resposta, deu meia-volta e saiu da sala. Vovó tinha os olhos arregalados, o que me fez rir.

— Ela é assim, mas é uma ótima mestra — defendi.

Vovó cruzou os braços, impassível.

— Ela tem que ser muito boa mesmo pra falar assim com a rainha do mundo mágico e ninguém fazer nada!

— É que ela...

— Não vou deixar você defender sua mestra, chega disso, vamos pra casa, sua mãe deve estar transtornada e eu quero te dar um presente de aniversário.
— Que presente? — perguntei curiosa.
— Você já vai descobrir.

***

Mundo normal

Do outro lado do portal, vovó me fez entrar no carro e não quis me dar qualquer dica — e nenhum dos meus palpites parecia passar perto de acertar. Quando paramos, estávamos em um bairro que eu não conhecia e numa rua residencial onde não passavam muitos carros.
— Vovó, se você for me dar uma casa, saiba que não é nem um pouco do meu interesse morar no Norte. Nem no Sul, pra ser sincera.
— Depois de ver onde você mora no mundo mágico, jamais tentaria competir com aquilo! — ela entrou na piada.
Então vovó tirou um molho de chaves da bolsa, abriu um pequeno portão de grades azuis e começou a descer uns degraus cimentados. Lá embaixo havia uma porta antiga de vidro, que vovó também destrancou.
Eu era a interrogação em pessoa, sem saber que tipo de presente ela me daria, mas segui cada um de seus passos.
Sem falar nada, atravessamos a porta e entramos em uma sala pequenininha com um sofá de capa vermelha e uma estante antiga de madeira. Um corredor dava para quartos com camas bem antigas de madeira e no chão havia muita poeira. Parecia uma casa abandonada. Evitei fazer mais perguntas, na esperança de minha avó entender

que já tinha passado da hora de me dar explicações. Mas, pelo visto, ela não queria que eu desfrutasse do presente de aniversário em vida, já que ia morrer de curiosidade antes de recebê-lo.

— Por aqui. — Vovó indicou o caminho e atravessamos uma cozinha que não tinha nada além de uma geladeira antiga quebrada e um botijão de gás.

Saímos pela porta dos fundos até um terreiro com mato alto e um caminho de terra, por onde ela me guiou.

— Isso é um sequestro? — zombei. Pelo meu repertório de filmes e séries, aquela casa estava bastante suspeita.

— Em partes — concordou ela achando graça.

Depois de chegar ao outro lado do quintal, descemos mais uma escada, onde encontramos mais uma porta trancada. Ela utilizou suas chaves e eu dei uma bisbilhotada no molho só para tentar pegar um *spoiler* de quantas portas mais havia para atravessar. Não tinha muitas chaves.

Quando entramos, o cenário mudou. De casa abandonada com clima de cativeiro, o lugar adquiriu um ar de filme futurista. Era um túnel branco com uma porta de segurança arredondada no fundo. Vovó digitou uma senha na lateral e um leitor de íris passou pelo seu rosto. A porta destravou e revelou um local completamente inesperado. Era uma sala grande com algumas repartições, cheia de mesas, computadores, papéis e pessoas trabalhando de um lado para o outro.

— Bem-vinda à sede dos Unificadores da nossa cidade. — Ela esticou o braço direito apresentando o espaço, e meu queixo caiu.

***

Mundo normal

– Pessoal, essa é minha neta Alisa.
Todos pararam o que estavam fazendo para me encarar. Pareciam tão chocados quanto eu.
– A rainha do mundo mágico? – perguntou um homem ao se aproximar com desconfiança, e vovó concordou com a cabeça.
– Ai, meu Deus! – As pessoas abandonaram seus postos para me cumprimentar.
O respeito e a admiração com que me tratavam eram totalmente recíprocos. Para mim, os Unificadores representavam a resistência diante de uma imposição política nociva.
– Tenho pensado muito no que você me fala, Lisa, e acho que tem razão, não posso te impedir de fazer parte dos Unificadores. Eu sei que sua vida já tá uma bagunça do lado de lá, mas aqui as coisas também estão saindo do controle e algo que você me disse ficou martelando em minha mente: este mundo do jeito que está é perigoso pra você. O contrato, as divisões, as perseguições aos grandes poderes... e você é uma peça fundamental para transformá-lo em um lugar melhor pra si mesma e pra todos nós.
– Vovó... – tentei elaborar uma frase, emocionada demais com tudo o que ela havia dito.
– Seja muito bem-vinda à nossa luta. Há anos tentamos mudar as estruturas do mundo e talvez a gente esteja finalmente se aproximando da vitória. Vamos fazer o possível para que a sua geração não viva o que nós vivemos.
– Eu poderia ter ficado mais três horas chutando as opções de presente e, mesmo assim, jamais iria imaginar.
– Balancei a cabeça, ainda impressionada com tudo aquilo.

— Gosto de ser imprevisível. — Ela deu de ombros e saiu andando pela sala.

Fui atrás de minha avó sem conseguir parar de olhar ao redor, tentando decorar cada mísero detalhe do lugar.

— Já comecei a fazer seu cadastro, mas deixe seus documentos com a Nora para que termine a ficha. — Vovó apontou para uma moça sentada em uma mesa com um computador.

Entreguei minha identidade à mulher e minha avó me levou até uma sala onde foi coletada uma série de informações sobre mim. Preenchi e assinei documentos, e uma máquina fez a leitura da minha digital, enquanto outra focava nos meus olhos. A parte burocrática tomou algum tempo e a cada passo eu tinha mais certeza de que aquele era um grupo grande e *muito* sério.

Depois disso, vovó me guiou para fora e seguimos por um corredor. Ela deu dois toquezinhos em uma porta de vidro e a abriu.

— Olá, Angelina querida!

Uma mulher muito estilosa a abraçou. Ela tinha uma bandana vermelha amarrada aos cabelos crespos e tatuagens espalhadas por todo o corpo. Sua pele negra era escura, tinha uma estatura média e era gorda. Usava um vestido listrado preto e branco com um cinto vermelho e era tão bonita que parecia ter vindo da televisão.

— Esta é minha neta Alisa. — Vovó passou o braço pelas minhas costas.

— Nossa, como ouvi falar de você! Muito prazer, sou a Samira. — A moça me abraçou e eu retribuí.

— Sami, ela é toda sua. Vou resolver umas coisinhas com o pessoal e já volto, tá bom? — minha avó disse antes de dar meia-volta e sair andando.

– Fica à vontade, querida. – Samira gesticulou para o interior da sala, e eu dei um passo à frente.

Ali havia uma cadeira preta que lembrava um pouco aquelas de dentista, além de uma bancada com outros materiais.

– O que vamos fazer exatamente? – perguntei sem entender.

Samira esticou o braço um pouco para o lado e indicou a rosa dos ventos tatuada ali.

– Seu batizado no grupo dos Unificadores, sua avó não te disse? – Ela ficou sem entender, e meu coração voltou a bater descompassado, era tudo muito real, finalmente tinha conseguido o que tanto queria!

– Uau! Não sabia que seria agora!

– Se você não quiser fazer, não tem problema. Não é algo obrigatório nem nada.

– Não! – respondi rápido demais, entregando minha empolgação, e Samira riu.

– Ou também pode fazer uma que sai com o tempo, daí retocamos quinzenalmente, como alguns membros que não gostam de agulha ou tatuagem definitiva preferem...

– De jeito nenhum – neguei decidida.

– Você já fez alguma tatuagem?

– Nunca, minha mãe jamais concordaria...

– E como você vai chegar com uma nova hoje?

– Hoje é meu aniversário de 18 anos, vou preparar um discurso com esse argumento.

– Ou você pode, sei lá, falar que se já tem idade para *governar* um reino, o que dizer de fazer uma tatuagem?

Ri junto com Samira mesmo sabendo que nenhum daqueles argumentos funcionaria. Eu podia visualizar a cena de minha mãe reclamando, então minha avó interferiria dizendo que nem parecia filha dela e depois concluindo: "Catarina é careta igual ao pai, não tem jeito".

Isso porque nem poderíamos cogitar contar o real significado da tatuagem. Mamãe não sabia nada sobre os Unificadores, divisões políticas ou qualquer segredo de vovó Angelina, e, embora tivesse certeza de que ela ficaria muito brava por ter escondido por tanto tempo, era o melhor a ser feito. Vovó sempre quis proteger a família, e eu só havia descoberto tudo porque era uma enxerida de primeira.

– Sabe, Lisa, nós estamos unidos por vários símbolos. O primeiro é esse.

Ela mostrou a parede, onde havia um círculo ornamentado com a letra "U" no centro.

– Também temos um gesto feito com a mão. Geralmente levantamos o braço assim.

Samira uniu o dedo indicador ao dedo médio e abaixou os outros. Ela ergueu o punho como se fizesse o símbolo do movimento *Black Power*, porém com os dois dedos esticados e unidos.

– Ou podemos fazer de um jeito mais contido, somente para identificar ou ser identificado. – Samira bateu os dois dedos na bochecha de levinho.

– E por que é assim? – Fiz para verificar se estava certo.

– Alguns dos fundadores do grupo são surdos, então eles criaram esse símbolo, que corresponde à letra "U" na Língua de Sinais Internacional.

– Internacional? Eu achava que cada país tinha a sua própria língua de sinais – estranhei.

– Sim, cada país tem a sua, a do Brasil chama Libras, por exemplo, mas existe uma versão internacional para que os surdos possam se comunicar com pessoas estrangeiras.

— Ah, que legal — comentei interessada.

— E, finalizando os maiores símbolos dos Unificadores, temos a rosa dos ventos, que indica nosso desejo de voltar à antiga forma de organização. Somos mais do que nortistas e sulistas, mais do que normais e meio-mágicos. O mundo é diverso, e essa divisão binária não é capaz de abarcar todos. Grupos se desfizeram, movimentos sociais se dissolveram e perderam força, tudo isso para dar lugar ao ódio. O contrato trouxe uma série de atrasos e paralisamos vários debates importantes que nos estavam permitindo avançar. De repente, tudo se resumiu a uma característica: ter poderes mágicos ou não. Virou o assunto do momento e, infelizmente, perdemos o foco em temas que importavam de verdade. É triste. — Ela encarou o chão e suspirou.

— Só espero que o que aconteceu na fronteira no Mato Grosso do Sul com os paraguaios tenha servido como reflexão pras pessoas — manifestei com esperança.

— Essa é a melhor das hipóteses. Acho que, no fundo, pode ter contribuído para aumentar ainda mais o ódio. A partir daí, pra muita gente acabou servindo como justificativa, tipo: "tá vendo? É por isso que temos que acabar logo com os nortistas" ou, no caso oposto, "com os sulistas" — explicou ela apreensiva.

— Mas você acha que estamos perto de quebrar o contrato? — indaguei.

— Muitos estão dizendo que sim. O contrato não tá se mostrando tão estável como supostamente foi, e é geralmente em períodos assim que as revoluções têm início. Acho que todos esses conflitos pelo mundo, de certo modo, estão permitindo brechas para a crítica, e tenho muita esperança de que talvez seja nosso momento. Mas alguns unificadores ainda acreditam que não é a hora.

– Tenho a impressão de que quanto mais tempo demorarmos, mais ódio um povo vai nutrir pelo outro e mais distantes vão ficar.

– Então talvez você se encaixe na corrente dos Unificadores que acredita que deveríamos agir logo.

Ela sorriu; provavelmente também se identificava com esse tipo de pensamento.

– Com você fazendo parte do grupo, acho que até a parcela mais resistente vai mudar de opinião – acrescentou Samira, esperançosa.

– Agora que entrei, todos vão ficar sabendo sobre mim? – temi. Ser descoberta por qualquer pessoa era o meu maior medo e, de repente, um grupo enorme teria essa informação!

– Em geral é o que acontece. Nossas fichas ficam arquivadas na matriz, que concentra toda a informação e, quando um poder se destaca muito, a fofoca acaba se espalhando.

– Onde é a matriz?

– Na Nigéria, onde surgiram os primeiros Unificadores.

Desde que descobrira o meu "presente de aniversário", aquele foi o momento em que mais fiquei tensa. Ser revelada a tantas pessoas assim não soava perigoso?

– Podemos começar? – Samira me tirou daqueles pensamentos, me deixando ansiosa por um motivo diferente.

Ela lavou as mãos, colocou uma luva e cobriu a boca com uma máscara.

– Você tá com uma cara... – Ela riu enquanto se posicionava na cadeira ao lado da que eu estava sentada.

– Nunca fiz uma tatuagem – falei com o coração disparado.

— Quer pensar mais um pouco e depois volt...?
— Não, pode fazer! — interrompi antes que perdesse a coragem.

Samira limpou o meu braço, grudou um papel e, quando tirou, estava desenhada a rosa dos ventos que ela tatuaria em mim, como se fosse um carimbo.

Quando de fato começou com a agulha, o tempo pareceu se arrastar, e eu me segurei várias vezes para não usar meus poderes para aliviar a dor. Imagina o problemão que eu arrumaria para os Unificadores atraindo a atenção das autoridades para uma das sedes?

— Tudo certo por aqui? — Vovó colocou sua cabeça para dentro da sala algumas horas depois e sorriu para nós duas.

— Comigo sim, com a Alisa, não sei — Sami brincou e vovó achou graça.

— Não se esqueça de seguir as recomendações da Samira direitinho, ouviu? Vai ser coisa de duas semanas pra cicatrização e tem que cuidar muito bem para não infeccionar. Você sabe que sua mãe já vai querer a minha cabeça por ter te trazido aqui, se algo der errado, então...

— Vai dar tudo certo! — Samira se apressou em dizer.

Quando ela terminou a tatuagem e limpou o meu braço, eu fiquei extasiada! Era linda!

— Ah! — Vovó pôs a mão no coração assim que bateu os olhos na rosa dos ventos. — Que honra tê-la conosco, meu amor. Lindo trabalho como sempre, Sami.

— Obrigada, querida! Agora vamos às instruções, Alisa! Primeira coisa: você não pode molhar nem tirar o curativo até amanhã, tá bom?

Samira começou a citar uma lista de recomendações, e eu fiquei com medo de não decorar os passos seguintes: não coçar, não tirar casquinha, limpar, hidratar... Felizmente ela me entregou uma cartilha com tudo bem explicado, e eu suspirei aliviada.

— Foi um prazer estar com alguém tão importante à nossa luta. — Samira segurou minha mão, e eu a abracei em agradecimento.

— Precisamos ir antes que sua mãe queira quebrar nosso pescoço. Vai falar até amanhã sobre eu ter te monopolizado em pleno aniversário e depois começar um discurso eloquente quando vir sua tatuagem.

— Vou voltar aqui outra vez, né?

— Claro, agora você também faz parte disso.

— Finalmente. — Ergui as mãos aos céus, e ela achou graça.

Voltamos pelo mesmo caminho, atravessando a casa abandonada e, quando saímos pelo portãozinho, analisei as construções ao redor e o clima da vizinhança. Aquela rua pacata dava uma sensação tranquila demais, ninguém poderia sequer cogitar que ali estava a sede de uma organização revolucionária.

Organização da qual eu fazia parte agora.

CAPÍTULO 13

Mundo normal

— Samira me contou que as fichas dos unificadores são públicas dentro do grupo, isso não pode ser perigoso pra nossa família? — perguntei dentro do carro enquanto voltávamos para casa.

— Antes de te levar, conversei com alguns líderes nigerianos e de outros lugares, e eles decidiram que, por ora, sua ficha se manterá em segredo, para sua proteção. Mas eles sabem que você será um ponto-chave para qualquer estratégia que escolhermos, então todos saberão quando for o momento certo.

Meu estômago se revirou com os termos "ponto-chave", "estratégia" e "momento certo". Todos remetiam a uma tensão que poderia estar próxima. Eu sabia que quebrar o contrato não era algo que conseguiríamos indo até os governantes e pedindo "por favorzinho". O mundo não era um conto de fadas, e uma mudança como aquela exigia esforços para traçar planos e táticas, descobrir pontos fracos do governo e atingi-los em cheio, então não conseguia evitar a ansiedade.

– Quando esteve na "Europa", era ali que estava escondida? – perguntei intrigada.

– Não somente. Meu emprego no governo exigiu muito. Fiquei indo e voltando do Sul para reuniões sem fim. Houve muita gente envolvida para tentar identificar a natureza do "poder anormal" e de onde ele vinha exatamente. Você causou um frenesi e tanto nas duas partes do país... E pensar que, no final das contas, minha própria neta era o motivo de tudo. – Ela soltou uma risada.

– E agora eles desistiram de me achar?

– Não. Mas a diferença é que, depois de saber dos fatos, passei a controlar as buscas para afastá-las de você.

– Então há mais de dois anos um tanto de gente se esforça e faz um trabalho que você tá fraudando e impedindo resultados – resumi, e vovó segurou uma risada.

– Sugere que eu faça algo diferente? – perguntou ela de brincadeira.

– Jamais interviria no seu trabalho – zombei balançando a cabeça.

Rimos daquele teatro enquanto ela estacionava o carro na garagem. Coloquei meu agasalho para tampar a tatuagem, eu ainda precisava pensar no jeito certo de conversar com a minha mãe.

Estranhei a escuridão da minha casa e precisei usar minhas chaves, já que ninguém respondia. Vovó tinha uma expressão tão confusa quanto a minha, mas tudo se esclareceu quando minha família surgiu assim que abri a porta.

– Surpresa! – eles gritaram juntos, e eu levei a mão ao coração de tão assustada.

– Não acredito nisso! – falei, ainda tentando me recuperar.

Um cartaz na parede trazia os dizeres "Parabéns, Lisa!" cercado de balões coloridos, e meus pais e Beatrizinha usavam chapéus de aniversário combinando. Na mesa, dois chapéus estavam largados, e eu tinha certeza de que os gêmeos se recusaram a usá-los porque agora estavam "crescidos demais" para pagar aquele mico.

— Parabéns pra você... — Minha mãe puxou o coro, e eu sorri de alegria com aquele momento.

Todo o clima caseiro de comemoração me remeteu a um passado não tão distante, quando eu não sabia absolutamente nada sobre minha vida ou sobre o cenário político mundial. Quando meu maior problema eram as provas de Matemática na escola, não havia grupos querendo minha cabeça nem uma dinastia tentando tomar o poder.

— Parabéns, meu amor, que você continue sendo sempre essa pessoa justa e perseverante. — Papai me deu um abraço e eu agradeci por suas palavras.

Logo depois mamãe se aproximou e sorriu para mim.

— Eu sei que tem vivido muitos momentos difíceis nos últimos tempos, mas espero que seus 18 anos te tragam alegria e tranquilidade, minha filha. — Mamãe beijou meus cabelos enquanto acariciava meus ombros.

Beatrizinha me deu um beijo molhado e logo perguntou se poderia ganhar o primeiro pedaço de bolo. Bianca veio me dar um abraço, mas parou no meio do caminho.

— Você fez uma tatuagem? — perguntou ela apontando para o curativo na parte interna do meu braço. Eu tinha ficado com calor depois de tanta agitação e tirado a blusa de frio sem me lembrar do que havia por baixo.

— Que maneiro! — Bernardo correu para ver.

— É o quê? — Mamãe se aproximou.

– Ela acabou de fazer 18 anos, então quis dar um presente legal. – Vovó veio em minha defesa.

– Sem falar nada comigo? – Mamãe cruzou os braços.

– Catarina, você é muito careta, nem parece minha filha – vovó zombou, e eu ri, já esperando a frase final: – Sua mãe é igualzinha ao seu avô, é impressionante! Não puxou nada de mim!

– Mãe, eu não acredito que a senhora levou a Alisa pra fazer uma tatua... – Mamãe parou o sermão no meio quando a campainha tocou.

– Salva pelo gongo – respirei aliviada.

– Nós ainda vamos conversar sobre isso, Alisa!

Quando mamãe foi atender, todos os demais me rodearam para ver melhor a tatuagem, até papai estava empolgado, mas ele jamais teria coragem de demonstrar na frente de dona Catarina.

O clima festivo se rompeu quando três policiais entraram ao lado de mamãe, que tinha uma expressão aflita no rosto.

– O que houve? – perguntou vovó, preocupada.

– Um jornal publicou hoje uma denúncia anônima de que nesse bairro há uma garota de origem normal que frequenta uma escola meio-mágica e quebra o contrato semanalmente. – A mulher passou a notícia à minha avó, e eu fui bisbilhotar.

– Isso é um absurdo! – vovó falou levemente alterada. – Como um normal pode ser aceito numa escola sulista?

– É o que queremos saber – respondeu o policial. – Depois da notícia, fez-se um rebuliço, e nos deram ordens para conferir as matrículas de todas as crianças do bairro. Precisamos averiguar se há qualquer irregularidade, por mais absurda que a denúncia possa soar.

— Mas é claro! — Vovó estava interpretando perfeitamente o papel de uma nortista conservadora com horror a qualquer um que infringisse as leis do contrato. — Minha filha, vá buscar os comprovantes.

— Preciso acompanhá-la, recebemos ordens para não deixar que ninguém saia do nosso campo de visão. Há mais alguém na casa?

— Não — mamãe respondeu nervosa, os olhos me pedindo socorro.

O que poderia fazer? Mostrar minha matrícula do Colégio Ruit e provar por A mais B que a pessoa que havia me denunciado estava correta? Como ela sabia, aliás? Será que me vira ultrapassando a fronteira? Ou talvez escutara meus pais comentando alguma coisa em público? Ou será que os vizinhos pararam de acreditar que eu morava e estudava na cidade da minha avó paterna ao descobrirem que já fazia alguns anos desde que ela morrera? Talvez jamais soubéssemos a origem da denúncia, mas o fato é que ali havia um problema sério.

Qualquer anormalidade colocaria minha família no alvo do governo nortista, e eu não sabia se minha avó conseguiria nos tirar dessa. A notícia no jornal provavelmente faria as pessoas pressionarem por respostas.

Mamãe foi até o quarto buscar os comprovantes, e um dos policiais a acompanhou. Papai ficou com meus irmãos, que estavam assustados.

— O meu comprovante fica no meu quarto, vou procurar.

— Eu te ajudo, meu amor, já sei que vai custar a achar naquela bagunça do seu quarto. Esses adolescentes de hoje não têm um pingo de organização, né? — vovó falou com naturalidade, e eu começava a entender como ela conseguia ser uma espiã unificadora meio-mágica infiltrada no governo se passando por normal.

Outro policial ficou na porta do meu quarto analisando cada movimento. Não tinha como correr no mundo mágico, falsificar um comprovante e voltar. Qualquer movimento brusco colocaria minha família em perigo.

– Eu vivo mandando você ser mais organizada, Alisa, agora vai gastar o tempo precioso dos policiais mexendo nesse antro que você chama de quarto. Encontra isso logo e *depois* eu arrumo sua bagunça. – Vovó falou a última frase me encarando de um jeito mais sério, havia um duplo sentido ali.

Eu estava há dois anos sem usar magia do lado de cá do portal, mas vovó disse que os governos não haviam desistido de me procurar. Quais seriam as consequências de falsificar um comprovante de matrícula? Quantos alarmes soariam? Mas e se eu não o fizesse? As suspeitas cairiam diretamente sobre mim e minha família!

Não havia muitas opções, eu não podia mostrar insegurança. Precisava agir rápido. Vovó disse que arrumaria minha bagunça depois, então só me restava confiar que ela conseguiria manter as buscas sob controle.

– Olha a quantidade de roupa sem dobrar! Juro, isso deve estar aí há umas três semanas, como é que pode isso? O senhor tem filhos adolescentes? – vovó desembestou a falar, certamente tentando distrair o policial.

– Tenho dois e são desse jeito também, nunca vi! – respondeu ele.

Aproveitei a oportunidade para abrir a porta do meu armário e tampar a visão do policial enquanto falsificava o documento.

– Achei! Viu, vovó? Eu faço bagunça, mas dá tudo certo no final – falei ao entregar o comprovante ao policial.

De volta à sala, minha mãe parecia mais aflita do que nunca, e lancei um sorriso para que soubesse que já estava tudo resolvido. Ok. Não tudo. Eu tinha criado outro problema no lugar daquele, mas, pelo menos por hoje, conseguiríamos terminar a comemoração do meu aniversário como planejada.

Os policiais passaram o olho pelo documento e se deram por satisfeitos. E, assim que saíram, o telefone da vovó tocou. Não era preciso ser nenhum gênio para imaginar o que seria – principalmente com a cara que ela fez.

– Preciso resolver uma urgência de trabalho – anunciou vovó.

– Mãe! É o aniversário da Alisa! – ralhou mamãe, ofendida.

– Volto assim que puder. – Ela saiu apressada sem dar atenção à minha mãe; vovó sabia que naquele momento eu precisava muito mais dela trabalhando do que ao meu lado.

Tentei me manter calma durante o resto do dia. Conversei com a família, comi bolo, agradeci pelos presentes, escutei todo o discurso da minha mãe sobre a tatuagem... mas, em nenhum desses momentos, consegui tirar minha avó da cabeça. Pensei em telefonar para ela umas cinquenta vezes, e em todas dei um jeito de me dissuadir. Ela estava atuando para o governo, não poderia me falar nada pelo telefone se não quisesse ser descoberta.

Quando a festa chegou ao fim, meu telefone tocou. Dei um pulo e corri para atender longe da sala.

– Oi – falei sem deixar que chegasse ao segundo toque.

– Perdi o controle das buscas. Tire seus pais e seus irmãos de casa *já* – vovó disse muito baixinho e rápido demais para que eu pudesse ter plena certeza de cada palavra.

— Como? — perguntei desesperada. Era aquilo mesmo que eu estava ouvindo?

— Eles vão te achar se não sair *agora* — ela soou ainda mais desesperada. — Tire qualquer prova contra você de casa também.

— E você? — perguntei preocupada.

— Eu... — ela começou a falar e, no segundo seguinte, a ligação caiu.

Tentei retornar, mas deu caixa postal. Meu coração batia descompassado enquanto me esforçava para repetir as instruções que me dera. Eu precisava tirar todos dali imediatamente, mas os levar para onde?

— Gente, nós vamos para o castelo! — anunciei a única solução que me ocorreu.

— Eba! — os gêmeos e Beatrizinha comemoraram, mas meus pais fizeram cara de desentendidos.

— Vão trocar de roupa rapidinho! — pedi. — Dois minutos, hein!

Nem precisei falar outra vez, meus irmãos saíram em disparada para os respectivos quartos.

— Pensei que tivéssemos combinado que seu aniversário de julho era nosso, enquanto eles ficavam com o de março — disse minha mãe sem mexer um músculo do sofá. — Mas tudo bem, podem ir, não tem problema.

Me aproximei dela com urgência e me certifiquei de que meus irmãos não poderiam me ouvir.

— Mãe, é uma questão emergencial. Precisamos sair daqui agora antes que aconteça algo. Também precisamos levar qualquer prova de que frequento o mundo mágico ou o Sul — falei com bastante seriedade para não restar dúvidas.

— O que tá acontecendo, Lisa? — meu pai se preocupou.

— Explico tudo quando estivermos seguros no castelo. Peguem os portais que fiz pra vocês enquanto dou uma olhada no meu quarto.

— Você tá me assustando. — Minha mãe se levantou do sofá.

— Então você tá começando a entender a gravidade da situação — respondi antes de me virar de volta para o meu quarto. — Ah! A Bia tem um diário e ele não pode ficar aqui.

Assim que passei pela porta, mexi em gavetas, armários, bolsas, e juntei tudo que pudesse me incriminar, caso invadissem minha casa. Meu desespero me fazendo agir em uma velocidade que jamais imaginei ser possível.

— Estamos prontos. — Minha mãe apareceu na porta, e eu peguei a mochila.

— Eu também.

Dei uma última olhada na casa e então a campainha soou. Bê correu para atender, mas eu segurei seu braço.

— Não — neguei sem dar mais explicações.

Eu sabia quem era e sabia que não podíamos atender. Meu irmão me encarou com uma expressão confusa, e eu abri o livro nos fazendo atravessar o portal.

CAPÍTULO 14

Mundo meio-mágico

— Tá tudo cercado lá no bairro, todo mundo sendo interrogado — contei a Dan enquanto tomávamos sol na grama do pátio. Julho tinha trazido um inverno suficientemente frio para que a sombra nos obrigasse a colocar um agasalho mais pesado.

— E como tá sua família?

— Meus irmãos estão eufóricos por não precisarem ir à escola, e o pessoal do castelo tá fazendo todas as vontades deles. — Ri me lembrando dos gêmeos se portando como rei e rainha. — Meus pais estão preocupados, querem saber quando vão poder voltar. O problema é que estamos sem saída: se eles não voltarem, a escola dos meus irmãos e o trabalho dos meus pais vão começar a questionar a ausência, estar foragido é como assumir a culpa. Mas também não posso deixar que voltem e sejam alvos da investigação.

— E como você teve tanta informação de dentro do governo? — perguntou ele intrigado depois que contei em termos gerais tudo o que havia acontecido no dia do meu aniversário.

— Tenho uma pessoa — falei sem dar mais detalhes e recebi um olhar desconfiado.

— O que você tá escondendo?

— Preciso que confie em mim e entenda que não posso contar — pedi encarecidamente, mesmo sabendo que se estivesse em sua posição, iria odiar ouvir aquela frase.

— Tá me assustando. — Dan pressionou de leve minha mão, implorando por mais respostas.

— Eu sei, me desculpe. Mas eu tô segura, nada vai acontecer comigo.

— Não sei se consigo acreditar que "segura" é uma palavra que se aplica a você quando tem dois governos tentando te encontrar há mais de dois anos.

— E não conseguiram até hoje. Quem me protege não dorme. — Ri da minha própria frase.

— Não é como se fosse o momento de fazer piada, Alisa — censurou ele, mas estava rindo também.

— É tudo o que vai conseguir de mim hoje, *Daniel*. — Dei de ombros entrando na brincadeira.

— Ela é um poço de mistérios. — Ele balançou a cabeça sem conseguir esconder a preocupação.

Dan se jogou na toalha que eu havia colocado na grama, desistindo do assunto, e eu me apoiei nos cotovelos para encarar seu rosto. A luz batia em sua pele e fazia com que seu tom marrom-terroso ganhasse um realce. Suas covinhas marcavam de levinho, já que os lábios projetavam o início de um sorriso. Meu coração bateu acelerado quando sua boca entrou em meu campo de visão; havia tanta coisa acontecendo nos dois mundos que eu não estava conseguindo pensar muito nos meus sentimentos. Enquanto isso, Dan esperava pacientemente por uma iniciativa minha; ele tinha garantido que iria no meu tempo e não vacilou um momento sequer.

Ao redor, as pessoas que passavam nos observavam com expectativas. Nossos colegas não perdiam a chance de fazer "*own*" quando nos viam juntos e alguns iam além gritando "meu *ship* voltou!". Ninguém nunca entendeu o que de fato havia acontecido entre nós ou por que ficamos dois anos separados e agora, embora estivéssemos andando juntos de novo, não voltávamos a namorar. Dan e eu éramos quase como personagens de uma série de TV que eles gostavam de acompanhar.

No final do ano passado, quando Caio foi "convidado a se retirar" do colégio depois de acumular uma série de suspensões, as fofocas ganharam força; havia um monte de histórias envolvendo meu nome e o de Dan sobre as motivações da saída de Caio e do nosso término – algumas teorias bem criativas, devo confessar –, mas, obviamente, nenhuma passava perto da realidade. Com o tempo aprendi a ignorar as histórias, já que nunca poderia contar a verdade.

Esconder as coisas tinha se tornado um padrão para mim. O problema era quando isso envolvia deixar meus amigos de fora. Me doía não poder colocá-los a par do que estava acontecendo, mas vovó e a diretora tinham sido muito claras quanto a isso.

– Prometo que assim que puder, você vai saber – falei séria.

– Vou cobrar. – Ele tocou a ponta do meu nariz com o dedo indicador e seu toque enviou uma corrente elétrica por todo meu corpo.

– Por que tá me olhando assim? – Dan se virou de lado e apoiou a cabeça na mão.

– Nada... – Dei de ombros um pouco envergonhada.

Ele semicerrou os olhos e balançou a cabeça com uma expressão zombeteira, não era como se estivesse tentando arrancar a verdade de mim, mas eu sabia que no fundo havia uma curiosidade aflita querendo se revelar.

— Oi, fofos. Espero não estar atrapalhando nada — Nina se agachou na toalha em que estávamos e sorriu para nós dois. De pé, Marco achava graça da namorada.

— Você *nunca* atrapalha — falou Dan com ironia, e Nina deu um empurrão em seu ombro.

— Sentem aqui, o sol tá ótimo. — Me ajeitei para que os dois pudessem se acomodar também.

— Seu cabelo tá *show* demais — falou Dan, admirando o volume dos crespos de Nina unido ao efeito que a luz do dia dava. Estava incrível.

— Realmente, tá de parabéns — comentei.

— Vocês sabem mesmo como agradar uma mulher negra. — Ela sorriu enquanto passava a mão pelos fios.

Depois de entrar para o movimento negro e começar a entender mais sobre o assunto, ficou óbvio para mim que crespos e cacheados eram mais que um tipo de cabelo, eram um estilo de vida, uma arte. E ter noção disso me fez desistir de lutar contra as características naturais dos meus fios, que, depois descobri, eram as grandes responsáveis por sua beleza. E eu devia isso à Nina, por ter me levado para as reuniões e aberto minha mente.

— Por isso vocês são meu casal favorito. — Ela apertou nossas bochechas, e eu fiquei tensa com o que ela havia dito. Nina precisava dizer aquilo quando ainda nem tínhamos nos entendido de fato?

Ela me olhou com uma expressão travessa, e eu fiz uma anotação mental para esganá-la mais tarde.

— Espera, *nós* não somos o seu casal preferido? — Marco revezou o dedo indicador entre ele e ela algumas vezes, o que dissipou a tensão da frase de Nina.

Minha amiga puxou o ar para responder, mas sua atenção se desviou para o banco do outro lado do pátio, onde Sol e Luísa riam muito de alguma coisa que eu e Nina faríamos Sol nos contar mais tarde.

— Ai, os três que me desculpem, mas acho que aquele é o meu casal favorito agora. — Minha amiga apontou para as duas e colocou a outra mão no coração. Seu rosto parecia derretido diante do ataque de cosquinhas de Sol em Luísa, o mais novo casal da série que o Colégio Ruit amava acompanhar. — E elas nem precisam elogiar meu cabelo.

De repente, as duas repararam na gente e nós desviamos rápido o olhar para não dar a entender que estávamos espiando e comentando sobre elas — para não dar a entender a *verdade*.

— Disfarça — cochichou Nina, fingindo arrumar a toalha.

— Elas se levantaram — disse Marco depois de dar uma espiadinha. — E... estão vindo pra cá.

— Ajam naturalmente — falei para o grupo. — Se a Luísa ficar espantada com a nossa bizarrice, a Sol mata a gente.

— Ai, meu encontro triplo vai acontecer! — Nina bateu palmas contente.

Balancei a cabeça, tinha sido perda de tempo pedir que Nina "agisse naturalmente".

— Oi, pessoal — falou Sol ao se aproximar. — Acho que todo mundo conhece a Luísa. E você também conhece todos aqui, né?

Luísa confirmou com a cabeça dando um sorriso.

— Especialmente aquela ali, que deve ter te marcado mais... — A loirinha apontou para Nina, referindo-se ao dia em que ela tinha sido grossa com Luísa em nosso dormitório, e eu segurei uma risada.

— Sol — repreendeu Luísa. — Também não foi assim.
— Não, ela tá certa. Eu fui ridícula com você, me desculpe por aquilo — minha amiga falou sério com todo aquele ar maduro de quem reconhece os próprios erros.
— Logo você, que me salvou aquela vez me emprestando sua base.
— Você nunca vai esquecer isso — brinquei entre as risadas.
— Claro que não, a Luísa sabe! Achar maquiagem pra pele escura é um inferno e emprestar a sua pra alguém é compaixão pura.
— Nós por nós. — Luísa sorriu e piscou para minha amiga.
— Sentem-se aqui. — Bati no espaço que restava da toalha.

Quando as duas se acomodaram, um trio passou por nós comentando algo sobre uma ameaça de possível retomada do conflito no Mato Grosso do Sul.
— Vocês ouviram falar disso também? — Marco apontou para os três alunos. — Li na internet hoje, parece que as coisas não se resolveram de verdade, o conflito só foi abafado e agora corre risco de voltar.
— É claro que só foi abafado. Nunca vamos conseguir resolver nada enquanto existir uma divisão de dois mundos em um lugar que é só um — falei.
— Também acho. Nós compartilhamos o mesmo planeta, ser normal ou meio-mágico não deveria delimitar fisicamente aonde podemos ir — Luísa concordou comigo, e eu a encarei surpresa.

Sempre que caíamos no assunto do contrato, era a mesma coisa: eu começava a defender o fim da divisão Norte-Sul e meus amigos reviravam os olhos. Mas, quando

Luísa se manifestou endossando meu ponto de vista, mal pude acreditar.

– Lu, você não precisa fazer isso só pra conquistar a Lisa, pode expor suas opiniões sinceras – zombou Sol, e todos riram.

– Eu tô falando sério e você sabe, sua boba. – Ela deu um empurrãozinho de brincadeira. – Acho que o contrato nos faz muito mal como sociedade.

– É... parece que Lisa ganhou quórum nesse grupo – Dan entrou na brincadeira de Sol, e eu sorri de felicidade.

– É exatamente o que eu penso, Luísa! Nos trouxe intolerância! Antes a gente sabia viver juntos, agora não suportamos a ideia e ainda estamos criando guerras!

– Vocês vão me chamar de vira-folha, mas tô começando a acreditar nisso também – comentou Nina, e todos a encararam chocados. – É que lembrei daquele trabalho que a professora Olívia nos deu no 1º ano, lembram? Coletamos as opiniões dos nossos avós, pais e depois as nossas sobre o contrato. Ficou nítido que a raiva pelos nortistas só aumentou. Na época nem dei muita bola, só que, vendo as guerras estourando em várias partes do mundo, inclusive no Brasil, tô percebendo a conclusão do trabalho de Contexto Histórico na prática. Calcula o que será da geração seguinte à nossa! Imagino que não vai demorar muito pra um povo querer dominar o outro, escravizar ou sei lá o quê. E nós sabemos muito bem o que a escravidão fez conosco, ou pelo menos com parte de nós.

Ela olhou para mim, para Luísa e Dan. Um dos debates mais pesados que tivemos no movimento negro foi sobre aquele assunto. Não era como se a lei Áurea tivesse resolvido a desigualdade entre brancos, negros e indígenas. E se acontecesse o mesmo com nortistas e sulistas? Se um grupo decidisse se aproveitar do outro e determinasse toda uma vida de miséria a uma parte da população? Porque assim funcionam as guerras, certo? Os vencedores decidem os rumos que os vencidos vão tomar. O que seria da nossa sociedade?

– Exatamente. – Luísa se virou para Nina e assentiu. – O clima tá esquentando no mundo inteiro, a coisa vai ficar feia mais cedo ou mais tarde. É preciso parar o quanto antes.

– Mas vocês sugeririam o fim do contrato agora? – perguntou Marco intrigado enquanto passava a mão em seus fios ruivos. – Não acham que seria pior?

– Talvez devesse ser gradual – palpitou Dan.

– Sim, é no que acredito – concordou Luísa. – Tentar resolver os conflitos de agora usando a diplomacia, se possível, e depois organizar estratégias para estabelecer uma boa convivência. E aí, num futuro não tão distante, eliminar as barreiras entre normais e meio-mágicos.

– Luísa pra presidente! – Bati palmas achando maravilhoso que aquela conversa estivesse existindo. Era impressão minha ou todos ali pareciam começar a abrir os olhos para a pedra que eu cantei havia anos?

Enquanto analisava meus amigos com certo orgulho, meus olhos se arregalaram quando algo atingiu meu campo de visão. Luísa ergueu as tranças roxas para fazer um coque no alto da cabeça e, na lateral do pescoço, havia uma tatuagem muito familiar, já que era exatamente a mesma estampada na parte interna do meu braço.

Seria possível que a rosa dos ventos de Luísa fosse só uma coincidência? Não podia acreditar! O jeito que ela expunha suas opiniões soava muito como alguém que sabia do que estava falando.

Ela me pegou encarando sua tatuagem e soltou suas tranças antes de terminar o coque. Eu precisava ter certeza de que a fala de Luísa e aquela rosa dos ventos na lateral do pescoço não eram obra do acaso. Samira havia mostrado vários símbolos que nos identificavam, então uni meus dedos indicador e médio formando a letra "U" e bati duas vezes na minha bochecha discretamente, como a tatuadora tinha me ensinado. Foi encantador ver seus olhos brilharem e as sobrancelhas se erguerem com um misto de surpresa e entusiasmo. Ela repetiu o gesto, e eu estava prestes a explodir de alegria.

Luísa era uma unificadora, e eu não podia estar mais contente por saber que havia mais uma aliada por perto.

CAPÍTULO 15

Mundo meio-mágico

— E aí, o que acharam dela? — perguntou Sol um pouco apreensiva, enquanto seu olhar ia de Nina para mim.

— Por mim a gente adiciona a Luísa no grupo e muda pra "sexteto fantástico" já. — Ergui as mãos, totalmente rendida pela garota.

— Não vale puxar o saco só porque ela concorda com suas opiniões políticas — debochou Sol.

— Mas a Lisa tá certa. Só de ver o quanto você tá bem e feliz já é o suficiente pra amarmos a Luísa. — Nina segurou o rosto de Sol com as mãos e deu um sorriso sincero. — E ela é ótima.

— Fico feliz por ouvir isso, porque concordo em gênero, número e grau. — Sol se jogou na cama e suspirou com um sorrisinho bobo.

— Nossa, você tá muito apaixonada. — Peguei uma almofada que estava ao meu alcance e taquei na loirinha, que nem se importou.

Quando estava preparando mais formas de implicar com Sol, recebi uma chamada de um número desconhecido. Atendi rápido imaginando ser minha avó, que sempre usava um telefone diferente para se comunicar comigo. Vovó tinha dito que eu nunca poderia telefonar para ela, só o contrário, então eu sempre ansiava os breves momentos de receber alguma notícia.

– Alô?

– Ainda não dá pra trazê-los de volta, eles estão te cercando cada vez mais. Precisamos de uma distração – disse ela bem baixinho e com uma velocidade absurda. – Abra um mapa, escolha algumas cidades do país, se teletransporte e utilize sua magia. Faça isso em caráter de urgência e em horários diferentes pra soar realista.

Puxei o ar para pedir mais informações sobre o que estava acontecendo no governo ou, quem sabe, descobrir em que pé andava a organização dos Unificadores, mas minha avó desligou assim que terminou a frase. Bloqueei o celular e me dirigi ao computador para pegar um mapa e decidir para quais cidades iria.

– O que houve? – Nina se aproximou. – Quem era no telefone?

– Preciso distrair o governo usando meus poderes em várias cidades pra tirar o foco do meu bairro.

– Mas quem te falou isso? – Sol se levantou para vir em minha direção também.

Então me virei para minhas amigas e segurei a mão das duas.

– Vou dizer a vocês o mesmo que disse ao Dan: preciso que confiem em mim. Tem algumas coisas que ainda não posso contar, mas eu tô segura, tem gente me protegendo, e nada vai acontecer comigo.

— Se essa é sua tentativa de me manter calma, falhou miseravelmente. — Nina arregalou os olhos. — O que tá acontecendo?

— Estão atrás de mim, como vocês sabem, e eu tenho uma pessoa que me dá informações de dentro do governo.

— Quem? — perguntou Sol, e eu balancei a cabeça em negação. — Isso soa perigoso...

— Como você conseguiu alguém do governo? Essa pessoa não pode estar te enganando e, enquanto você acha que tá do seu lado, ela vai é te entregar?

— Não — neguei. Nem de longe isso era uma alternativa. — Andem, me ajudem a escolher as cidades.

Tentei distraí-las, o que pareceu funcionar. Nós começamos a planejar alguns destinos, mas não demorou muito até uma funcionária do colégio vir ao nosso dormitório para avisar que a diretora Amélia estava me chamando. Era de se esperar que vovó me enviasse algum tipo de auxílio e não me deixasse apenas com algumas instruções.

— Precisamos nos organizar — foi a primeira frase que Amélia disse. — Se você utilizar sua magia para se teletransportar saindo da escola, eles virão até aqui investigar. Você não pode fazer nada que atraia o foco do governo pra cá.

— Certo. — Concordei com a cabeça; esse era o tipo de coisa em que eu não tinha pensado.

— Temos uma unificadora que tem o poder de teletransporte, se ela utilizar a própria magia, o governo não vai perceber; o Sul tá uma completa bagunça, os meio-mágicos estão usando seus poderes a torto e a direito e ela vai ser só mais uma. Além de tudo, a única preocupação dos detectores agora é você e sua magia estranha demais pros padrões.

— Tracei uma rota de cidades pegando várias regiões do país. — Entreguei a ela o papel.

– Excelente. Não se esqueça de variar sua magia. Em algumas cidades, apele para feitiços mais complexos e alarmantes, em outras, faça coisas simples. Não podemos soar exagerados demais, nem irrelevantes. O governo precisa acreditar que você tá tramando algum plano elaborado pelo Brasil.
– Obrigada pela ajuda, diretora.
– É um prazer, minha querida.

Dois toquezinhos na porta desviaram nossa atenção e, quando ela se abriu, revelou uma professora Olívia preocupada, acompanhada de uma certa garota de tranças roxas com uma cara de interrogação. Luísa era a unificadora com poder de teletransporte que me ajudaria? Ambas erguemos as sobrancelhas num ato de surpresa.

– Ela é a rainha do mundo mágico? – Luísa apontou em minha direção enquanto alternava o olhar entre mim e Amélia. – Ai, meu Deus!

– Vocês se conhecem? Engraçado, não sabia que eram da mesma "galera" – Amélia tentou usar um tom jovial, e nós rimos.

– Eu sou... hmmm... amiga da amiga dela – Luísa resumiu.

A diretora ergueu as sobrancelhas parecendo se lembrar de algo.

– Ah, você e a Sofia são amigas, é verdade. Do mesmo jeito que a Alisa é amiga do Daniel, e a Antônia é amiga do Marco – ela disse com um tom de ironia, e nós duas a encaramos espantadas. Parece que tínhamos mais uma espectadora acompanhando nossa "série". – O quê? Eu sei de tudo o que acontece sob o teto da minha escola.

Amélia deu uma piscadinha, e Luísa e eu gargalhamos ao ver a diretora naquele papel de adulto "antenado" que sabe o que a "juventude de hoje" está "aprontando".

— A única que leva a sério a proibição de namoro na escola é a senhorita Guine, mas se vocês contarem que eu disse isso, negarei até a morte. — Ela semicerrou os olhos em tom de ameaça e brincadeira ao mesmo tempo.

— Jamais. — Fiz como se estivesse fechando os lábios com um zíper, e depois nós três caímos na risada outra vez.

Cada dia eu descobria mais qualidades da misteriosa diretora do Ruit. Quero dizer, sempre soube que Amélia era legal, mas ela era mais fechada e discreta, resolvia as questões do colégio de maneira eficiente sem nunca precisar levantar a voz ou ser arrogante, só que também não era de muito papo. Agora estava tendo acesso a um lado mais descontraído dela, o que me dava a chance de conhecer de verdade a melhor amiga da minha avó. Eu podia imaginar como eram essas duas na época em que estudaram no Ruit.

— Dessa fofoca eu não sabia. — Olívia balançou a cabeça se sentindo traída.

Luísa deu um sorriso tímido enquanto fazia uma expressão de quem está doida para mudar de assunto.

— Você não me respondeu. — Luísa fez uma expressão séria tentando desviar o foco da conversa, e eu achei graça da tentativa. — É a Alisa? — insistiu ela com a diretora.

— Sim, é — confirmou Amélia.

Luísa agitou as mãos, animada, e depois me deu um abraço.

— Ai, eu não acredito. Desde que ouvi os rumores, sequer passava pela minha cabeça que pudesse ser você. Agora faz sentido tudo o que aconteceu no dia da Celebração. — Luísa estalou os dedos, ligando as informações. — Na hora fiquei morrendo de pena, mas parece que o jogo virou, não é mesmo?

— Então quer dizer que ouviu rumores? Onde? Na escola? — perguntei intrigada.

— Não, foi entre os Unificadores — me tranquilizou ela.

— Disseram que havia uma pessoa nova com poderes reais, alguns iam além e diziam que era do mundo mágico, mas, pra ser sincera, achava essa segunda parte muito viagem.

— No seu lugar, eu também acharia. Até hoje me pego sem acreditar de vez em quando.

— Ah, tem tanta coisa que eu quero saber! — Ela voltou a agitar as mãos, cheia de entusiasmo.

— Vocês duas vão ter muito tempo para conversar. Antes disso, podemos planejar algo um *pouquinho* mais urgente? — falou Amélia, e nós duas voltamos a focar na missão.

Luísa tinha o poder do teletransporte, então seu papel seria nos levar até as cidades da rota, onde eu utilizaria meus dons de alguma forma e, em seguida, voltaríamos à escola.

Depois de alinharmos nosso plano de ação, Luísa e eu começamos com uma cidade do Norte, a duzentos quilômetros da nossa. Escolhi um feitiço de impacto e, assim que chegamos, paralisei o tempo por alguns minutos. Ela se chocou ao ver que tudo estava imóvel, exceto nós duas.

— Ai, minha nossa! Essa semana vai ser sensacional, mal posso esperar pelo resto da nossa turnê pelo Brasil! — Luísa se empolgou, e eu achei graça, parecia que éramos uma dupla de cantoras.

— Espero que o governo se divirta com o nosso *show*. — Entrei na brincadeira.

— Ah, você pode ter certeza que vai. — Luísa esfregou uma mão na outra. — Especialmente com o número final.

Ela fez uma cara maliciosa e ergueu o braço. Em sua mão, dois dedos erguidos formando o símbolo dos Unificadores. Sorri e repeti o gesto.

Continuamos nossa missão até o fim da semana. Fui revezando os feitiços em cada lugar; às vezes mais simples, às vezes mais elaborados. Luísa se divertia sempre, mas era inegável que seus momentos preferidos eram os que envolviam feitiços mais chocantes.

Vovó enviou notícias através da diretora, e aparentemente as coisas estavam funcionando como o esperado. Me senti mais segura pelo foco de tensão ter se diluído, mesmo sabendo que eles continuavam com a mesma determinação para me encontrar e talvez agora estivessem até recrutando reforços.

Quando encerramos o trabalho na última cidade, que ficava no extremo do Sul, quase na fronteira com o Uruguai, agradeci a Luísa por toda a boa vontade em ajudar.

– Não me venha com "obrigada". Como pagamento, vai ter que me levar ao mundo mágico. – Ela colocou as mãos na cintura fazendo uma expressão engraçada.

– Claro que levo, você vai adorar!

– Mas, falando sério, foi um prazer fazer isso com você! Fico muito feliz por saber que um poder tão grandioso assim tenha caído nas mãos certas, você vai mudar o mundo – disse ela enquanto caminhávamos pelo corredor da ala feminina do colégio.

As palavras dela me impactaram. Sua expressão era inabalável, Luísa tinha muita certeza do que dizia.

– Uau, quanta convicção – falei antes de abrir a porta e, assim que o fiz, me assustei ao encontrar todos ali: Nina, Sol, Marco e Dan. Os quatro com os braços cruzados nos encarando.

– Isso é uma intervenção – Nina disse séria.

– Pras duas. – Sol cravou os olhos em Luísa.

Fitei a garota ao meu lado, que também tinha uma expressão preocupada no rosto. Era óbvio que aquele momento iria chegar, mas estivemos tão focadas no plano que nem alinhamos um discurso para os quatro.

— O que tá acontecendo? Durante toda a semana vocês duas estiveram metidas em alguma coisa com a diretora. Teve um dia que ela até buscou vocês no meio da aula de História! — Nina ergueu as mãos, expressando a dúvida de todos.

— Se nós estivéssemos escondendo algo, vocês iriam nos matar! — disse Sol ressentida, e eu concordei.

As palavras sumiram da minha boca, fiquei sem saber como responder aos anseios dos meus amigos.

— O máximo que posso dizer é que vou dar todos os míseros detalhes assim que tiver permissão — falei contrariada, não era a resposta que eu queria dar.

Quatro pares de olhos me encararam decepcionados, e eu suspirei.

— Por que a Luísa pode saber o que tá rolando e nós não? — questionou Marco.

Cheguei a considerar a opção de inventar alguma mentira. Seria tão mais fácil do que ter que lidar com a frustração dos meus amigos... Porém, se fosse o contrário, eu preferiria estar brava por não saber do que ser enganada.

— Deixa eu adivinhar, não pode nos dizer. — Nina usou um tom irônico, e eu assenti de leve tentando não a irritar mais.

— Ah, pra mim chega! — Sol se sentou na cama em sinal de desistência.

— Sinto muito por deixar vocês chateados, de verdade. Espero poder compensar em breve.

Encarei um por um para, no fim, alcançar o olhar de Dan. Ele estava calado desde que entramos no quarto, contudo sua expressão entregava toda a sua insatisfação.

– Pode começar compensando desde já – disse Sol usando um tom mais ameno.

– Vou fazer uma lista de coisas que as duas podem fazer pra que eu me esqueça de que tenho amigas tão traíras assim – Nina falou séria, mas fiquei satisfeita com aquele leve indício de humor em sua frase.

– Me sinto lisonjeada por ter sido classificada como "amiga" – Luísa puxou o fio da brincadeira.

– Não se engane, ela só tá interessada na sua base. – Recorri à piada interna para mudar o clima naquele quarto.

– Vocês são ridículas. – Nina tentou segurar o riso, e eu respirei aliviada por ter dado certo.

– Tenho uma ideia para a lista de compensação: nós vamos entrar de férias agora, então temos duas semanas pra curtir no mundo mágico! No fim de semana já vai rolar um baile no reino de Oceônio, que tal? Podemos fazer roupas novas, dançar, fingir que somos chiques…

Tentei soar o mais persuasiva que pude, mas, a cada palavra, os olhos dos meus amigos se arregalavam mais. Não do jeito que eu esperava, cheios de empolgação, e sim de uma forma assustada, como se eu estivesse dizendo algo muito errado.

– *Yes*! Finalmente vou conhecer o mundo mágico! – Luísa disse com entusiasmo.

A surpresa no rosto dos quatro atingiu o nível máximo. Não era para estarem felizes com o convite? Especialmente Nina e Sol, que amavam os bailes?

– Espera, tem uma semana que você começou a andar com a Luísa, e ela não só sabe algo que você não pode *nos* contar como também sabe o *maior* segredo da sua vida? – Sol falou cada palavra pausadamente, perplexa.

Ops.

— Olha, gente, calma — pediu Luísa ao grupo — Não foi ela que me contou, foi a diretora Amélia, que me procurou para pedir ajuda, já que a Lisa precisava de alguém com o poder de teletransporte para rodar as cidades do país e distrair o governo. Se ela utilizasse sua magia aqui, atrairia a investigação pro Ruit, então a diretora me contou tudo e pediu sigilo absoluto.

— A diretora Amélia é sua fonte no governo? — Dan me olhou, falando pela primeira vez. Era óbvio que ninguém tinha acreditado que Luísa tinha aberto o jogo, eles sabiam que havia algo além.

— Não — falei sincera. — Ela tem acesso à fonte e tava me ajudando.

— Tem mais coisa por trás disso tudo. — Nina balançou a cabeça inconformada. — Eu sinto isso desde o dia em que a diretora nos chamou para explicar aquele diário de investigação sobre o nosso desaparecimento e você ficou horas conversando com ela. Você disse que só contou sua história pra ela, mas o tempo que ficou lá dava pra ter contado tudo várias vezes, de trás pra frente até. E eu sei que você é inteligente demais pra não ter tentado barganhar informações, quando todos nós suspeitávamos que ela era mais do que uma simples diretora. Lisa, você ouviu uma conversa no estacionamento sobre comércio de tecnologias entre o Norte e o Sul e, quando teve a chance, não tentou trocar seu segredo pelo dela? Impossível.

Todos concordaram com Nina e me encararam, esperando respostas. Em um cenário ideal, eu contaria toda a verdade para os quatro, e eles entrariam para os Unificadores. No entanto, a realidade era bem distante disso. Primeiro porque eles estavam começando a refletir sobre a problemática do contrato, não era como se estivessem prontos para se dedicar a uma causa como aquela. Segundo porque eu finalmente estava entendendo o porquê de a vovó ter enrolado tanto para permitir minha entrada no grupo. Ela queria me proteger, e eu queria fazer o mesmo com meus amigos.

Não fazia a menor ideia do que estava por vir, mas jogos de poder, especialmente em escala mundial, eram arriscados, e eu me esforçaria para mantê-los longe de tudo. Quanto menos soubessem, menos perigo corriam.

– Me desculpem – falei por fim.

Era tudo o que poderia dizer naquele momento.

CAPÍTULO 16

Mundo mágico

—Ainda não podemos voltar? – minha mãe Catarina perguntou preocupada enquanto estávamos sentadas no sofá do meu quarto.
– Não – neguei ressentida.
– Não me leve a mal, tô adorando tudo nesse castelo, principalmente o carinho do pessoal daqui, mas me preocupa o que tá acontecendo por lá. Minha chefe deve estar desorientada!
– Eu sei. – Passei a mão pelo seu ombro, tentando trazer algum conforto. – Usei meus poderes em várias partes do Brasil pra conseguir distraí-los, espero que em breve a investigação no nosso bairro esteja mais tranquila.
– Acho que descobrimos de onde a denúncia surgiu – especulou minha mãe. – Parece que a Beatriz contou à professora que sua irmã mais velha não passava a semana em casa porque estudava no Sul.
– Ah – arfei quando tudo fez sentido.

– Vou conversar com ela mais tarde, acho que ela tá se sentindo mal com a situação.

– Faz isso, mãe – concordei. – Quem colocou nossa família nessa enrascada fui eu, pra começo de conversa. Inclusive, me desculpe.

– Ai, meu Deus. Eu achando que só precisava consolar a mais nova, mas parece que a mais velha tá do mesmo jeito. Filha, você não tem culpa de nada.

– Eu sei que você é minha mãe e não quer que eu me culpe, só que eu sou a estranha no ninho que eles estão caçando. Se vocês precisaram fugir, foi por minha causa.

– Nunca mais se desculpe por ser quem é, Alisa. Você não tem culpa se o seu dom os assusta, isso é um problema deles.

Dei uma risada fraca, tocada pela fala da minha mãe. Ela estava refugiada num mundo ao qual não pertencia, impossibilitada de entrar na própria casa, utilizando roupas que nem de longe lembravam seu estilo, com grandes riscos de perder o emprego e, ainda assim, se preocupava mais com o que eu sentia.

– Eu te amo, mãe. – Dei um abraço forte e acariciei as pontas dos seus longos fios castanhos.

– Eu também, meu amor. – Ela retribuiu o carinho e depois beijou minha bochecha. – Você foi um presente e tanto, sabia?

– Um presente de grego, você quer dizer... – zombei.

– Alisa! – ralhou mamãe.

– É brincadeira, dona Catarina! – Ergui as mãos rendida.

– Deixa de ser besta e me diga uma coisa séria: e sua avó? Ela continua em casa? Não fizeram nenhuma pergunta a ela sobre nós?

– Vovó tá em um lugar seguro – respondi de forma vaga.

— Por que não a trouxe pra cá? Você não acha que pode ser perigoso deixá-la sozinha? — questionou mamãe.

— Vou conversar com ela sobre isso — disse para encerrar a conversa sem precisar contrariar minha mãe.

A verdade é que fazia muito tempo que eu não conseguia contato direto com vovó Angelina. Algumas poucas informações chegavam pela diretora. Isso significava, além de preocupação com ela, interromper meu treinamento com os poderes de Andora. Eu estava de férias do Ruit, com tempo de sobra para treinar, mas só podia contar com os meus próprios poderes.

— Aquela decoração infantil é de quando você era bebê? — ela mudou de assunto, e eu fiquei aliviada por não fazer mais perguntas sobre vovó. Estava cansada de pisar em ovos com as pessoas que amava.

— Sim, minha mãe Âmbrida uma vez me disse que eles iam mudando a decoração do quarto com o passar do tempo, mas nunca conseguiram se desfazer do berço e de alguns brinquedinhos. Também contou que eu gostava de observar as formigas, por isso meu pai deu a ideia de colocar aquelas ilustrações na parede. — Apontei.

— É verdade! — Ela deu um sorriso ao se lembrar. — Você ficava atrás das formigas no quintal da sua avó.

— E é meu animal favorito até hoje, o que pode soar estranho, eu sei, mas gosto de como as formigas trabalham juntas e são determinadas.

— Bonito jeito de enxergar um inseto que eu vivo tentando manter longe de casa.

Caímos juntas na gargalhada.

— Falando sério, admiro seu modo sensível de ver as coisas, e acho que você tem semelhanças com seu inseto favorito porque, assim como as formigas, você faz isso de conquistar o mundo de pouquinho em pouquinho. Você vai fazendo seu trabalho de formiguinha, mudando as coisas aqui e acolá e, quando vemos, já deixou sua marca – ela disse passando a mão pelo meu rosto. – Você é um ser humano incrível, meu amor, e estive pensando sobre como realmente nasceu pra esse lugar. Você é justa, se preocupa com as pessoas e tem uma força de vontade além da conta.

– Você fala como se não tivesse a menor participação nisso. Se tenho mesmo essas qualidades, é porque tive exemplos e uma boa criação.

Mamãe se derreteu e lágrimas se formaram em seus olhos.

– Ô, minha filha... esse tempo que tô passando aqui me fez refletir muito sobre isso, sabe? Até que ponto seu pai e eu interferimos no curso natural da sua vida? Quem você seria se tivesse vivido sempre aqui? Ao mesmo tempo, quando penso nisso, meu coração parece ficar do tamanho de um grão. Me dói só de imaginar um cenário em que você não fosse minha filha. – Ela fungou enquanto enxugava o rosto inutilmente, já que novas lágrimas brotavam para ocupar o lugar. – Não consigo calcular a dor da sua mãe quando te perdeu, e me sinto mal por pensar que, pra você ter entrado na minha vida, uma mãe teve que sofrer tanto. Por outro lado, sou egoísta o suficiente pra não desejar que as coisas tivessem acontecido de outro modo. É cruel, eu sei.

– Todos esses questionamentos passam pela minha cabeça também. Mas não existem respostas, então acho que deveríamos parar de fazer essas perguntas.

– Sim, você tá certa. É só que esse tipo de reflexão me faz entender o quanto você se encaixa nesse lugar, ainda que tenha vivido treze anos longe daqui. Você sabe que eu sempre desejei sua volta pro Norte, porém, enxergando de perto o mundo mágico, dá pra ver que aqui é a sua casa, Alisa. Por mais que me doa dizer isso – ela completou com um sorrisinho de orgulho ferido; eu estava mesmo ouvindo aquelas palavras de minha mãe Catarina? – Os treze anos que você passou do outro lado foram um presente pra nossa família, mas esse mundo aqui também merece ter a honra de conviver com você. Sei que já tomou a decisão de se mudar pra cá depois da formatura e que minha opinião não vai mudar nada, só gostaria que soubesse que te dou meu apoio. O mundo mágico é capaz de fazer você feliz plenamente. E vice-versa.

– Ouvir isso é *muito* importante pra mim, mãe. – Sorri aliviada e nós nos abraçamos mais uma vez.

Não sei o que tinha dado em dona Catarina para despejar tantas frases emotivas em mim. De qualquer forma, fiquei feliz por termos vivido aquele momento. Minha mãe podia ser difícil às vezes, mas sabia refletir e voltar atrás.

***

Mundo mágico

– Estou tentando ser o mais discreto possível porque sei que um descuido pode causar um estrago irreversível – falou Petros com cuidado. – Por ora, a informação que consigo trazer é que meu pai anda muito recluso com seu mestre, há muito tempo não o vejo tão compenetrado.

Meus olhos brilharam, a notícia do príncipe acendendo todas as esperanças em mim.

– Ele só pode estar treinando para conseguir controlar os poderes da minha família – falei entusiasmada. Embora fosse ruim que ele estivesse se preparando, isso reforçava a teoria de que meus pais e Blenda estavam vivos.

— Sim, imaginei o mesmo. Há mais pessoas com ele, mas não consigo descobrir.

— Tem cuidado, Petros — pedi, mesmo sabendo que ele estava tomando todas as precauções.

— Fica tranquila, para o meu pai estamos noivos, venho ao palácio apenas para cortejar-te e em breve anunciaremos o noivado publicamente — falou ele, e eu achei graça. — Ah, outra informação de que me lembrei é que meu pai tem certa dificuldade com o elemento fogo, sempre foi seu ponto fraco.

— Não sei como te agradecer, não deve estar sendo fácil mentir e investigar teu pai para trazer informações que podem prejudicá-lo.

— Tu te lembras do dia em que teus pais descobriram sobre Denna? Para eles não importou o laço familiar quando a condenaram. Teus pais deram o exemplo daquilo que sempre aprendemos na teoria: o bem do reino vem antes de tudo. Sinto desprezo e vergonha por ser um Doronel e sei que não houve dinastia melhor para o mundo mágico do que a Guilever. Farei o que estiver ao meu alcance para interromper os planos sórdidos da minha família. Além do mais, errei profundamente contigo e devo-te muito por teres me perdoado.

— Proponho que deixemos o que aconteceu no passado. Em alguns anos tu herdarás o trono, e não seria bom para as relações políticas que a rainha de Denentri e o rei de Amerina tivessem uma situação mal resolvida entre eles — falei de brincadeira, como se tudo o que importasse fosse a questão do governo, e torci para que Petros pegasse a piada. O mundo glorioso era literal demais, e às vezes era difícil dizer algo sem que fosse levado ao pé da letra.

— Oh! Mas é claro, Rainha Alisa, tudo pela diplomacia. — Petros abriu um sorriso quando entendeu e achei engraçado como aquele tom irônico lhe caía bem.

— Amigos? — Estiquei a mão em oferta de paz e Petros uniu a sua à minha em resposta.

— Amigos.

Dois toques leves soaram na porta da sala de reuniões onde estávamos, e eu autorizei a entrada quando Clarina se identificou.

— Rainha Alisa, Príncipe Petros. — Clarina fez uma referência. — Vossos... vossos... vossos...

— O quê? — perguntei sem entender o que minha cuidadora tentava dizer.

— É que os vossos... — Por mais que Clarina se esforçasse, não conseguia terminar a frase.

— Ah! — arfei quando saquei o que estava acontecendo.

Eu havia trazido minha família normal ao castelo em segredo, não queria que um certo Doronel soubesse que eles estavam ali para não correr o risco de tentarem me afetar através deles, por isso utilizei um feitiço nos funcionários do castelo.

— Clarina não consegue falar porque fiz um feitiço para proteger um segredo. As coisas ficaram complicadas no outro mundo, precisei trazer minha família pra cá, mas não quero que a notícia se espalhe e acabe chegando nos ouvidos de quem não deve.

— Ah! Sua família está aqui? — perguntou Petros animado.

— E eles estão impacientes, querem conhecer o reino, principalmente vossos irmãos. — Clarina respirou aliviada, agora conseguindo completar a frase.

— De jeito nenhum! Eles precisam estar seguros.

– Com todo respeito, Rainha Alisa, não é meu objetivo contrariar-vos, porém acredito não ser perigoso levá-los para um passeio pelas redondezas, visto que ninguém do mundo mágico conhece seus rostos – argumentou minha cuidadora.

Era engraçado como Clarina se esforçava para me tratar de um jeito distante e formal quando estávamos na presença de outras pessoas. Eu já tinha desistido de dispensar aquele tratamento, mas ainda achava uma bobagem enorme, especialmente na frente de Petros.

– Vamos pensar nisso mais tarde, tenho treino com mestra Louína em quinze minutos.

– Posso acompanhar Clarina e tua família em um passeio, seria um prazer, Ali... Rainha Alisa – ele se corrigiu, também se deixando intimidar pela presença de Clarina. Quanto teatro!

Os dois me encararam, aguardando uma autorização, e eu fiquei desarmada.

– Tá bom, faz dias que os gêmeos estão me enchendo com isso. Mas, por favor, nada de centro ou coisa parecida, tá bem?

– Claro, Majestade. – Clarina dobrou os joelhos em uma reverência, agora com uma expressão divertida; ela estava zombando de mim!

Deixei que Petros fosse com Clarina buscar minha família e segui para a sala de treinamento.

– Fogo – falei assim que meus olhos caíram em minha mestra. – Me ensina tudo que envolva fogo.

– Me ofendes – ralhou ela. – Há anos treinei-te com os quatro elementos.

Louína tinha razão; não havia muito o que praticar com o fogo só com os meus poderes. Os desafios envolviam associá-los aos de vovó, porém, desde que tudo havia acontecido do outro lado do portal, eu só podia contar com a minha própria magia.

— Petros disse que o ponto fraco de Altélius é o fogo. Também disse que ele vem se reunindo bastante com o próprio mestre.

Louína me encarou por longos segundos. Ela não precisava falar nada para que eu lesse a preocupação em seus olhos; sabia tanto quanto eu que sem os poderes de vovó Angelina eu estaria perdida.

— Andora era uma pessoa extremamente justa — falou Louína depois de trocarmos um longo olhar. — Assim como tu te mostras cada dia mais, Alisa.

Meu queixo caiu com o elogio repentino, não estava acostumada. Como eu sabia que ela não era o tipo de mestra que começaria uma sessão de autoestima e confiança, esperei pelo que viria a seguir.

— Acontece que durante os treinamentos tu te moves pela raiva, pelo desespero e pela sede de reaver o mal que os Doronel fizeram. — Ela desviou os olhos do teto e se voltou para mim. — Não é assim que vais conseguir vencer os Doronel. Sabemos que estás em desvantagem sem os poderes de Andora, não são feitiços ígneos que te ajudarão a vencer os poderes reais que Altélius acumula.

— Ígneos?

— Pelos deuses, Alisa! Cancelei tuas aulas de tranto e já esqueceste tudo? Ígneo, da natureza do elemento fogo — ela disse séria, e eu achei graça porque não conhecia aquela palavra nem mesmo em português. — Já sabes controlar o fogo muito bem, então hoje quero que te concentres em tua única arma contra eles: a justiça.

Falar era fácil demais: bastava virar a chavinha do meu cérebro e pensar que meu objetivo maior era conseguir justiça. Mas, na prática, era completamente diferente.

— Lembra-te: em um combate, a primeira coisa que deves fazer é criar uma proteção de fora para dentro, de modo que teu inimigo não consiga te atingir, mas tens que tomar cuidado para não bloquear a saída de teus poderes. Caso sejas atingida, podes te curar com o feitiço *Atihô Sabunalis* — Louína começou a instrução.

— *Atihô Sabunalis* — repeti.

— Vamos, cria o escudo de modo que teus feitiços possam sair em direção ao inimigo, mas ele não seja capaz de atingir-te.

Louína deu um passo para trás e comecei a construir uma espécie de bolha de sabão ao meu redor que fosse resistente aos ataques na parte de fora e permitisse que eu lançasse feitiços lá de dentro. Deixar a bolha estável, fazer com que ela se movesse junto comigo e me manter segura era fácil quando se tratava só dos meus poderes. O problema era me concentrar em agir motivada pela justiça. Bastaria um Doronel cruzar meu caminho para que eu quisesse fazê-lo sofrer tudo o que minha família deveria estar vivendo e obrigá-lo a me levar até eles.

Eu estava perdida!

***

Mundo mágico

— Majestade, Quena está solicitando autorização para servir o jantar — falou um funcionário quando saí da sala de treinamento desanimada por não ter conquistado muitos avanços na tarefa do dia.

— Minha família, Clarina e Petros já chegaram do passeio?

— Estão regressando em três minutos, segundo as sentinelas — informou o funcionário levando o dedo ao ouvido, onde um dispositivo mágico o colocava em contato com os vigias do castelo.

Desde o sequestro dos meus pais e de Blenda, a segurança do castelo tinha passado por grandes transformações, como as duas guardas que ficavam na minha cola para cima e para baixo. Sendo honesta, achava tudo aquilo um grande exercício de futilidade; se os Doronel estivessem com os poderes da minha família, nada nem ninguém poderia detê-los. E ainda precisava lidar com a minha privacidade exposta; elas acompanhavam cada passo, cada reunião e cada conversa, às vezes parecia que ouviam até meus próprios pensamentos. O lado positivo era que Abranja e Leônia eram muito discretas e, por mais que o castelo adorasse uma boa fofoca, eu sabia que nada saía da boca das duas.

— Diz para Quena que pode servir, por favor.

— Certo, Majestade. — Ele reverenciou e fez que ia até a cozinha, mas deu meia-volta quando algo soou em seu ouvido. — Rainha Alisa, há uma visita para vós.

Estranhei o tom do funcionário, como se temesse a própria frase.

— Quem?

— Rei Altélius Neldoro Castelari de Amerina.

Travei meu maxilar e puxei o ar, obrigando meu cérebro a pensar rápido. Fazia de tudo para evitá-lo mesmo antes de descobrir quem era de verdade, agora com a possibilidade de estar com os poderes do rei, da rainha e da princesa, era uma questão de sobrevivência. Eu ainda não estava pronta para enfrentá-lo.

– Fecha o castelo, não deixes que Clarina e Petros retornem. Cria um alerta discreto para a segurança real.
– Vou conferir se eles ainda não entraram no palácio, Majestade. – O funcionário correu para seguir as instruções, e eu mordi o lábio, nervosa.
– Não acho que deveríeis receber o rei de Amerina, vossa Majestade – aconselhou Abranja ao meu lado, o que era raro. Ela quase nunca se comunicava comigo justamente para dar a sensação de que não estava ali.
– Vai soar estranho se não o receber, não achas? Preciso agir com naturalidade, ele não pode desconfiar de que sei de alguma coisa.
– Sugiro que os funcionários digam que estais indisposta, é melhor do que correrdes o risco.
Concordei com Abranja e pedi que outro funcionário remarcasse a visita de Altélius.
– Abranja, solicita notícias de Clarina, Petros e de minha...
– Alisa. – Uma voz masculina me interrompeu ao surgir no corredor onde estava. – Não pareces adoecida.
Droga.
– Rei Altélius, como estás? Me sinto um pouco tonta, preciso me recolher – tentei manter o teatro, mas o rosto do rei de Amerina não estava para dissimulações.
Altélius tinha a pele branca e cabelos escuros e lisos; nenhuma de suas características tinha sido passada a Petros, que herdara a pele escura, os cabelos crespos e, pelo visto, o caráter da mãe.
– Tonta tu sempre foste – outra voz surgiu atrás de mim, e eu me recusei a me virar para encará-la.
– Denna – falei baixinho, o coração disparado.
– Irmãzinha querida. – Ela sorriu com falsidade.

Denna estava completamente diferente desde a última vez que a vira; agora os cabelos cacheados estavam soltos e saudáveis e a pele negra com um bronze muito distante daquela cor sem vida de quando esteve presa. Era irritante o quanto nos parecíamos.

— Não foste uma boa menina, Alisa. — Altélius negou com a cabeça de forma teatral. — Colocaste meu próprio filho para investigar-me? E pior: achaste mesmo que eu não descobriria?

— E não fizeste uma escolha tão inteligente contando com a ajuda do palerma do meu irmão. — Sorina somou à dupla, os cabelos crespos presos em um coque alto e a pele clara contrastando com um batom vermelho.

Eu sabia que corria riscos ao receber a ajuda de Petros, no entanto achei melhor do que desperdiçar a chance de ter informações internas. Eu estava errada e Louína nunca me deixaria esquecer disso.

— Pensei que pudesse contar contigo, Majestade. Quando reataste o noivado com meu filho, achei que finalmente havias voltado aos eixos e não precisaria fazer nada contra ti, mas eis que descubro que não só estavas mentindo como andavas formulando teorias sobre minha família. Petros me contou tudo.

— Depois que tu o obrigaste usando magia, obviamente — acrescentei imaginando a cena.

— Como minha querida filha bem fez questão de mencionar, Petros é um tolo e, de fato, precisou de um incentivo extra para revelar o que eu desejava saber.

— Ele é uma boa pessoa, não merecia carregar o peso de ser um Doronel — rebati.

— A sorte, tu queres dizer. — Altélius abriu um sorriso largo e ergueu o dedo para me corrigir. — Nós voltaremos a governar este mundo, Alisa. Já dominamos boa parte dele e em breve voltaremos a ser a dinastia oficial, título este que nunca deveria ter saído de nossas mãos.

— E o que Denna tem a ver com isso tudo, se ela é uma Guilever?

— Eu serei rainha, minha querida.

— Denna é a parte inteligente dos Guilever e, assim que tomarmos o poder, ela ganhará o destaque que merece — falou o rei de Amerina.

— Tu o ajudaste, não é? — me virei para ela. — Ensinaste Altélius a ocultar o sequestro dos nossos pais e da nossa irmã.

— Digamos que de sequestro e ocultação eu entendo, não é mesmo, Alisa? Tu foste uma ótima cobaia quando eu ainda era uma menina. Errei por ter possibilitado teu retorno, mas dessa vez não terá volta.

— Como podes ser tão cruel? É a tua família!

— Família que me renegou na primeira oportunidade — ela cuspiu as palavras com raiva.

— Não foi culpa deles, Denna! Nossos pais foram orientados a me transformar em herdeira do trono pela minha semelhança com Andora!

Ela disparou a rir, enchendo a sala de puro rancor.

— Que pena que a tão amada "semelhante a Andora" só pôde governar por um ano e, sinceramente, não é como se o teu governo fosse deixar alguma saudade.

— Assumi muito antes de estar pronta, tu bem sabes — retruquei, me arrependendo logo em seguida. Eu não precisava dar satisfações a Denna.

— Tu nunca estarás, Alisa. Não foste criada neste mundo e não sabes nada sobre ele.

— Pelo menos tenho a chance de aprender, e tu, que não tens caráter?

— Basta! — gritou ela.

Desde o momento em que descobri o grande segredo da minha vida, não ser corajosa deixou de ser uma opção. Enfrentar medos e desafios passou a fazer parte da minha rotina. Ainda que estivesse em tremenda desvantagem, não podia morrer sem ao menos tentar. Procurei o rosto das minhas seguranças, mas Abranja não estava mais ali, somente Leônia me acompanhava, colocando-se à minha frente. Mal pude acreditar que Abranja tivesse sumido quando eu mais precisava dela.

Uni toda a coragem e a força que restavam em mim e me concentrei para formar a bolha protetora que tanto havia praticado.

— Encantadora tua tentativa de autopreservação, Majestade, é uma pena que não servirá de nada — ele falou irônico, deu um passo à frente e moveu as mãos em minha direção.

Um feixe de raios jogou Leônia no chão e estourou a bolha. Parte deles atingiu meu braço, abrindo uma ferida dolorosa. Altélius ter conseguido ultrapassar a barreira da minha magia me deu duas certezas: meus pais e minha irmã estavam vivos; e eu não sobreviveria.

— *Atihô Sabunalis* — falei baixinho para minha ferida, que se fechou parcialmente.

Tentei criar um *titoberu* para retirar os poderes dos três, mas não demorou dois segundos até que Altélius o destruísse. Justiça. Precisava me concentrar no que queria para o reino.

— Deve ser difícil passar anos acreditando que és a pessoa mais poderosa do mundo mágico e então vir alguém te roubar o posto, não é mesmo, Alisa? — Denna provocou, o rosto tomado de rancor por ter sido justamente o que havia acontecido com ela.

O mundo mágico não merecia esses governantes.
Criei uma bola de fogo e lancei-a em Altélius, o feitiço fumegante pareceu atingi-lo como grãos de areia.

— Fogo? Jogaste baixo, Alisa — falou ele se divertindo.
— Mas foi adorável, devo confessar. Contarei aos teus pais que lutaste bravamente antes de morrer.

Uma lágrima se formou em meus olhos. Me dilacerava saber que nunca mais nós nos reuniríamos. Era tão injusto que tenhamos convivido por tão pouco tempo! Eu ainda tinha tanto para aprender.

Pensei na minha família normal, nos meus amigos do Ruit... Eu havia tido pessoas incríveis ao meu lado e me doía não ter podido me despedir de cada um deles.

— Denna, não podes deixar isso acontecer! É a tua família, é o teu sobrenome! — apelei para minha irmã, não era possível que ela fosse tão cruel.

— Utilizas a estratégia errada, Alisa. Tu mexes com o que há de mais vingativo em Denna, ela é a última pessoa que desistiria do plano. Se pudesse, acabaria contigo com as próprias mãos.

Era nítido que ela mesma desejava encerrar o assunto, mas estava impossibilitada por sermos da mesma família. No mundo mágico, familiares não conseguem se atingir. Não fosse por isso, ela já teria me tirado a vida quando eu ainda era um bebê.

— Altélius, e se eu me casar com Petros agora? Não há como voltar atrás, não existe divórcio entre reis. Tu oficializas a dinastia Doronel e eu me comprometo a seguir teus planos.

— Não vou deixar que me enganes outra vez. E é tarde demais para isso, Denentri ficará nas mãos de Denna e de meu irmão caçula. E Amerina passará a ser o centro do poder.

Tive pena do futuro do mundo mágico. Os Doronel no domínio de todos os reinos. Altélius controlando tudo com os dons da minha família. Como Andora tinha conseguido lutar contra eles? E por que eu não alcançava a mesma vitória? Não era isso o que eles haviam dito? Que éramos parecidas? A ferida mal curada em meu braço dizia o contrário.

Me esforcei para criar outro escudo-bolha ao meu redor enquanto Altélius parecia se munir de forças para mais um ataque. Dessa vez, ele não só conseguiu furar o escudo como me jogou no chão; uma dor aguda atingiu meu coração.

— Alisa! — A voz de Abranja surgiu ao meu lado e ela atirou um objeto em minha direção antes que tudo ficasse escuro.

PARTE III

PARTE III

CAPÍTULO 17

Mundo meio-mágico

Estava escuro, mas o sangue no chão era de um vermelho tão vivo que parecia brilhar. Gritos vinham da parte de dentro do castelo e, quando entrei, a cena da minha família normal morta dilacerou meu coração. Do outro lado, Âmbrida e Honócio repetiam que tudo aquilo era culpa minha.

Abri os olhos desesperada, a respiração ofegante por causa daquele pesadelo horrível.

— Oi... — falei para um Dan sonolento sentado na poltrona do outro lado da enfermaria. Ele estava todo torto, parecia estar ali havia horas.

— Lisa! — disse ele se levantando em um pulo, a voz misturando tensão e alívio ao mesmo tempo. — Você acordou, não acredito! Essa foi a semana mais tensa que nós passamos.

Dan tocou meu braço como quem toca um bebê recém-nascido.

— Onde... — tentei perguntar.

— Calma, respira, não se esforça. Você tá na enfermaria do colégio, a diretora Amélia montou uma espécie de hospital pra você aqui, pra não ter que te levar a um de verdade e dar entrada com o seu nome.

— Precisamos avisar à Amélia que ela acordou. Ela pediu que fosse chamada no mesmo instante — falou uma moça ao meu lado.

— Vou mandar uma mensagem pra ela e pros nossos amigos, tá todo mundo desesperado — respondeu Dan.

— Oi, Alisa, meu nome é Tatiana, sou uma das enfermeiras que tem cuidado de você. Fica tranquila, agora você tá fora de perigo, tá bem? — a moça se dirigiu a mim.

Cada parte do meu corpo parecia dizer o contrário. Eu estava tomada de dor, era como se tivesse caído de um precipício. Duas vezes seguidas. O que tinha acontecido comigo? Por mais que eu forçasse a memória, não conseguia me lembrar. Minha mente estava uma bagunça.

— Dor... — consegui dizer.

— Já vou te medicar — disse ela antes de mexer no acesso da minha mão.

Por que eu estava ali? Quanto mais eu forçava a memória, mais meu corpo doía. Desisti. Fechei os olhos tentando fazer o menor movimento possível ao respirar; era bom aquele remédio fazer efeito logo.

Dan voltou para o meu lado depois de enviar as mensagens, e eu queria fazer um milhão de perguntas, mas a dor só me permitia ficar imóvel.

— Ela acordou mesmo? — A voz de Nina surgiu na sala.

— Agorinha — respondeu Dan.

— Nina... — consegui falar.

Marco, Sol e Luísa entraram logo atrás, e os cinco se posicionaram ao lado da cama de modo que eu conseguia ver o rosto de cada um.

— Que susto, Lisa! — ralhou Marco.

— Por favor, nunca mais faça isso com a gente! — implorou Nina.

— Foi angustiante! — Luísa completou, fazendo um carinho na minha mão.

— O que... aconteceu? — sussurrei.

— A gente não sabe! Eu e a Nina encontramos você muito mal no quarto ao lado de um livro que a gente suspeita ser um portal, mas, como nunca vimos você usando, fiquei com medo de abrir e repetir o mesmo erro de quando estávamos no 1º ano procurando sua personagem. A gente também não teve coragem de usar os nossos portais pra voltar ao mundo mágico, estamos até agora sem saber o que rolou.

— Você tava destruída, eu fiquei com tanto medo. — A voz de Nina falhou, as lágrimas escorrendo pelo rosto.

A narração das minhas amigas ativou minha memória como um *flash*. Portal. Mundo mágico. Castelo. Doronel. Denna. Sorina. Altélius.

— Ah... — arfei quando as coisas fizeram sentido.

Eu havia sido atacada e Abranja jogou o portal em mim para me tirar do mundo mágico. Costumava deixar um livro-portal no castelo para o caso de precisarem de mim com urgência, e provavelmente ela tinha ido buscá-lo quando sumiu. Durante os últimos anos, acreditei ser uma bobagem ter seguranças diante do poder que eu iria enfrentar, mas se estava viva agora tinha sido pela astúcia de Abranja.

— Não importa o que tenha acontecido, você vai conseguir resolver — falou Dan com carinho, e desejei ter a mesma confiança.

Minha mente só fazia me lembrar de que naquele momento todo o mundo mágico estava nas mãos dos

Doronel, e minhas duas famílias estavam lá. Eu sabia que não matariam os Guilever por causa dos poderes mágicos, mas o que fariam com os Febrero? Será que eles tinham entrado no castelo depois do passeio? Ou será que a segurança real conseguira alertá-los antes?

— Por quanto tempo dormi? — perguntei com esforço, a dor se dissipando aos poucos.

— Por quase uma semana — respondeu Dan.

— Vou repetir de ano desse jeito — zombei com a última preocupação da lista de prioridades.

— Parece que o remédio tá fazendo efeito, ela já até começou a fazer piadas — brincou Marco.

— Você foi atingida por algo muito forte e precisou de uma equipe médica meio-mágica de tudo quanto é lugar pra cuidar de você — Dan voltou a falar.

— Uau... — disse surpresa. — Não lembro de ninguém, vocês estão me dopando mesmo, hein?

Dan lançou aquele sorriso de covinhas marcadas, os olhos inchados como os de quem esteve passando tempo demais dormindo mal na poltrona desconfortável da enfermaria.

— E você tá com uma cara péssima — falei para Dan.

— É, a Lisa tá de volta mesmo — disse ele fingindo estar ofendido.

— Você precisa mesmo dar uma dura no Dan, ele passou a maior parte do tempo aqui, dormiu e comeu muito mal na última semana — dedurou Marco.

— Pensei que a gente fosse parceiro — Dan deu um empurrão leve em Marco, que riu.

— Então a Bela Adormecida acordou? — brincou a diretora Amélia ao abrir a porta.

— A culpa não é minha, eu estava sendo drogada dentro do seu próprio colégio e você não fez nada.

A senhorita Guine jamais permitiria o descumprimento das regras assim – provoquei.
– Já faço vista grossa pra tantas regras, não é mesmo? Amélia alternou o olhar entre mim e Dan, depois entre Nina e Marco, até chegar em Sol e Luísa. Meus amigos quase morreram de vergonha.
– Inclusive, vocês não têm aula agora? – ela fingiu estar brava.
– A Lisa acordou! A gente precisava vir – argumentou Nina.
– Eu entendo que estejam preocupados com a Alisa, mas ela está bem e eu vou ficar com ela agora. Deixem que ela descanse mais um pouco, não é bom que fique muito agitada, não é mesmo, Tati? – Amélia se virou para a enfermeira.
– É verdade, ela não pode se cansar muito, acabou de acordar – disse a enfermeira.
– Mas... – Dan tentou falar.
– Gente, vai pra aula, eu tô bem – tranquilizei-os. – Vou ficar esperando vocês quando acabar o horário.
– Tá bom – concordou Dan sem muito ânimo. – Seu celular tá bem ali, qualquer coisa me chama.
– Qualquer coisa mesmo – reforçou Nina.
– Pode deixar!
Dan se aproximou de mim e fez um carinho no meu cabelo.
– Obrigada por ter ficado comigo todo esse tempo – falei baixinho para ele.
– Não precisa agradecer – respondeu ele antes de dar um beijo em minha testa. – Eu volto daqui a pouco, tá?
– Vou ficar esperando.
Dan sorriu antes de sair da enfermaria com meus amigos, e não esperei o tempo de dobrarem o corredor para

me voltar para a diretora Amélia. Ela não estava preocupada com a frequência dos cinco, só tinha dado um jeitinho de tirá-los dali para falar algo. Estava óbvio.

— Tati, você pode me deixar sozinha com a Alisa um momentinho? — a diretora pediu à enfermeira, o que só reforçou a minha suspeita.

— Diga — apressei-a sem conseguir me segurar.

— Estamos com problemas. Perdemos o controle do governo — falou ela quando finalmente ficamos sozinha.

— Como assim? E a minha avó?

Como eu precisava dela agora! Era impossível salvar o mundo mágico ou as minhas famílias sem os poderes de Andora.

— Sua tentativa de distraí-los foi eficiente de certa forma, já que o foco passou a ser o país inteiro, mas isso não quer dizer que as investigações a respeito da "garota nortista que frequenta o Sul" tenham cessado. Sua casa vazia levantou suspeitas demais. Eles foram atrás do trabalho dos seus pais e da escola dos seus irmãos e aí ficou claro que tinham fugido. Então os vizinhos falaram da sua avó...

— Ai...

Quando a diretora e a minha avó me contaram todos aqueles segredos, Amélia tinha dito que vovó trabalhava no governo em um cargo tão alto que mandava mais que os presidentes do Sul e do Norte juntos. Pelo tom brincalhão com que minha avó respondeu, eu sabia que era de certo modo um exagero, mas, para a diretora dizer aquilo, significava que vovó tinha no mínimo um altíssimo poder de influência. Ela tinha conseguido manter as investigações longe de mim por dois anos! Era claro que era alguém importante. E isso fazia com que tivesse acesso a muita informação para repassar aos Unificadores, além de dar certa autoridade para que ninguém ousasse desconfiar dela. No entanto, agora tudo havia mudado de figura.

— Na última vez que tive contato com a Angelina, ela me disse que ia fugir porque sabia que a primeira coisa que eles fariam seria examinar a memória dela. Isso quer dizer que ela acabou de se declarar culpada também, então agora vão querer revirar a vida da sua avó, investigar cada mísera pessoa com quem já teve contato, por isso ela mandou todos os unificadores infiltrados desaparecerem, o que levanta ainda mais desconfianças. Mas o pior, Alisa, é que estão te cercando demais, provavelmente já mandaram checar se seu nome está vinculado a alguma escola da cidade, e o próximo passo é procurarem por uma matrícula no Sul. Mesmo que eu já tenha excluído todos os seus registros no Ruit, eu não sei como vai ser agora. Além de sua avó não estar mais lá, perdemos os informantes de dentro do governo. Estamos no escuro.

— Será que ela tá segura? — me preocupei. A diretora Amélia não soube me responder. — Vovó tem uma magia poderosíssima, isso deve contar pra alguma coisa, né?

Eu sabia que estava sendo esperançosa demais. Vovó tinha os dons de Andora, mas nunca havia treinado suas habilidades, pelo contrário, tudo o que ela fez durante a vida foi esconder sua magia. Vovó não saberia se proteger, caso fosse pega.

— Estamos tentando localizá-la de todas as formas, a gente vai conseguir encontrar a Angelina.

— A gente vai.

— Eu estava desesperada para que você acordasse logo. Elohor, a líder nigeriana, já soltou a ordem de preparação. É hora de agir. Não vai demorar até descobrirem a existência dos Unificadores e precisamos usar o elemento surpresa enquanto ainda temos. Assim que o governo brasileiro descobrir que há um grupo de resistência ao contrato aqui, vai avisar correndo as autoridades internacionais.

Hora de agir. A frase se repetiu algumas vezes em minha mente. Desde que eu descobrira sobre os Unificadores, insistia em que precisávamos enfrentar o governo e derrubar o contrato. Mas ali estava a diretora Amélia contando que o momento havia chegado e, de repente, meu corpo tremia, com medo do que nos aguardava.

– Como vamos agir? – perguntei.

– Com nossa grande cartada: você. – Amélia repuxou os lábios com um sorriso leve.

– Eu? Olha bem pra mim. – Ergui os braços mostrando a cama de hospital e o acesso em minha mão.

– O que eu estou vendo é a rainha de Denentri, também conhecida como a pessoa mais poderosa do mundo. Dos mundos, quero dizer.

Bufei irônica; todo aquele poder não tinha sido suficiente para lidar com Altélius.

– Se eu usar meus poderes aqui, vão nos encontrar...

– Alisa, acabou. Não tem mais por que se esconder, é hora de revelar ao mundo. Utilize sua magia para se curar e encontrar sua avó, depois vamos ao encontro dos líderes nigerianos para seguir o plano de ação que eles criaram.

Uma corrente elétrica pareceu percorrer meu corpo. A derrota contra Altélius ainda viva em minha mente me deixando pessimista. Mas eu precisava me reerguer. Não estávamos mais falando de lutar contra os poderes de Âmbrida, Honócio e Blenda. Ali era o mundo *meio*-mágico, enquanto eu era *inteiramente* mágica.

***

Mundo meio-mágico

Os Unificadores eram um grupo composto por pessoas determinadas e destemidas que aguardavam há anos a oportunidade de atingir seu objetivo final: acabar com o ódio e unir os dois mundos. Por isso obriguei meu cérebro a se nutrir de confiança e coragem; precisava corresponder às expectativas e colaborar para o triunfo.

Estava pronta para usar meus poderes, mas a porta da enfermaria se abriu, me impedindo. Olívia e Luísa entraram com expressões assustadas.

– Amélia, o governo sulista lançou um decreto obrigando todos a entregarem suas magias para as autoridades. Estão dizendo que fizeram isso para o bem comum diante de tantos abusos de poder. Falaram que vão devolver quando novas regras forem elaboradas. Quem não entregar, vai ser preso – falou Olívia, o desespero estampado na voz e no rosto.

Meu queixo caiu, estava incrédula. Aquilo com certeza ia gerar uma grande crise.

– Não tem nada a ver com abuso da magia – afirmou Amélia. – Angelina sempre falou que eles nunca ligaram pra isso de verdade. Tenho certeza de que estão recolhendo os dons da população pra tentar encontrar a Alisa. Era uma das estratégias que apresentaram, mas a Angelina sempre descartou. Imagino que agora que ela fugiu, eles vão se empenhar pra fazer tudo o que ela sempre vetou.

– O pior que é que decidiram começar pelas escolas da região. A portaria disse que tem agentes da polícia no pátio, pediram que organizassem os alunos para a entrega dos poderes. Mandaram te chamar também, eles querem fazer uma investigação a respeito de um assunto *sigiloso* – detalhou Olívia.

Os olhos da diretora e da professora caíram sobre mim; todas sabíamos do que estavam falando.

– Meus amigos! – gritei desesperada. O que seriam capazes de fazer com eles se descobrissem que sabiam sobre mim durante todo esse tempo? E se entrassem na memória deles ou pegassem o portal que tinham para o mundo mágico?

– Calma, vamos pensar direito antes de agir. Olívia, avise Elohor sobre isso, talvez seja melhor que os unificadores brasileiros saiam do país antes de entregarem os poderes. Não podemos perder força. Vou colocar a senhorita Guine no comando da escola e reunir os unificadores do Ruit. Alisa e Luísa, passem uma mensagem pro grupo de vocês vir pra cá.

Concordamos com as instruções e pegamos nossos celulares.

Sexteto fantástico

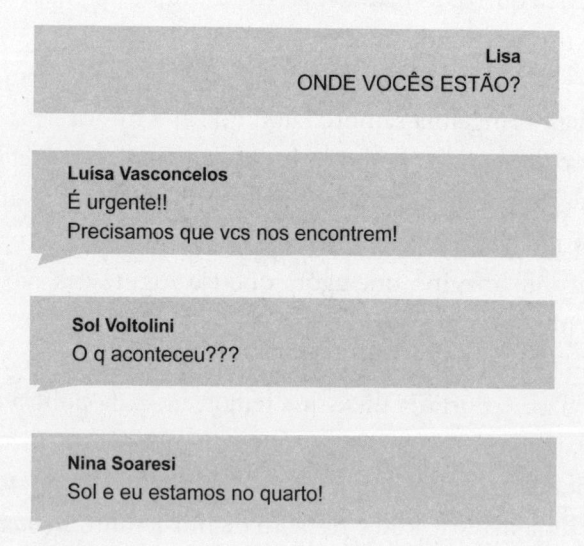

Lisa
ONDE VOCÊS ESTÃO?

Luísa Vasconcelos
É urgente!!
Precisamos que vcs nos encontrem!

Sol Voltolini
O q aconteceu???

Nina Soaresi
Sol e eu estamos no quarto!

> **Lisa**
> Peguem os portais de vcs e nos encontrem na enfermaria!

> **Marco Borges**
> Tô indo! Mas não sei onde o Dan tá! Vou procurar o horário dele aqui no quarto.

Dan fazia quase todas as matérias avançadas, que aconteciam no prédio do outro lado do colégio, depois do pátio. Não tinha como ser pior.

– Marco respondeu que agora ele deveria estar no laboratório de Física Avançada, você consegue se teletransportar pra lá? – perguntei à Luísa depois de ler a mensagem no grupo.

– Só consigo ir pra lugares onde já estive, ou com uma foto ou um mapa. É perto do laboratório de Química Avançada? Esse eu conheço.

– Se teletransporta pra lá, o de Física fica no andar de cima, terceira sala à direita – ajudou Amélia.

– Tá bom.

– Seja rápida e discreta, não deixe que nenhum desses agentes do governo tenham a impressão de que está fugindo. Assim que retornarem, Alisa usa seus poderes para se curar e localizar a avó e vamos todos para a sede dos Unificadores daqui – orientou a diretora.

– Preciso de algum objeto da vovó para conseguir fazer o feitiço de localização.

– Vou providenciar na sala dela – se prontificou Olívia.

Aos poucos meus amigos foram chegando, assim como os funcionários do Ruit membros dos Unificadores.

Foi surpreendente, jamais suspeitaria que eles também fizessem parte do grupo: Arlene, uma das cozinheiras da cantina; Tiago, do TI; seu Oliveira, da portaria; Rosane, auxiliar da biblioteca. Quanta gente dedicava sua vida à causa!
— O que tá rolando? — perguntou Nina confusa.
— Agentes do governo estão aqui pra tirar nossos poderes e tentar me encontrar. Luísa foi atrás do Dan, só faltam os dois pra gente sair daqui.

Sol andava de um lado para o outro, aflita, e Marco estava com o telefone colado no ouvido tentando contato com Dan pela milésima vez.
— Calma, eles já vão chegar — falou Nina tentando transmitir alguma tranquilidade.
— Trouxe uma caneta, um casaco e um leque, as primeiras coisas em que bati o olho. Tem agentes por toda parte, precisei falar que estava procurando alunos para levá-los ao pátio — disse Olívia afoita.
— É absurda essa invasão na escola sem autorização. Já foram entrando e dando ordens — falou Amélia revoltada.
— Finalmente! — comemorou Marco quando Luísa e Dan atravessaram a porta. Dan ainda com jaleco e óculos de laboratório.
— O que tá acontecendo aqui? — Dan estranhou todas aquelas pessoas na enfermaria. — Lisa, você tá bem?
— Tô bem, vou ficar melhor em segundos. Vocês trouxeram seus portais, né? Não podemos deixá-los aqui na escola.

Meus amigos confirmaram, e a diretora fez um sinal de positivo.
— *Atihô Sabunalis* — falei para me curar dos estragos que o ataque de Altélius havia me causado, mas o feitiço dele tinha sido tão forte que ainda parecia estar impregnado

em mim, o que não me permitiu alcançar um bom resultado. Eu ainda sentia dores.

– Deu certo? – perguntou Amélia sem botar muita fé no meu equilíbrio quando me levantei.

– Mais ou menos, mas dá pro gasto.

Peguei um dos objetos da vovó e tentei fazer o feitiço de localização que Louína havia me ensinado. Só tinha sido bem-sucedida uma vez, e precisava urgentemente repetir o feito.

Criei uma tela para exibir o resultado do feitiço e uma bolinha vermelha ficou rodopiando pelo mapa-múndi.

– Não tá dando certo – falei irritada.

Quanto mais tempo eu demorava, mais riscos corríamos. Eu já havia usado minha magia para me curar, era questão de minutos até os agentes, que já estavam no colégio, serem avisados pelas autoridades de que o poder pelo qual buscavam estava ali.

Imaginei minha mestra me obrigando a esquecer a pressão externa para me concentrar no feitiço. Fechei os olhos e me esforcei para ver o rosto da vovó, aquela mulher corajosa, sorridente e encantadora que eu tanto amava.

– Nova York! – gritou Dan, e eu abri os olhos mirando a tela que eu havia criado.

– O que a Angelina tá fazendo em Nova York? – Amélia se perguntou enquanto tentava ampliar a imagem e obter mais detalhes.

– Estou vendo ondas sonoras vindas do corredor – alertou Marco. – Muitos passos.

– Os agentes – Amélia se obrigou a voltar para o presente. – Luísa, para a sede dos Unificadores da cidade.

Luísa esticou as mãos para que todos nos tocássemos e fez um feitiço de teletransporte.

– Sede do quê? – perguntou Nina antes do cenário ao nosso redor se transformar.

Em questão de segundos, nos vimos no centro de um escritório muito parecido com a primeira sede que eu havia visitado, só que maior. O lugar estava uma completa confusão. Pessoas andavam de um lado para o outro com seus celulares no ouvido, enquanto outras se concentravam em seus computadores como se a vida delas dependesse daquilo. Talvez dependesse mesmo.

Amélia, Olívia e os outros funcionários se afastaram de nós; cada um se direcionando a um dos setores para buscar mais informações.

– Vocês não vivem no mundo que pensam viver. A divisão entre Norte e Sul nunca foi muito real, os governos andam juntos, as decisões partem quase do mesmo lugar. A divisão é de aparências e foi forjada para que mais grupos políticos tivessem poder. Eles incentivaram o ódio entre normais e meio-mágicos, que antes viviam em harmonia, então foi criado um grupo chamado Unificadores, que luta pelo fim das disputas e pela quebra do contrato – resumi e aguardei o choque dos quatro. Era muita coisa de uma só vez.

– E vocês fazem parte desse grupo?! Você, a Luísa, a diretora Amélia, a professora Olívia, Arlene, Tiago, Rosane e até o seu Oliveira? – Dan ficou perplexo.

Mostrei minha tatuagem da rosa dos ventos e Luísa fez o mesmo.

– Isso é real ou tô sonhando? – Marco me encarou boquiaberto.

– Tem mais coisa que vocês precisam saber. Minha avó na verdade é meio-mágica, e sua personagem é ninguém mais, ninguém menos que Andora Guilever.

— Andora? Não é possível! — interrompeu Sol de queixo caído.

— Sim, e ela era a fonte no governo que falei pra vocês, vovó era uma espiã infiltrada e estava controlando as investigações depois que descobriu sobre mim. Desde o meu aniversário que não a vejo. Amélia soube que ela fugiu pra não ser descoberta, mas agora parece que tá em Nova York e a gente não sabe por quê.

— Por que ela fingia ser uma normal? — quis saber Dan.

— O governo manda matar todos os alunos que nascem ligados à realeza, mas Amélia a salvou no dia da Celebração, quando as duas estudavam no Ruit. Quando vovó soube que o governo estava começando a criar tecnologia para detectar os poderes reais, ela deu um jeito de excluir tudo sobre sua vida meio-mágica para se passar por normal.

— Eles mandam matar? Isso explica *muita* coisa! — Dan passou a mão na cabeça, bagunçando ainda mais seus cabelos pretos.

— O que mais tem pra contar? — Nina roía a unha, impactada com a situação.

— Estamos esperando instruções dos líderes nigerianos para agir. Os Unificadores vão tentar quebrar o contrato hoje — disse Luísa, sem conseguir conter um sorriso de orgulho.

— Nigerianos? — O queixo de Nina caiu. — É um grupo a nível mundial?

— Sim, somos muitos e estamos em todos os países — respondi.

— E como vão quebrar o contrato? — quis saber Marco.

Luísa girou as duas mãos em minha direção, como uma apresentadora de circo anunciando sua atração principal.

— O que a Lisa vai fazer? — Dan se preocupou.

— Digamos que ela consegue ser uma pessoa muito convincente só por revelar quem é, afinal, estamos falando de uma rainha do mundo mágico. — Luísa soltou uma risadinha.

— Isso soa tão perigoso. Me preocupa o que os líderes mundiais seriam capazes de fazer para manter o contrato — Dan falou tenso.

— Você pode ficar tranquilo, porque eu serei capaz de muito mais para *quebrá-lo* — falei decidida, e mal pude reconhecer minha própria voz banhada de coragem e convicção.

— Isso! — Luísa bateu palmas contente.

— Caramba, olha ali! São os meus tios — Dan falou quando um homem e uma mulher passaram correndo por nós.

— O povo Krenak tá em peso nessa sede dos Unificadores, eles criam tecnologias avançadíssimas pra comunicação e espionagem. O que a gente estuda sobre eles nos livros didáticos nem se compara ao que o seu povo faz pelo grupo — explicou Luísa com muita propriedade, e fiquei impressionada com tanta sabedoria.

— Agora faz todo sentido o quanto eles se posicionavam pelo fim do contrato. — Dan tinha o olhar distante, como se repassasse uma série de diálogos na cabeça. — Me pergunto por que nunca me contaram sobre tudo isso.

— Você não devia estar preparado pra ouvir ainda — respondeu Luísa de um jeito doce, tentando amenizar a situação.

— E você? Como entrou pra esse grupo? — Pela cara de Sol, eu sabia que estava decepcionada por Luísa nunca ter mencionado nada.

— Meus pais são unificadores, eu cresci vendo os dois atuando na organização e... — ela foi interrompida por uma agitação além do normal que desviou nossa atenção.

— Acabei de interceptar uma ligação! — gritou um homem alto e de pele escura, e o silêncio foi total. — Os nortistas vão aproveitar que os meio-mágicos estão sem poderes e invadir! Não sei se o governo tá sabendo, alguns segmentos do exército estão agindo por conta própria.

Ele parou para encarar todos. Havia um pânico generalizado na sala enquanto íamos compreendendo o significado das palavras.

— O Brasil vai entrar em guerra civil — ele resumiu o desespero em uma frase e um gosto ácido tomou conta da minha boca. Guerra. No Brasil.

— Era óbvio que isso aconteceria! Onde o governo tava com a cabeça pra recolher os poderes da população?

— Uma mulher passou a mão pelos cabelos.

— Nós precisamos impedir! — gritei por impulso, e todos olharam em minha direção. — Isso vai destruir o país, começando pela região onde moramos, que é na fronteira dos dois mundos! A guerra civil vai ser o estopim pro ódio tão bem construído pelo governo. Vai ser impossível reverter o cenário depois.

— Mais quatro países da América Latina entraram em guerra, a situação tá insustentável, muitos mortos e feridos, além de todo o rastro de destruição — informou outra unificadora.

O que eu poderia fazer? Existiria algum feitiço capaz de parar todos os conflitos pelo mundo? Minha vontade era usar meus poderes para apagar da memória de todos que um dia o mundo já foi dividido e quebrar o contrato na marra. Mas era lógico que não podia fazer isso. Se não foi possível esconder nosso desaparecimento, imagina modificar a política mundial?

Quando Andora enfrentou a Grande Crise no mundo mágico, ela não havia imposto o fim das batalhas por meio de seus poderes, tinha conquistado a população para que pensasse em conjunto. Eu precisava agir como ela.

– Nós precisamos revelar tudo – me pus a falar quando algumas aulas de História voltaram à memória e as coisas começaram a fazer sentido. – Quando europeus fizeram a neocolonização na África, não partilharam o continente respeitando as diferenças étnicas. Pelo contrário, separaram grupos amigos e uniram grupos inimigos para formar os territórios. Essa lógica de "dividir para reinar" é antiga, e o mundo atual a seguiu para criar a segregação entre Norte e Sul!

"Minha avó me disse que costumávamos ter movimentos sociais fortes que traziam debates e avanços legais para o país, mas, com o contrato, as pessoas foram divididas, e tudo passou a girar em torno da disputa entre normais x meio-mágicos. É claro que a divisão interessa muito ao governo. Se as pessoas se odeiam e vivem brigando, nunca irão se unir para impedir que os governantes continuem cometendo erros.

"Isso precisa ser dito! As pessoas precisam saber que os conflitos de hoje são fruto de um plano antigo da classe política! Se elas souberem que foram manipuladas e que as guerras de hoje são o triunfo dessa manipulação, talvez possam repensar alguma coisa. Não?"

Os rostos virados para mim me olhavam como se eu fosse uma garotinha ingênua de 5 anos. Eu sei que estava sendo utópica demais, nem tudo era lindo como nos meus sonhos, mas quem sabe meu discurso não pudesse ser útil?

— Não acho que vá adiantar *contar* os bastidores políticos para a população. Se fosse assim, já teríamos acabado com todos os problemas do mundo. — Nina deu de ombros, e todos os unificadores se viraram para ela, provavelmente se perguntando quem ela era. — É preciso *mostrar* e não só contar. As pessoas precisam de provas, de coisas concretas para se agarrar. Escândalos de corrupção, áudios, gravações. Precisamos que nortistas e sulistas entendam que o inimigo tá acima, nos governando, e que ambas as regiões são vítimas da mesma manipulação.

Abri um sorriso ao ouvir aquilo. Nina não era uma unificadora e até um tempo atrás não tinha muita paciência para os meus discursos. Mas agora já estava falando como alguém da luta, que torcia para o objetivo final do grupo. Se Nina havia mudado, outras pessoas também poderiam, não é? Pelo menos uma parcela suficiente para evitar a guerra.

— Vocês duas estão certas — voltou a falar o homem alto. Pela pose e pela forma como os outros o encaravam, ele parecia ter um papel de liderança, como o que minha avó exercia na outra sede. — Nos planos de Elohor, nossa cartada final vai envolver revelar informações internas de cada país. Aqui, por exemplo, tem material de sobra por causa da quantidade de infiltrados que tínhamos.

Ele fez alguns cliques em seu computador e algumas imagens foram projetadas numa tela grande na parede: os presidentes do Norte e do Sul se cumprimentando em uma reunião secreta — e se você perguntar, qualquer um poderia jurar que não tinham o menor contato; também havia áudios falando que seria fácil ocultar os desvios bilionários que fizeram em conjunto, já que os jornais estavam apenas noticiando guerras e possíveis conflitos entre nortistas e sulistas; e tinha até vídeo de políticos chamando a população de "burra" por não perceber a mentira em que viviam.

Para a cereja do bolo, os Unificadores tinham provas de que nem sempre os presidentes do Norte eram normais e que os do Sul eram meio-mágicos. Os políticos escolhiam como assumiriam publicamente de acordo com o interesse do partido e iam para a parte do país onde tinham chances de conquistar mais poder.

Os Unificadores tinham provas cabais de que o contrato servia apenas para os meros mortais brigarem e se manterem inimigos, enquanto os governantes se envolviam cada dia mais em mentiras e sujeiras para seguir no poder.

– Existem unificadores famosos? Sei lá, atores, cantores, influenciadores digitais...? – perguntei quando uma ideia me ocorreu.

– Sim, alguns – me respondeu o líder.

– Por que não gravamos um vídeo com eles revelando todos esses segredos? A imagem deles pode chamar mais atenção pro tema. Daí transmitimos para o Brasil todo.

– Isso é excelente. – Ele apontou para mim, as pessoas do escritório sorrindo em concordância. – Vamos conversar com Elohor e os outros líderes, acho que esse pode ser o protocolo no mundo todo. Organizamos os vídeos e, assim que ela permitir, divulgamos em conjunto.

– Ótimo. – Esfreguei uma mão à outra, ansiando pelo momento da prática.

E ele parecia cada minuto mais próximo.

CAPÍTULO 18

Mundo meio-mágico

Os acontecimentos seguintes vieram para me mostrar o nível absurdo de organização dos Unificadores. A ordem para gravar vídeos de denúncia foi passada a todos os líderes mundo afora e, no Brasil, a sede principal ficou responsável por produzir o conteúdo com os influenciadores.

– Acho que descobrimos por que Angelina está em Nova York. Vai acontecer uma reunião de lideranças mundiais na sede da ONU – Amélia se aproximou de mim.

– E por que ela foi sozinha sem avisar ninguém do grupo? – quis saber.

– Isso tudo soa mal, Elohor acha que devemos ir pra lá agora.

– Vamos! – falei ansiosa para encontrar vovó outra vez.

Algumas horas depois, a sede principal já estava pronta para interceptar as redes de televisão e de rádio do país com as tecnologias que o povo Krenak havia criado, mas deveríamos esperar o sinal dos líderes.

Quando todos os países estavam preparados, chegou uma mensagem de Elohor para que os vídeos fossem liberados e Luísa nos teletransportasse para a sede da ONU.

– Queria muito pedir que vocês não fossem com a gente – tentei manter Dan, Nina, Sol e Marco seguros com o último fio de esperança que me restava.

– Isso não vai ser possível. – Dan negou baixinho e pegou minha mão. – E nós podemos ajudar.

– Sim! Já esqueceu o que fizemos no mundo mágico dois anos atrás? – Nina colocou a mão na cintura, fingindo estar ofendida.

– Nada vai acontecer com eles. – Luísa deu uma piscadinha, e eu quis completar dizendo que ela era outra que eu queria proteger, mas desisti. Eu era voto vencido ali.

– Elohor mandou soltarem os vídeos! – alguém gritou em desespero do outro lado do escritório, e todos se mexeram para aumentar o som da imagem reproduzida no telão.

Meu coração palpitava de um jeito que nunca tinha sentido, e suspeitei de que qualquer um podia escutar suas batidas de longe. O sangue correu mais rápido pelas minhas veias com o início do vídeo produzido pela sede principal.

Primeiro, a sequência de denúncias que os Unificadores conseguiram reunir ao longo do tempo. As mais antigas ganhavam menos destaque, enquanto as mais recentes tinham um foco maior, especialmente as que envolviam a amizade entre políticos normais e meio-mágicos. O auge foi mostrar os laços entre os presidentes, além da revelação de que o representante do Sul era, na verdade, um normal.

Todos os bastidores da vida política e a lama de crimes foram expostos, e eu queria poder ver a reação das pessoas ao se darem conta de que o mundo onde viviam não era nada do que pensavam. Imaginei cenas parecidas se repetindo no resto do planeta. Cada país tinha suas próprias denúncias e seu próprio modo de corrupção, mas o acontecimento em todo o mundo era o mesmo: a população finalmente estava descobrindo a verdade.

Depois das revelações, as personalidades apareceram na tela e se revezaram para fazer o discurso:

"Homens e mulheres do norte, sul, leste e oeste, com esses vídeos, fotos e áudios, nossos governantes provam que normais e meio-mágicos podem coexistir e que, principalmente, a união traz vantagens. Enquanto isso, nós, a população nortista e sulista, estamos promovendo guerras e conflitos porque fomos ensinados a nos odiar e a nunca nos unir. Eles têm medo da força que temos se começarmos a agir juntos, questionando e exigindo melhorias para o mundo. Antes de sermos normais ou meio-mágicos, somos pessoas que sofrem as consequências de governos que nos manipulam para se manter no poder. Por isso hoje nós pedimos, de joelhos: perdoem. Perdoem. Perdoem. Nosso país não pode acabar em guerra. Por favor, abaixem suas armas."

Meus olhos se encheram de lágrimas. Os famosos falavam com emoção e urgência, me fazendo arrepiar. Ao final, explicaram quem eram os Unificadores, de onde haviam surgido e contavam sobre a luta e o sonho de viverem em um mundo unificado novamente, convocando o povo a segui-los.

Quando o vídeo se encerrou, a sala foi tomada pelo êxtase. Ao meu lado, Amélia chorava, e eu a abracei.

– Todo o trabalho de anos foi para chegar a esse momento, é inacreditável. Pensei que não viveria para ver isso – disse ela entre lágrimas.

– Em quinze minutos, devemos nos encontrar na porta da ONU. – Olívia se aproximou com a informação e passou uma foto do lugar à Luísa. – Vocês estão prontos?

Ela se voltou para mim e para meus amigos e balançamos a cabeça afirmativamente, embora eu não sentisse que fosse possível estar pronta para aquilo.

– Não façam nada por impulso e fiquem atentos a tudo – disse Amélia em um tom sério, a emoção anterior sendo substituída pelo foco que a operação demandava.

– Um celular para cada, vocês vão se manter atualizados sobre as reações ao redor do mundo. – Olívia entregou aparelhos para meus amigos e depois se virou para mim. – Você, não. Fica com o celular, caso precise, mas sua tarefa é se concentrar em não deixar nenhum unificador ser atingido.

– Tá – assenti.

Estranhei o formato do aparelho, era pequeno, oval e nem um pouco parecido com o que tínhamos.

– É um celular criado pelos Krenak, utiliza energia solar e é impossível hackear, invadir ou grampear. Estamos seguros nos comunicando por ele.

– Uau! – Dan ficou empolgado e orgulhoso ao mesmo tempo.

O movimento no escritório estava a mil. Cada setor se ocupava de um meio de comunicação para dar notícias sobre os acontecimentos. Em alguns países, o governo havia conseguido interromper a transmissão do vídeo, mas não foi possível tirá-lo da internet, o que permitiu que ele circulasse. O mais preocupante, contudo, era que os governantes haviam mandado procurar os Unificadores e prender seus membros imediatamente. Embora nossas sedes fossem bem escondidas, temi pelo grupo.

***

Mundo normal

Quando chegou o momento certo, Luísa nos levou ao local da foto. Além dos meus amigos, Olívia, Amélia e o líder da sede estavam conosco. Chegamos em frente a um prédio grande e moderno, com várias bandeiras na fachada. Eu e meus amigos observamos o lugar, tentando captar o maior número de informações possível. Nova York era uma cidade nortista famosa, muito mencionada nos filmes e, antes do contrato, também destino turístico de muita gente. O que nunca foi uma opção para meus amigos, já que eram sulistas e nasceram depois da divisão.

– É bem como na TV – disse Nina apreciando a paisagem.

– Quando acabarmos com o contrato, deveríamos fazer uma viagem pra cá, hein? – Sol deu a ideia. – Podia ser nossa viagem de formatura!

– A Sol acha que todo mundo é rico que nem ela. – Marco apontou para a loirinha fazendo uma expressão debochada.

– Se a Luísa nos teletransportar, economizamos com passagem. – Sol deu uma piscadinha.

– Acho que são eles ali! – disse Amélia ao ver um grupo de pessoas a alguns passos de nós. – Elohor?

Ela sorriu sem conseguir esconder o contentamento. Me coloquei ao seu lado para conhecer a figura tão ilustre do movimento. Ela tinha a pele bem escura e usava um turbante amarelo e laranja, que combinava com sua roupa. Era uma das mulheres mais lindas que já tinha visto em toda minha vida. Seu olhar era concentrado e ela tinha a postura de alguém que havia nascido para liderar uma revolução.

– Amélia! É um prazer conhecê-la – disse uma mulher que estava ao lado de Elohor traduzindo o que a líder sinalizava para o inglês.

Samira havia contado que o símbolo dos Unificadores era a letra "U" na Língua de Sinais Internacional e fora criado por alguns líderes surdos. Que importante estar diante de uma das pessoas que tinha inventado o sinal que nos unia!

– Essa é a neta da Angelina, Alisa. – A diretora me apresentou em inglês, colocando o braço em meus ombros e fazendo com que me aproximasse ainda mais.

Quando Amélia disse a primeira palavra, Elohor se virou para a moça a seu lado, a intérprete que viabilizava a comunicação entre nós. Os olhos de Elohor brilharam ao compreender a frase da diretora, e ela abriu um sorriso largo, deixando quase todos os dentes à mostra.

– É uma honra estar com você pessoalmente – disse ela, e eu sorri em resposta.

– O prazer é todo meu – falei.

– Espero que esteja pronta para mudar o mundo – adicionou Elohor, e eu respirei fundo, como se aquela frase me trouxesse direto para a realidade.

Estávamos ali por um motivo.

Mesmo que tivéssemos aliados dentro do prédio, a líder nigeriana nos alertou de que encontraríamos muita resistência até alcançarmos a sala onde os presidentes se reuniam. Enquanto isso, meus amigos iam nos atualizando a respeito das notícias ao redor do mundo. As pessoas estavam chocadas com tudo o que haviam descoberto, o nome dos Unificadores estava em todo e qualquer site de notícias da internet. Começavam a pedir o fim dos governos mentirosos. Em alguns lugares, como em várias capitais do Brasil, a população se reunia nas ruas.

Não dava para esconder a felicidade com aquele progresso em tão pouco tempo. Mas ainda precisávamos do grande xeque-mate. E iríamos atrás dele.

Seguranças tentaram bloquear nossa entrada, mas Elohor, com um olhar, os deixava imóveis como pedras. Era o poder mais rápido e silencioso que eu já tinha visto. Em um segundo, eles apontavam armas e davam avisos para que nos afastássemos; no outro, não apresentavam o menor perigo, pois ficavam paralisados.

Alguns conseguiam atirar em nossa direção, mas meu escudo os impedia de nos atingir. Elohor encarou os botões do elevador e ficou na dúvida de qual apertar.

– Vou mandar uma mensagem aos infiltrados – traduziu a intérprete enquanto a líder nigeriana pegava seu telefone.

– Eles estão quatro andares acima de nós – declarou Marco com uma expressão concentrada e Elohor o encarou desconfiada. – Consigo ver ondas sonoras.

– Consegue ouvir algo mais? – quis saber Amélia.

– Eles estão falando ao mesmo tempo, parecem assustados. Acho que estão chegando muitos reforços na segurança também.

– Ótimo, eu gosto do show – sinalizou Elohor com um sorriso no rosto e pressionou o botão do andar.

O elevador subia em conjunto com o nervosismo. A cada centímetro que nos aproximávamos do destino, meu corpo ficava mais tenso.

– Respira – disse Dan em meu ouvido e, embora tenha parecido um conselho bobo, puxar o ar me lembrou de parar de pressionar a mandíbula e me senti melhor.

Quando o elevador abriu, uma legião de seguranças começou a atirar em nossa direção, mas todas as balas caíam como gotas de chuva no chão. Levou alguns segundos a mais por causa da quantidade, porém Elohor imobilizou todos aqueles homens de terno preto. Depois ela apontou para as portas do corredor enquanto encarava Marco.

– Aquela – indicou meu amigo.

Andamos na direção indicada. Ao girar a maçaneta, contudo, percebemos que os presidentes ainda alimentavam alguma esperança de nos barrar com uma porta trancada. Nina não levou dois segundos para utilizar seus poderes com fogo e criar uma abertura para que passássemos.

Elohor entrou e eu me mantive logo atrás. Estaria mentindo se não dissesse que tive vontade de rir da expressão de pânico nos rostos dos presidentes. A sala tinha um tamanho médio, não se parecia em nada com o lugar que eu via nos vídeos de debates da organização. Talvez porque aquela reunião não fosse do estilo que sairia na TV, e sim algo bem secreto.

Cinco países estavam representados naquela sala com dois presidentes cada, um nortista e outro sulista. Os unificadores tinham me dito que a reunião era sobre os conflitos no mundo todo e me perguntei por que apenas cinco países estavam ali quando o tema era de interesse universal. Não deveriam participar representantes de todos?

– Olá, senhores e senhora – falou a intérprete de Elohor enquanto a líder sinalizava.

Aquele "senhora" no singular não passou despercebido. A pouca representatividade na reunião deixava evidente que o cargo de presidência ainda tinha gênero – e cor – definidos.

— Chegou o momento, não é mesmo? — continuou Elohor.

— Quem são vocês? — perguntou um deles, enquanto todos nos observavam como se fôssemos aberrações.

— Unificadores. — Elohor sorriu. — Não me digam que não estão sabendo da última, então vamos pular essa parte. Melhor do que ninguém, vocês têm ciência do que o contrato causou à população. Têm completa noção de como os índices de qualidade de vida despencaram e de como as políticas sociais estagnaram. Não é pra esse tipo de pesquisa que os órgãos dessa organização trabalham? Embora, coincidentemente, essas informações tenham parado de chegar com tanta frequência ou veracidade.

Os presidentes alternavam o olhar entre a intérprete e Elohor, e os semblante acuados só iam se intensificando a cada frase.

— Quero que revoguem o contrato em suas nações imediatamente, e que a ONU emita uma recomendação internacional para que todos os países façam o mesmo, não se esquecendo de listar os impactos negativos advindos da divisão entre Norte e Sul.

— Eu sou presidente da maior nação do mundo, não vou obedecer a ordens de uma qualquer — falou um deles, enfurecido, e eu quis vomitar.

— Engraçado que "o presidente da maior nação do mundo", com toda a sua prepotência e poder, não foi capaz de descobrir a origem da grande magia identificada no Brasil — provocou Elohor sem me revelar.

— Isso é uma questão de tempo. Tive uma ótima conversa com o governo brasileiro. Concordamos que trabalharemos juntos e, em breve, vamos descobrir quem é ele e o que quer.

– Ele? – Elohor uniu as sobrancelhas, enfatizando a confusão pelo pronome. – E se eu te disser que "ele" é "ela" e que "ela" está bem aqui?

Elohor deu um passo para o lado, apontando para mim, enquanto a moça terminava de interpretar seus sinais. Todos os presidentes se levantaram da mesa num ato de completo pavor e começaram a me avaliar de cima a baixo ininterruptamente.

– Faça-me o favor. – O presidente riu. – É só uma *garota*...

– Eu teria muito cuidado e evitaria usar o termo "só" quando se trata de mim, senhor presidente – falei com o tom de voz mais sério que pude e dei alguns passos em sua direção.

Todos os outros se afastaram, com medo da minha aproximação, enquanto ele se manteve paralisado.

– Não há saída, aconselho que façam exatamente o que Elohor instruiu.

– Nunca! – vociferou ele indignado.

O presidente esticou as palmas da mão para mim, de onde saíram balas que imaginei não terem o menor efeito. Qual não foi a minha surpresa ao perceber que elas haviam conseguido estourar a minha bolha protetora, e precisei utilizar meus poderes para barrá-las. Como ele tinha conseguido? Não me assustou o fato de ser um presidente nortista com magia, já tinha entendido que o contrato não existia para os políticos, mas a surpresa era pelo tipo de poder que possuía, capaz de quebrar um dos meus feitiços.

– Tire os poderes dele com um *titoberu*, Lisa. Isso não existe no nosso mundo, ele vai se chocar – sugeriu Dan falando em português. Ele provavelmente estava usando o Guio Pocler para pensar nas melhores formas de alcançarmos o objetivo.

Criei um *titoberu* para sugar a magia dele, mas, em segundos, o presidente o destruiu.

– O quê?! – me indignei.

O presidente sorriu com malícia, mas parecia ao mesmo tempo surpreso e desengonçado com a própria magia. Algo estava errado.

O cenário ao redor mudou. De repente, estávamos no alto de uma montanha. Era Sol utilizando seus poderes para me ajudar. A distração me deu alguma vantagem e tentei atingi-lo outra vez, contudo o presidente conseguiu se situar a tempo de criar um bloqueio capaz de diminuir a força do feitiço, que o atingiu de leve. Incapaz de derrubá-lo.

– O único poder que pode competir com os seus é o de Andora. Ele deve estar com a magia da sua avó! – gritou Dan em desespero e tudo fez sentido.

Mesmo sem entender as palavras de Dan, o presidente se irritou e movimentou as mãos criando uma vibração que fez todos na sala caírem desacordados. A ilusão de Sol se dissipou, e eu tonteei para trás.

Ao meu lado, Dan, Nina, Sol, Marco, Luísa, Amélia, Olívia, Elohor e a intérprete caídos no chão, feridos pelo feitiço dele. O presidente sorria vitorioso, mas não parecia muito confortável com toda aquela magia. Estava óbvio que não teve tempo suficiente para treinar. Eu precisava me aproveitar da vantagem, ao mesmo tempo que desejava cuidar do meu grupo.

– O que você fez? – gritei, transtornada e sem saber como agir.

Se eu desviasse minha atenção por uma fração de segundo que fosse para cuidar deles, o presidente iria se aproveitar.

– Mais um passo e eu acabo com você também.
– Essa magia não é sua, você não sabe usá-la!
– Não é o que parece – disse ele antes de lançar mais um feitiço que me acertou em cheio, reabrindo as feridas causadas por Altélius.

Caí no chão mais fraca e exposta do que antes, sentindo uma dor aguda e percebendo a potência da minha magia acompanhando a minha instabilidade. Aquilo não podia estar acontecendo. Os poderes de Andora Guilever, os poderes da minha *avó*, me prejudicando, do mesmo jeito que a magia dos meus pais e da minha irmã havia se voltado contra mim. As pessoas não se cansavam de usar minha própria família para me atingir?

O sangue fervia em meu corpo, eu queria destruir aquele presidente por usar minha avó, mas as palavras de mestra Louína tomaram conta de mim: Andora agia motivada por justiça, não por vingança. Por mais que tivesse uma questão pessoal, meu foco deveria ser proteger o mundo, uma tarefa que os Unificadores haviam me confiado. Não podia decepcionar tanta gente que depositara esperança em mim. Precisava resolver as questões deste mundo, salvar minha avó e voltar ao mundo mágico para resgatar minhas duas famílias. Falhar não era uma opção.

– *Atihô Sabunalis* – falei limpando o sangue em meu corpo e me reerguendo, mas ele lançou uma nova investida que me fez cambalear.

Chega. Era hora de me concentrar. Lancei raios que pudessem desestabilizar o presidente e ele contra-atacou, nossas magias ficando no ar, competindo quem tinha mais força. Parecia surreal ver meus poderes rivalizando com os de Andora Guilever depois de ter treinado por tanto tempo para usá-los em conjunto. Andora Guilever estaria decepcionada por ver seus dons utilizados daquela maneira, não era a natureza de sua magia.

— Você não merece carregar um poder como o de Andora Guilever — bradei enquanto tentava equilibrar os raios e avançar em sua direção.

O presidente se desconcentrou com a minha fala, surpreso por eu já saber de onde vinha toda aquela magia.

— Você não sabe o que tá falando. Eu sou o presidente da nação mais poderosa do mundo e o homem mais poderoso de todos.

— Você luta por ganância, enquanto eu quero justiça.

Por mais que ele tentasse forçar, sua *mente* era fraca demais para sustentar um poder como aquele. O presidente tropeçou quando consegui intensificar os raios. Eu estava exausta e sentia dores por todo o corpo. Não aguentaria por muito mais tempo, precisava que a minha investida final funcionasse ou estaria perdida.

Meus raios foram ganhando território até se aproximarem do presidente. Uma explosão tomou conta da sala, e eu me abaixei para me proteger. Quando o homem caiu, criei um *titoberu* para tirar os poderes que ele havia roubado da minha avó e depois os transferi para mim. A concentração das duas magias pesou, e meu corpo já frágil não suportou tanto. Perdi o equilíbrio e caí.

***

Mundo normal

— Alisa? — me chamou uma voz feminina com delicadeza, tentando me acordar. — Vamos, ainda precisamos de você.

Abri os olhos buscando me situar; a sala estava um caos, poeira por todo lado. Eu sentia dores pelo corpo e o peso das magias em mim.

— Vovó? — perguntei assustada, duvidando do que meus olhos me mostravam.

— Elohor pediu reforços para os Unificadores e alguns deles me encontraram presa aqui no prédio. Quando tentei fugir do Brasil, me pegaram e não consegui usar meus poderes para me salvar; eles me tiraram a magia e me trouxeram pra cá.

— Tem quanto tempo isso?

— Pouco mais de uma semana. O presidente nortista dos Estados Unidos estava treinando com meus poderes, mas parece que não foi bem-sucedido, né? — Ela acariciou meu rosto e me deu um beijo na bochecha. — Como é bom te ver viva, meu amor.

— Digo o mesmo, vovó. Muita coisa aconteceu no mundo mágico, Altélius tomou o poder e eu fiquei uma semana em coma. Me perdoe por não ter vindo atrás de você antes.

— O importante é que estamos aqui, vivas. E sua mãe, seu pai e seus irmãos?

— Estão no mundo mágico, mas não sei o que aconteceu depois que voltei — falei encarando o chão, tentando impedir que a minha imaginação caminhasse por lugares sombrios.

— Ó céus — vovó suspirou, fechando os olhos.

— Eu vou dar um jeito nisso, vó — prometi.

— Eu sei que vai, meu amor. Agora preciso que utilize seus poderes para se recuperar e para curar todos daqui. Estão vivos, já conferimos.

Suspirei aliviada com a notícia e movimentei as mãos lançando o feitiço para que ficássemos bem.

— Os unificadores que me resgataram disseram que o mundo tá pegando fogo, a população indo pras ruas pedir eleições transparentes e até o fim do contrato! — ela contou quando o grupo conseguiu se levantar. — Estamos todos esperando suas instruções, Elohor.

— Quero que os presidentes das potências assinem a revogação do contrato. E mandem a recomendação da ONU ao resto do mundo — disparou a intérprete enquanto Elohor movimentava as mãos com rapidez.

A frase soou como música para os meus ouvidos. Nossos esforços pareciam, enfim, prontos para serem recompensados.

Quando saímos do prédio da ONU, uma multidão de fotógrafos e jornalistas queria nossa atenção.

— Vamos aparecer para o mundo todo desse jeito? — Sol se preocupou.

Estávamos sujos pela poeira da explosão e tínhamos manchas de sangue nas roupas.

— Toda essa cena faz parte da imagem de heróis — zombou Nina.

— Esses são os jovens brasileiros que enfrentaram os presidentes? — tentou um jornalista.

— Quem é a líder dos Unificadores? — outra indagou.

— Ficamos sabendo que há uma pessoa do mundo mágico aqui, quem é? — questionou um terceiro, procurando entre nós.

Era estranho estar tão exposta. Desde a descoberta da minha identidade, tudo o que eu fazia era me esconder, e agora a minha história seria espalhada aos sete cantos do mundo. Eu sabia que isso aconteceria, principalmente depois da investida dos Unificadores contra a ordem mundial, mas encarar a situação de fato era outra coisa.

Alguns unificadores foram conversar com os jornalistas, respondendo às perguntas. Elohor ainda estava dentro do prédio com outra parte do grupo, preparando as próximas ações para a política mundial.

— Vovó, ainda tô com seus poderes e preciso voltar ao mundo mágico pra terminar o que comecei com Altélius.

— Você não pode ir sozinha. — Ela negou com a cabeça.

— A gente vai com você — afirmou Nina.

— Claro que não! Vocês viram o que Altélius fez comigo? Uma semana apagada! Não vou deixar que corram esse risco, não importa o que digam. Eu já tenho gente demais pra salvar no mundo mágico, não preciso de mais preocupações.

Dan queria argumentar, mas não havia Guio Pocler que criasse uma justificativa boa o suficiente para contornar a verdade: eu precisava ir sozinha.

— Pelo menos come alguma coisa antes de ir, você não parece estar muito bem — disse ele por fim.

— Bem eu só vou ficar quando deixar o mundo mágico a salvo. E destruir os Doronel.

Eles concordaram ainda com insegurança. Sabiam que eu precisava ir, apesar de estarem temerosos. Eu também estava. Embora tivesse comigo os poderes de Andora, eu não tinha concluído os treinamentos com mestra Louína e já estava cansada de tantos enfrentamentos. Mas não havia saída.

— Volto pra dar notícias assim que possível. Não utilizem os portais de vocês em hipótese alguma. Por favor, esperem meu contato, a gente não sabe como estão as coisas por lá.

— Toma cuidado — pediu Dan com os olhos aflitos.

— A gente ainda tem muita coisa pra viver juntos, eu não vou deixar ninguém tirar isso da gente — falei com o coração disparado e peguei sua mão.

— Vou estar aqui te esperando. — Ele se aproximou, pressionando um pouco mais nossos dedos e me deu um abraço apertado antes de beijar minha bochecha.

Como era bom sentir o calor e o cheiro de Dan tão perto de mim. Era o gás de que eu precisava para me munir de coragem.

— Cuidem desse caos aqui que eu vou cuidar da confusão por lá — falei para todos antes de abrir um dos portais que estava com meus amigos.

CAPÍTULO 19

Mundo mágico

O castelo de Denentri nem parecia o mesmo de alguns dias. As flores coloridas haviam sido retiradas, as estantes de livros tinham sumido e as frases e os quadros de antigos Guilever substituídos por imagens macabras de membros da família Doronel. O clima estava diferente.

Eu tinha que me situar sobre o que estava acontecendo antes de traçar um plano. Era provável que a guarda real tivesse sido trocada por pessoas que jurassem lealdade aos novos reis, então não podia ser encontrada por nenhum deles. Precisava de alguém de minha total confiança, como minha mestra, por isso tentei procurar no lugar mais óbvio: a prisão.

Me coloquei invisível e parti para o local onde anos antes eu tinha me encontrado com Denna. Fiz os guardas caírem em um sono profundo e me aproximei das celas lotadas.

— Majestade! — Abranja foi a primeira a me ver. — Estais viva, ó, deuses!

O susto foi geral, e eles se uniram em uma alegre salva de palmas.

– Abranja, não sei como agradecer o que fizeste por mim – falei ao me aproximar da segurança, que chorava de emoção.

– Só cumpri o meu dever, Rainha Alisa.

– Não, tu fizeste muito mais do que isso, foste incrível! Serei eternamente grata.

– Estais bem agora? – ela desviou o assunto, envergonhada com os elogios.

– Sim, estou. O que aconteceu por aqui desde que Altélius me atacou?

– Eles tomaram o poder e os Doronel se declararam a dinastia oficial, com o centro do poder migrando para Amerina. Denna se casou com um Doronel e agora governam Denentri. O Rei Altélius está usando os poderes para controlar a mente da população, então todos parecem felizes com a nova ordem. Grande parte dos funcionários conseguiu fugir, ele tentou aliciar os que ficaram, e quem negou lealdade aos Doronel foi preso.

– Imaginei que isso tivesse acontecido, por isso vim procurá-los logo aqui. Ele fez algo com a minha família normal? – perguntei com medo da resposta.

– Não temos notícias deles. Naquele dia os portões foram fechados, eles nunca entraram no castelo, mas também não sabemos para onde foram.

– Clarina e Petros não mandaram notícia?

Os funcionários se encararam, havia algo ali.

– Clarina desapareceu como vossa família do mundo comum. Petros se aliou ao pai –Abranja respondeu por fim.

– Isso é impossível – afirmei, segura de minhas palavras.

— Foi a notícia que recebemos: o príncipe passou a usar o sobrenome Doronel e está ao lado do pai.
— E de minha mestra vocês têm notícias?
— Louína foi levada para Amerina, acreditamos que o objetivo de Altélius fosse descobrir vossas fragilidades, caso voltásseis.
— Saco — reclamei. — Quais sugestões vocês me dão?
— Estais em posse dos poderes da Rainha Andora? — se certificou Olália, minha ajudante de governo.
— Sim, mas sem Louína não tenho como treinar mais.
— Não há magia que supere a vossa unida a de Andora, Majestade. Louína vos treinou o bastante, agora precisamos que recupereis o mundo mágico. Utilizai o elemento surpresa, ninguém sabe que estais viva e que retornastes ao mundo glorioso — sugeriu Abranja.

Inspirei temerosa, parecia uma criança com medo de andar sem a ajuda de um adulto.

— Solto vocês agora ou na volta?
— Na volta para que ninguém desconfie de nada — respondeu Vernésio, e eu concordei.
— Boa sorte, Majestade — os funcionários falaram em uníssono, e eu agradeci.

***

Mundo mágico

Não tinha muito conhecimento da estrutura do castelo de Amerina, então me tornei invisível e comecei a vagar pelos corredores em busca de Altélius. Só o encontrei no jardim dos fundos, sentado em um trono que nunca esteve ali, comendo uvas verdes servidas por um funcionário. O clichê das pessoas que só se importam em ter poder e em se sentir superiores aos outros.

— Alisa há de tirar-te daí e salvar o mundo glorioso. — A voz de Louína surgiu atrás do trono e me estiquei para vê-la. Minha mestra estava amarrada, os olhos fundos como se não dormisse bem havia dias.

— A mesma Alisa que mal consegue controlar os poderes? Já vi tudo por tuas memórias, não alcançaste um avanço com ela. Não entendo como uma velha como tu conseguiu se tornar a mestra da "descendente de Andora" — finalizou ele com ironia.

— Tu subestimas Alisa, analisaste minhas memórias sob tua ótica. Não sabes o que aquela garota é capaz de fazer por seu reino, seu mundo e sua família. Ela honra o sobrenome que tem, pensa com sabedoria e põe o dever em primeiro lugar. É justa como Andora e tem as motivações certas para derrotar-te e retomar a ordem no mundo glorioso.

Não consegui conter a umidade que se formou em meus olhos. Era potente ouvir minha mestra falar de mim com tanta confiança. De algum modo ela acreditava que seus métodos precisavam se pautar na distância e no rigor, mas já fazia um tempo desde que eu descobrira o quanto se importava comigo. Queria abraçá-la e agradecer por tudo o que havia feito por mim. Eu só era aquela Alisa porque *ela* havia me ensinado a ser.

Altélius, por sua vez, não gostou do que ouviu e a fúria que tomou sua expressão afetou o céu, que se fechou em uma cor cinza.

— Tu não sabes utilizar a magia dos Guilever que tens em mãos, vê bem o descontrole! — Louína o provocou.

— Queres que eu mostre como sei utilizar os dons que agora são *meus*? — bravejou ele.

– Tu não me pões medo, Altélius.
– Rei Altélius para ti, e para de tutear-me, trata o monarca do reino central com respeito!
– Tu *nunca* serás meu rei. O reino central é Denentri e Alisa é a rainha dele.
– Basta! – explodiu Altélius e lançou raios violentos em Louína, que caiu.
– Não! – gritei sem pensar, o que distraiu o rei de Amerina.
– Quem está aí? Aparece! – Ele balançou as mãos fazendo um feitiço, mas consegui bloqueá-lo. – És tu, Alisa? Aparece!
Corri para o lado de Louína na intenção de analisar a extensão do estrago que Altélius havia causado.
– Estás bem? Por favor, diga que sim – implorei à minha mestra, ajoelhando-me ao seu lado. – *Atihô Sab...*
– Não te distraias – me cortou ela.
– Preciso curar-te, estás sangrando. *Atihô Sabunalis* – falei, me concentrando nas feridas que Altélius havia criado.
– Ouve-me, Alisa: foca em teu objetivo. E lembra-te: não busques vingança, busques justiça. Tu és uma Guilever, não uma Doronel – falou ela recuperando a aparência saudável.
– Cala a boca, velha maldita! – berrou Altélius ao lançar outro feitiço em nós duas, que dessa vez não consegui bloquear por estar prestando atenção em Louína.
Ao me acertar, Altélius quebrou minha invisibilidade e rapidamente me arremessou contra uma árvore grossa do jardim. Minhas costas arderam.
– Ah, aí estás tu! – comemorou ele me lançando mais raios, que rasgaram meus braços e abriram uma ferida abaixo do pescoço.

Minha cabeça girou, eu estava prestes a perder a consciência. O feitiço de cura me escapando da memória e as forças para resistir se esvaindo.

— Atihô... — murmurei zonza.

— *Atihô Sabunalis* — gritou Louína para me incentivar.

— Vamos, Alisa, tu consegues, eu te treinei para isso, eu sei que podes, ele é um fraco!

— Cala a boca! — esbravejou Altélius, acertando minha mestra outra vez.

Queria pedir que Louína ficasse quieta para que Altélius parasse de machucá-la. Como minha mestra colocava sua vida em risco daquela maneira? Mas ela parecia seguir uma estratégia para me salvar ao atingir o ego de Altélius e tirar sua atenção de mim. Com aqueles segundos de distração, consegui repetir o feitiço de cura e me reerguer.

— Eu vou te destruir — falei cheia de ódio e caminhando na direção dele. — Eu sou a rainha de Denentri, descendente de Andora e a pessoa mais poderosa do mundo mágico. Tu não vais te apossar do meu povo, do meu trono ou do meu mundo.

— Justiça... — lembrou Louína com dificuldade.

— Já mandei te calares! — gritou Altélius outra vez e lançou uma nova investida contra ela.

Me esforcei para criar uma bolha protetora para minha mestra, mas ela chegou mais tarde do que os raios estúpidos do rei de Amerina. Minha mestra caiu com o impacto da magia, a poça de sangue se formando ao redor.

— Louína! — gritei ao voltar para perto de minha mestra, o corpo imóvel e os olhos fechados. — Não, não, não, não! *Atihô Sabunalis*! *Atihô Sabunalis*!

Sacudi seus ombros e toquei seu rosto, mas Louína não respondia. Se o feitiço de cura não funcionava, aquilo só podia significar uma coisa: não havia o que eu pudesse fazer para trazê-la de volta. Mesmo tendo as duas magias mais poderosas comigo, a morte era irremediável.

– Tu és *fraca*, Alisa – provocou ele, me lançando mais raios dos quais não consegui me defender.

Não sabia o que fazer com a tristeza e a dor que tomavam conta de mim. Louína estava morta. Minha mestra tentou me defender até o fim e havia pagado por isso.

– Fraca – Altélius repetiu enquanto me castigava com mais raios que me abriam feridas.

O sangue escorria pelo meu corpo e por mais que eu tentasse encontrar Altélius e me proteger, minha visão estava distorcida, o jardim de Amerina parecia rodopiar como num carrossel.

– Vou te dar a oportunidade de reencontrar tua mestra em outro plano. – Altélius gargalhou com a própria piada.

– *Atihô*...

– E ninguém mais se lembrará de que um dia existiu Alisa Guilever – sentenciou ele.

– ...*Sabunalis* – juntei forças para terminar o feitiço antes que fosse tarde demais.

Quando a recuperação me trouxe a agilidade de volta, consegui fazer uma bolha protetora mais eficaz. Desviei o olhar do corpo estirado de minha mestra e me concentrei. Precisava interromper as lágrimas que caíam pelo meu rosto, precisava me organizar, precisava me erguer e precisava honrar os ensinamentos que minha mestra havia me transmitido.

"Foca em teu objetivo", a voz de Louína ecoou em minha mente. "Tu és uma Guilever, não uma Doronel", ela havia completado. Por mais que eu desejasse vingança, desviei meus pensamentos; eu precisava *proteger* meu povo.

– Tu não sabes com quem te meteste! – falei ao limpar a umidade do meu rosto. – Eu lutei contra os poderes de Andora e venci, e agora os tenho comigo. Acabou para você, Altélius.

Criei um círculo de fogo ao nosso redor para que ele não fugisse e bloqueei todas as investidas de Altélius contra mim. *Justiça.* O mundo glorioso precisava de mim. Eu não havia passado por tudo o que passei para desistir agora.

– O povo não merece alguém como tu no comando. Nunca mereceu.

– E achas que merece alguém como tu, que não é daqui? Tu não falas como nós, não pensas como nós. Volta para o teu lugar, Alisa.

– *Este* é o meu lugar. Eu sou uma Guilever, quem está ocupando uma posição indevida és tu.

Lancei um feitiço paralisante contra o qual Altélius tentou resistir, mas o fogo do círculo o desconcentrou. *Obrigada, Petros, pela informação valiosa.* O rei de Amerina caiu como uma estátua de mármore, sem conseguir se defender da magia.

Com um *titoberu*, arranquei-lhe os poderes, e só então me permiti cair e chorar a morte de minha mestra.

CAPÍTULO 20

Mundo mágico

—Alisa! – gritou Petros ao surgir no jardim.
– Ele matou Louína – consegui dizer em meio ao choro que me tomava. – Teu pai matou minha mestra.
– E o que fizeste com ele? – perguntou Petros indignado, a expressão furiosa.
As palavras de Abranja começaram a fazer sentido; Petros estava ao lado do pai, mas obviamente enfeitiçado. Me levantei depressa e tentei encontrar rastros de algum feitiço que o aprisionasse.
– *Libreriti* – falei enquanto dava uma volta em torno de mim mesma. Aquele era o feitiço que Louína me ensinara para anular outros feitiços.
– Uau. – Petros soltou o ar quando a magia que o obrigava a ser leal a Altélius se dissipou. Ele parecia ter se livrado de um peso.
Os olhos do príncipe seguiram para o chão, onde o corpo de minha mestra estava caído sem vida. Petros se aproximou e me deu um abraço.

– Sinto muito por tua perda e mais ainda por não ter sido capaz de evitá-la.
– Estavas enfeitiçado. Me ajudaste de outras formas e sou grata por isso. Agora preciso achar minha família normal, sabes onde estão? – perguntei aflita.
– Família normal? – ele fez uma expressão confusa.
– Tu estavas com eles no dia em que fui atacada, saíram para um passeio com Clarina por Denentri.
– Não me recordo disso, Alisa. Nem sabia que tua família estava no mundo glorioso.
– Como não? – perguntei confusa. O que mais eu precisava fazer para encontrá-los?
Abaixei-me para tocar a cabeça de Altélius, que estava caído no chão, imóvel. Minha esperança era descobrir a localização das duas famílias nas memórias dele, mas não havia nenhuma informação sobre os Febrero, ele sequer os conhecia. Já sobre os Guilever, embora a localização estivesse protegida por um feitiço, consegui arrancá-la.
– Se teu pai não sabe nada sobre minha família normal, isso pode ser um bom sinal de que conseguiram se proteger. Vou atrás dos Guilever primeiro, antes que possam escondê-los em outro lugar.
– Ajudo-te?
– Quero a prisão de teu pai e quero que preparem o funeral de... – Parei sem conseguir finalizar a frase.
– Vá em busca de tuas famílias, eu cuido das coisas por aqui.
– Obrigada.
Me teletransportei para o local da memória de Altélius, uma floresta entre o reino de Ásina e Euroto, e meu corpo começou a tremer. O corpo sem vida de Louína voltava à memória o tempo todo. Não conseguia aceitar

o que havia acontecido e temia que o mesmo ocorresse com as minhas famílias. Eu estava um caos.

O galpão velho de madeira estava bem à minha frente, e era inacreditável que minha família tivesse passado o último ano presa ali.

Andei de um lado para o outro impaciente, um sentimento de culpa tomando conta de mim. Quando os ajudantes de governo tornaram a "morte" da minha família algo oficial, fiquei enfurecida e me recusei a acreditar. Prometi a mim mesma que nunca deixaria de procurar por eles, mas, com o passar do tempo, assimilei a informação e passei a usar os verbos no passado ao me referir aos três; "minha mãe *era* uma excelente rainha...", "meu pai *gostava* disso...", "Blenda *adorava* ver aquilo".

Eu havia desistido da minha família, enquanto eles estavam vivendo sabe-se lá o quê naquele galpão infernal. Imagine Blenda, pobrezinha! Como eu tinha sido capaz de dar as costas a eles e seguir em frente? Pior: como não havia me ocorrido usar os poderes da minha avó antes? Quanto sofrimento poderia ter evitado se eu fosse um pouquinho mais inteligente e menos desleal à minha família?

Meu coração parecia esmagado pelos meus pensamentos. Eu tinha errado muito com os três e não havia nada que pudesse fazer para mudar aquilo.

Entrei no galpão com sangue nos olhos para reparar meu erro. Paralisei os guardas responsáveis por manter minha família presa e caí no choro ao ver os três dentro de uma gaiola grande no centro do galpão. Eles estavam sujos, as roupas rasgadas e muito magros. Blenda havia crescido e perdido o rostinho de bebê, mas seu corpinho entregava a desnutrição. Eu poderia viver cem anos que jamais me esqueceria daquela cena.

— Alisa? — Minha mãe foi a primeira a me notar, e ouvir aquela voz depois de tanto tempo me levou ao céu.

Tentei fazer com que algo inteligível escapasse da minha boca, mas a única coisa capaz de sair de mim era a enxurrada de lágrimas que descia pelo meu rosto. Corri o mais rápido que pude para abrir a gaiola e os abraçar forte.

— Oh, minha Alisa... — suspirou meu pai enquanto acariciava meus cachos.

— Nos encontraste! — comemorou Blenda passando os bracinhos ao redor do meu pescoço quando me abaixei para pegá-la no colo.

— Me perdoem por ter demorado tanto — pedi entre soluços. — Eu...

— Não, querida, tu não tens a menor responsabilidade nisso! — disse minha mãe horrorizada.

— Um buraco se formou em meu coração com a falta que fizestes em minha vida. Eu vos amo tanto! — Me afastei para enxugar as lágrimas e aproveitei para observar cada um mais uma vez. Não estava acreditando no que meus olhos me mostravam: eram eles mesmo!

— Nós também te amamos. — Minha mãe sorriu e logo em seguida me puxou para mais um abraço. — Espero que tenhas conseguido sobreviver a toda responsabilidade que recaiu sobre ti com o reinado precoce.

— Não acredito que estás preocupada *comigo* depois de tudo o que aconteceu. — Dei um riso fraco.

— Me preocupei tanto, minha Alisa, tu nem podes imaginar... Mais de um ano sem receber notícias de fontes confiáveis sobre ti, desejando poder avisar-te sobre os perigos que a família Neldoro representava. Só conseguia pensar em tua amizade com o Príncipe Petros e na insegurança que tu vivias...

— Não te preocupes comigo, mãe, no castelo conto todos os detalhes do que aconteceu. E como estais?

— Passamos por momentos complicados, minha Alisa, mas tenho certeza de que seremos capazes de superar o passado e seguir em frente. — Minha mãe encarou meu pai, que balançou a cabeça em concordância.

— Tenho fome — anunciou Blenda, me fazendo lembrar de que podíamos ter aquela e outras mil conversas no conforto do nosso lar.

— Os dons de vocês — falei apontando para o *titoberu* que flutuava ao meu lado.

— Como conseguiste? — perguntou minha mãe.

— Minha avó é conectada a Andora no mundo comum e enfrentei Altélius com as duas magias.

— Incrível! — Meu pai estava boquiaberto.

— Mas agora precisamos voltar a Denentri e resgatar nosso reino. Não vais acreditar em tudo o que aconteceu e em quem está reinando por lá.

— Não és tu? — estranhou minha mãe.

— Outra filha tua — falei, e o queixo dos meus pais caíram.

***

Mundo mágico

De volta à prisão, um misto de sentimentos: surpresa, alívio, alegria...

— Majestades! — eles gritaram em uníssono e se ajoelharam.

— Serei eternamente grata por tudo o que fizéreis durante nossa ausência e principalmente por terdes mantido a lealdade aos Guilever ainda que isso representasse risco às vossas vidas – minha mãe respondeu devolvendo a reverência. – Agora precisamos da ajuda de todos para aplicar o Protocolo real intrafamiliar com urgência.

Abranja, Leônia e todos os guardas e ajudantes de governo que foram libertos da prisão sabiam o que fazer. Diante do impasse de não podermos agir contra um membro da família, não havia alternativa senão contar com os funcionários. Eu ou meus pais sequer poderíamos dar ordem de prisão, por isso existia um protocolo em que os ajudantes de governo e a guarda real analisavam o caso e decidiam o que fazer. Já havia sido utilizado antes e agora precisaríamos recorrer a ele outra vez.

– O que está acontecendo, Alisa? – perguntou Blenda em meu colo.

– Muitas coisas, mas vai ficar tudo bem, prometo – tranquilizei-a antes de dar um beijinho em sua bochecha.

– Nossa guarda real está se preparando para se reapossar do castelo, Majestades, demandamos ajuda mágica – falou Abranja receosa, não queria interromper o momento, mas precisava de nós.

– Estavas com fome, não é? O que achas de ir com Esmer encontrar algo gostoso na cozinha? – propus.

Esmer esticou os braços para receber Blenda, que ficou insegura de sair de perto da família. O rostinho de minha irmã era sério, em nada lembrava o bebê risonho de antes. Era muito injusto que estivesse passando por tudo aquilo tão novinha.

– Vai, minha Blenda, em breve estaremos juntos outra vez – minha mãe falou acariciando seus cachinhos.

– E Alisa pode me contar uma historinha depois? – pediu ela.

– Tu te lembras disso? – perguntei surpresa e emocionada com o pedido de Blenda. – Conto quantas quiseres, prometo!

Blenda cedeu e foi para o colo de Esmer com um sorriso que me reconfortou. Meus olhos se encheram de lágrimas. Como eu havia sentido falta da pequena!

– Até mais tarde, princesinha! – eu me despedi fazendo o sinal de "tchau" com as duas mãos.

Quando Blenda saiu acompanhada de alguns seguranças, meus pais e eu nos concentramos em seguir cada passo das instruções de Abranja e Leônia para reconquistarmos o palácio e prendermos a guarda montada pelos Doronel, assim não haveria resistência na prisão de Denna e de seu marido.

– Todos estão posicionados – confirmou Abranja enquanto escutava em seu ouvido o comunicador mágico que eu havia recuperado. – Denna está na sala principal, vamos.

Toquei no grupo que nos ajudaria na missão e nos teletransportei para a sala principal, onde uma Denna enfurecida jogou uma cadeira do outro lado da sala, como uma criança mimada.

– Não é possível! – gritou ela.

– Que desonra saber que criei alguém como tu, Denna – falou minha mãe com um tom de voz grave e uma postura rígida.

Eu sabia que no íntimo a versão "mãe" e a versão "monarca" brigavam para tomar conta de suas emoções, mas ela estava firme em não se mostrar frágil.

– Desonra é ter sido criada por uma família como esta. Vós sempre preferistes Alisa, mesmo quando ela ainda era um feto em teu útero, Âmbrida.

— Chega dessa história, Denna, não quero mais ouvir as mentiras que contas para justificar tua maldade. A cada palavra, só consegues nos provar que nunca foste digna de ocupar o cargo que tanto almejaste.

— Fui uma rainha melhor na última semana do que qualquer Guilever durante toda a história.

— É surpreendente que acredites nessas palavras e tenha feito tudo o que fizeste — disse meu pai com asco.

— Fiz o que foi preciso para a minha sobrevivência quando Alisa se tornou a única filha que importava.

— Basta! — gritou minha mãe virando-se de costas, visivelmente afetada por aquele diálogo.

Abranja deu ordens para iniciar o protocolo e a segurança de Denna tentou resistir à prisão, mas não havia o que pudessem fazer depois que retirei seus poderes, era o fim da linha.

— Odeio-te com todas as minhas forças, Alisa! — vociferou ela com raiva.

Escolhi não lhe dar o gostinho de uma resposta. Denna merecia apenas a minha indiferença.

A sala foi tomada por um clima mais leve quando minha irmã mais velha foi levada, e eu peguei a mão dos meus pais, contente por termos conseguido.

— Todos os funcionários que declararam lealdade a Denna serão presos e preciso saber se agora respondemos a vós ou a Âmbrida como rainha da dinastia — perguntou Olália retomando o posto de ajudante de governo.

— A ela, com certeza! — Apontei para minha mãe, aliviada por voltar a ser apenas uma princesa.

— Foi tão ruim assim? — Minha mãe riu do meu ímpeto.

— Não era o momento certo — respondi.

— Se me permitis opinar, gostaria de dizer que Alisa deu tudo de si, Majestade — disse Olália.

— Imagino que sim. — Ela sorriu orgulhosa. — Mas estás certa, tudo deve acontecer a seu tempo. Daqui a doze anos, serás uma mulher mais bem preparada para o cargo, e eu estarei aqui para guiar-te.

— Amém! — Uni as mãos, agradecendo a todos os deuses por aquele presságio.

— Solicito permissão para fazer um anúncio oficial, Majestade. Tanto para dar essa alegria ao povo quanto para convidar os funcionários que fugiram quando o golpe aconteceu a retornarem.

— Autorizada — respondeu minha mãe.

— Olália, preciso de algum objeto da minha família normal ou de Clarina para fazer o feitiço de localização — pedi.

— Vou solicitar.

— Tua família normal? — estranhou minha mãe.

— Eles estavam aqui quando Altélius deu o golpe e não sei onde estão agora. Petros estava com eles, mas não se lembra de nada. Também não consegui localizar uma memória a respeito disso na mente de Altélius.

— Que estranho! — Minha mãe se levantou do sofá onde estava sentada.

Os funcionários se movimentaram para encontrar algo nos quartos onde minha família estava hospedada e, com um boné do Bê, minha mãe repetiu o feitiço que eu havia feito para localizar a vovó do outro lado do portal. Eu poderia ter feito tudo aquilo, mas era muito bom ter minha mãe de volta para tomar as decisões e resolver os problemas.

— Reino de Áfrila? Como foram parar lá? — estranhou meu pai ao encarar o mapa criado pelo feitiço.

— Vamos descobrir em breve — disse minha mãe movimentando as mãos para nos teletransportar.

Tentei controlar meu coração descompassado. Encontrar os Febrero era a peça que faltava se encaixar naquele dia insano que eu estava vivendo.

— Estive nessa região visitando parentes da Rainha Luécia uma vez... Originalmente a família dela é de Áfrila — contou minha mãe ao encarar uma casinha simples e encantadora à nossa frente. Pelo mapa, tratava-se da parte oeste do reino.

Cada vez mais aquela história fazia menos sentido. Como Clarina os tinha levado até lá?

— Ó, deuses, a Rainha Âmbrida e o Rei Honócio estão vivos! — gritou uma senhora negra de *dreads* brancos e vestido verde estampado. Ela estava sentada em um banquinho, aproveitando a sombra de um enorme baobá.

— É uma longa história e em breve todos do mundo glorioso entenderão o que aconteceu — meu pai explicou. — Agora estamos aqui para um assunto mais urgente.

— O que me dá a honra de receber-vos em nossa vila? — a senhora perguntou, preocupada com o tom usado pelo rei.

— Estamos em busca de uma cuidadora do castelo de Denentri e de uma família que está por aqui: uma mãe, um pai e três crianças.

A senhora fechou a boca e nos encarou com os olhos em alerta.

— Não sei nada sobre essas pessoas — ela respondeu de um jeito mecânico.

— Tens certeza? O feitiço de localização indicou que estão aqui — falei.

— Ela parece enfeitiçada para guardar o segredo — comentou minha mãe.

— Como sabes? – perguntei impressionada.
— Pela forma como cerrou os lábios, impedida de contar, embora desejasse muito ajudar-nos – explicou.
— Que bom que estás aqui, tenho tanto a aprender contigo. – Sorri satisfeita, e minha mãe afagou meus cachos.
— *Libreriti* – falou a rainha dando uma volta em torno de si mesma para quebrar a magia que obrigava a senhora a ocultar a informação.
— Ah... – Ela suspirou de alívio. – Eles estão bem. Meu sobrinho Petros os trouxe há alguns dias para que cuidássemos de todos.
— Petros? Ele disse que nem conhecia minha família – estranhei.
— Há algo mal contado nessa história – refletiu meu pai.
— Alisa? – gritou Clarina empolgada ao sair da casa. Logo atrás vinham minha mãe e meu pai.
— Ouvi sua voz lá de dentro e pensei que estivesse delirando! – falou mamãe emocionada. – Minha filha! Você tá viva!
— Lisa! – os gêmeos gritaram e Beatrizinha veio em seguida se agarrando à minha perna.
— Ai, eu não acredito que vocês estão bem! – falei contente, chamando todos para um abraço coletivo.
— Vossas Majestades! Como estou feliz por ver-vos! – Clarina fez uma reverência emocionada em direção a meus pais.
— Clarina! Vem cá! – chamei-a para o abraço coletivo, mas o rosto da minha cuidadora virou um pimentão.
— Vai, Clarina, não precisas de pose, todos sabemos que manténs uma relação informal com a princesa. – Minha mãe Âmbrida agitou as mãos, incentivando-a.
— Ai, Alisa... – falou ela tímida, mas me abraçou forte.

– O que aconteceu, pelo amor dos deuses? Estou curiosa! – perguntei ansiosa.

– Encontramos os portões do castelo fechados, depois alguns funcionários fugiram e gritaram sobre o Rei Altélius ter invadido para tomar o poder. Petros nos trouxe ao reino de Áfrila, nos deixando com uns parentes em quem confiava, como a senhora Abiomi. – Clarina apontou para a senhora de *dreads* brancos, que sorriu.

– Mas eu perguntei a Petros sobre vocês, ele disse que nem conhecia a minha família normal!

– Petros não sabia o que ia acontecer com Altélius comandando o mundo glorioso, mas tinha consciência de que não poderia ficar aqui conosco ou seu pai iria procurar por ele. Então me pediu para cuidar de tua família e voltar apenas quando fosse seguro. Para não corrermos riscos, apagou a própria memória – explicou Clarina.

– Ele o quê?! Genial! – falei admirada.

– O príncipe salvou as nossas vidas – disse minha mãe Catarina, emocionada.

– Estou tão feliz que estejais bem. – Minha mãe Âmbrida sorriu.

– Eu digo o mesmo! – respondeu Catarina. – Desde que ela me contou sobre vocês, fiquei tão preocupada! Só conseguia pensar em como era injusto que tivessem gerado alguém tão incrível feito a Alisa e aproveitado tão pouco tempo com ela.

– Se ela é tão incrível assim é graças a vós, que a criastes com tanto amor – respondeu Âmbrida, os olhos marejados.

Eu não iria aguentar uma cena daquelas!

– Ela é uma boa mistura de nós quatro – finalizou Catarina.

— Por favor, parem com isso, vou me acabar de tanto chorar hoje! — implorei.

— Vem cá, sua bobinha — zombou meu pai Rodolfo, me puxando para um abraço.

Fui acolhida pelos quatro pais, que me abraçaram apertado. Desejei poder ficar para sempre daquele jeito, protegida e amada.

CAPÍTULO 21

Mundo mágico

Era o primeiro funeral de alguém próximo que eu presenciava no mundo mágico. Não entendia como os gloriosos lidavam com a morte. Eles não viam como um momento triste, de luto e choro quando se tratava de idosos. Entendiam que a pessoa tinha vivido o ciclo completo e por isso celebravam toda a sabedoria que ela havia espalhado durante a vida.

Eu não conseguia ver assim. Ainda tinha muito o que aprender com minha mestra, e o ódio fervia quando me lembrava de como Altélius a tinha matado.

– Aceitas algo para beber ou comer? – perguntou Clarina ao meu lado pela enésima vez.

– Estou bem, Clarina, obrigada.

– Mas, Alteza, é que... – Ela parou de falar e enrijeceu a postura, o rosto sendo tingido por um tom de vermelho.

Busquei o motivo do constrangimento de Clarina, mas só encontrei o Príncipe Petros à minha frente.

— Princesa Alisa. Clarina — falou ele fazendo uma reverência contida. Estávamos em público e Petros não queria ferir o protocolo.

— Príncipe Petros — cumprimentei-o com um sorriso.

— Que bom ver-te, ainda não havia agradecido por tudo o que fizeste por Clarina e por minha família.

Minha cuidadora se engasgou de leve quando falei seu nome, e eu ainda não tinha sacado o que estava rolando ali. Petros também estava estranho, mais contido.

— Não me lembro de nada do que aconteceu, mas estou seguro de que faria outra vez se precisasse. Não há o que agradecer — disse ele com aquela voz de veludo.

— Agradeço tua consideração e também por ter preparado o funeral com tanto zelo — falei.

— N-não posso... levar os créditos sozinho. Clarina foi essencial em cada detalhe — Petros gaguejou.

Era como se tivesse feijão no meu dente; todo mundo via, menos eu. Que raios estava acontecendo entre os dois?

— Imagina, Príncipe Petros, não fiz nada de mais — respondeu ela sem conseguir olhar nos olhos do príncipe.

Eu estava viajando ou havia um clima entre os dois? Uau! Como nunca tinha pensado nisso? Clarina e Petros eram perfeitos um para o outro.

— Sabes, Clarina, agora aceito o suco e o sanduíche que me ofereceste mais cedo. Príncipe Petros, poderias ajudá-la, por favor? — tentei.

— S-sim... — gaguejou ele, nervoso.

Clarina ainda não conseguia encará-lo, apenas seguiu o caminho a passos largos, e o príncipe foi atrás tentando acompanhá-la. Eu faria o que fosse preciso para aquele casal acontecer.

– Lisa! – chamou Dan assim que me encontrou no salão, mudando os rumos dos meus pensamentos. – Eu tava tão preocupado com você!

Ele me abraçou com carinho e eu retribuí, algumas lágrimas descendo pelo meu rosto. Não sabia explicar o que acontecia comigo, parecia estar bem até alguém me dar um abraço e eu me lembrar de tudo o que havia ocorrido.

– Sinto muito pelo que passou e por não ter estado aqui com você.

– Você teria virado pó em segundos. *Ainda bem* que não estava. – Dei um riso frouxo com minha própria piada.

– Tá querendo dizer que sou um fracote enquanto você é a poderosa das poderosas? – Ele usou um tom de ofensa dissimulada.

– Sim. – Balancei a cabeça confirmando, ainda envolta por seus braços.

– Mas você iria me proteger, não? – Dan zombou.

– Sempre – falei me afastando um pouco para encarar seu rosto.

– A gente ficou uma pilha de nervos sem notícia e sem poder atravessar o portal, mas aí seus pais normais procuraram a gente no Ruit e contaram tudo o que tinha acontecido aqui. Eu tô admirado, você é incrível, Lisa – ele disse sem nenhum tom de brincadeira, e eu sorri entristecida.

– Se eu fosse mesmo, Louína estaria viva.

– Eu não vou deixar você se culpar por isso.

– Foi tudo tão rápido, não conseguia me proteger dos ataques de Altélius e curá-la ao mesmo tempo, e depois foi tarde demais. Agora só consigo pensar no quanto ela vai me fazer falta.

— Tudo o que você fez com os seus poderes, aqui e do outro lado do portal, me parecem formas muito bonitas de honrar o que Louína te ensinou. Você unificou o Sul e o Norte e salvou o mundo mágico dos Doronel. Acho que ela cumpriu a missão de mestra como ninguém.

Meu coração amoleceu; era bonito o jeito de Dan enxergar as coisas, se aproximava mais de como o mundo mágico celebra a morte de Louína. Com orgulho do que ela foi e fez.

— Obrigada — agradeci limpando os olhos. — Será que a gente pode sair daqui um minutinho?

— Vou pra onde você quiser. — Dan me lançou uma piscadinha, e eu o conduzi ao jardim dos fundos do castelo. Precisava de um pouco de paz.

— Me dê notícias do outro lado do portal — pedi, tentando desviar meus sentimentos enquanto nos sentávamos em um banco perto da fonte iluminada.

— Você nem imagina! Foi um efeito cascata! Depois que as maiores potências lançaram um plano pra acabar com a segregação e a ONU fez a recomendação pro mundo todo, a maioria dos países acompanhou a onda. As ruas foram tomadas pelo povo, que pedia o fim dos governos e novas eleições. As do Brasil já estão marcadas desde que os presidentes do Norte e do Sul renunciaram. Depois de tanto tempo, vai ser a primeira vez que um só presidente vai ser eleito. E pra nós, a primeira vez que teremos idade pra votar.

— Uau, é verdade, que incrível! — comemorei. — Será que, como moradora do mundo mágico, eu poderia votar no Brasil?

— Vai poder fazer o que quiser, você virou uma heroína, Lisa! Tá em todas as capas de jornais, revistas, sites...

Quando você abrir suas redes sociais, vai cair pra trás com a quantidade de seguidores. Tá na casa dos milhões.

— Ai, não! — falei tampando o rosto.

— Você é tipo um ícone da paz mundial agora. Porque é como se representasse os dois lados, sabe? Uma parte da vida viveu no Norte, outra parte viveu no Sul e, no fim das contas, não pertence a nenhum deles. Os dois lados começaram a pensar que, se você viveu nas duas regiões mesmo não sendo de nenhuma delas, então é possível eles serem mais tolerantes também. Eles te amam e te admiram.

— Não acredito nisso! — Comecei a rir da forma como Dan colocava as palavras, como se eu fosse personagem de algum livro ou algo assim.

— Eu tô falando sério! Os Unificadores trabalharam muito bem a sua história no mundo todo, o marketing foi fortíssimo!

— Gente! — Arregalei os olhos sem saber o que pensar. Talvez nunca mais atravessasse o portal de volta.

— Eles estão com muita influência, as lideranças locais ajudaram a criar novas leis e regras pra era pós-contrato. Tudo tá acontecendo de forma gradativa e democrática.

— É tão bom ouvir isso.

— Ah, e você não sabe da maior! O Ruit foi a primeira instituição a declarar que vai se tornar uma escola mista a partir do ano que vem. Depois disso, vários colégios seguiram o exemplo e vão aceitar tanto normais quanto meio-mágicos.

— Mentira!

— É uma pena que a gente não vai ver isso porque já vamos ter nos formado, mas é muito legal, né?

— Sabe o que é legal também? Ver você feliz com o fim do contrato. Pensei que nunca fosse conseguir convencer vocês.

— Digamos que você é uma boa influenciadora. — Dan provocou mais um pouco.

— Para! Eu vou apagar todas as redes e sumir do mundo virtual — falei levando as mãos ao rosto.

— Claro que não! Você precisa usar sua voz pra fazer o processo de abertura continuar caminhando bem. A gente sabe que problemas vão surgir.

— Eu não sei fazer isso, que vergonha!

— Vai ter muita gente pra te ajudar. — Ele tocou a ponta do meu nariz de brincadeira.

— Tipo você? — perguntei, encontrando seu olhar.

— Eu vou te ajudar com o que você quiser. Sempre.

Dan colocou um cacho atrás da minha orelha com um gesto lento que acariciava minha bochecha. Desejei sentir o toque de suas mãos na minha cintura e o de sua boca na minha. Não tinha mais como negar que Dan me fazia falta como namorado. Eu o queria de volta.

— E a vovó? — perguntei sem saber por que tinha feito aquilo.

Se eu queria um beijo de Dan, por que não conseguia demonstrar? Ele não daria o primeiro passo, desde que voltamos a nos falar, meses atrás, Dan deixou bem explícito que era eu quem deveria indicar a velocidade da nossa reaproximação.

— Ela e os nossos amigos já estão chegando pra te ver, mas sei que sua avó retomou o cargo no governo, dessa vez sem ser como espiã — respondeu Dan ao recolher a mão que estava em meu rosto.

— Você precisava ver como minha mãe Catarina ficou quando contei toda a verdade sobre a vovó e sobre os Unificadores. Pensei que nunca mais fosse conversar com a gente por termos ocultado tanta coisa e por tanto tempo.

– E o que você disse?

– Que esconder grandes segredos pra proteger o outro talvez fosse algo de família – repeti o argumento sobre a minha adoção, o que deixou minha mãe sem palavras.

– Ui, pegou pesado. – Dan achou graça.

– Nada, depois acabou virando uma grande piada interna, como tudo na minha família.

– E como foi rever sua família daqui?

– A melhor coisa que poderia acontecer. Viver tanto tempo acreditando que estavam mortos e depois ter a chance de tê-los perto de mim outra vez é um sentimento que eu nem consigo explicar.

– Imagino! E o que vocês fizeram com os Doronel?

– Criei uma prisão de segurança máxima com meus poderes aliados aos da minha avó. Eles vão ser julgados pela corte em breve, mas, até onde fiquei sabendo, traição contra a família real é imperdoável. Sugeri que meus pais assinassem uma lei autorizando o divórcio entre monarcas e todos se separaram. Fiquei com dó quando os parceiros descobriram com quem estavam casados. Você precisava ver o rosto da Rainha Luécia, a mãe de Petros.

– Deve ter sido tenso.

– O povo ficou muito chocado quando quebramos os feitiços de controle que os Doronel tinham usado, e agora meus pais e os ajudantes de governo estão repassando cada informação, deixando todo mundo ciente do que tá acontecendo e de quais medidas estão tomando. Acho que pouco a pouco a população vai se sentir segura de novo. Mas o melhor é que não sou eu que tô lidando com todo esse rojão. Você não faz ideia do meu alívio por saber que nem a responsabilidade nem a decisão final são minhas. Vou voltar à posição confortável de dar apenas palpites e continuar meu estágio no governo de Denentri. Mais doze anos de tranquilidade...

— Então agora posso voltar a chamá-la de princesa? — perguntou ele com um sorriso travesso.

— Você nunca pôde.

— Acho que isso é um sim. — Dan riu enquanto fazia cosquinha na minha barriga. — *Princesa* Alisa.

— Você continua o mesmo besta de sempre — falei sem aguentar segurar o riso.

— Pra sua sorte. — Dan fez uma expressão presunçosa enquanto consertava os óculos, e eu bufei.

Nossos olhares voltaram a se cruzar com intensidade. Dessa vez, Dan não me tocava, toda sua linguagem corporal passava a mensagem de que aguardava por uma iniciativa. Deixei de lado a insegurança e acariciei seus cabelos lisos bagunçados.

— Pensei que eu nunca mais fosse fazer isso — falei baixinho, feliz por ter errado na previsão.

— Pensei que você nunca mais fosse fazer também — ele zombou da minha lenta reaproximação dos últimos meses, e eu dei um tapinha em seu ombro. — Eu tô brincando, te falei que tudo aconteceria no seu tempo e não tava blefando. Nunca vou conseguir expressar o quanto me sinto mal por ter sido responsável por nossa separação por quase dois anos, mas também tenho consciência de que jamais vou saber o que você viveu durante esse tempo. E foi muito pior do que qualquer crise de consciência. É surreal que você tenha enfrentado olhares raivosos e grosseria quando tudo o que sinto por você é...

Ele parou, sem saber se deveria continuar. Dividido entre a necessidade de se expressar e o medo de me pressionar de alguma forma.

— Eu te amo, Lisa, eu sempre te amei. É inaceitável que em algum momento deixei que você pensasse o oposto, por mais que eu saiba do que poderes mágicos são capazes. Você não precisa responder nada agora, nem nunca se não quiser, só posso tentar imaginar o quanto tudo afetou o que sentia por mim, mas eu preciso que saiba que vou continuar tentando te provar que posso voltar a ser digno dos seus sentimentos.

Dei uma risada fraca e coloquei o dedo em seus lábios para evitar que continuasse soltando tantas palavras por segundo.

— Dan, eu nunca deixei de te amar, o que foi horrível naquele período porque eu me esforçava pra te esquecer e parar de sofrer. Foi muito doído e continuou sendo mesmo depois de termos quebrado o feitiço. Desde então, dois lados em mim vivem em disputa: o que tem medo de sofrer outra vez e o que sente falta do que éramos. E essa falta tem sufocado o medo.

Ele abriu um sorriso leve que marcou as covinhas que eu tanto amava e depois ajeitou os óculos outra vez. Havia muita coisa diferente ali: o cabelo mais longo, o maxilar mais fino, o olhar mais maduro, mas ele continuava essencialmente sendo o meu Dan. E como eu sentia falta dele.

Puxei seu queixo para mais perto até nossos lábios se unirem em um beijo com gosto de saudade e expectativa. Havia coisas diferentes naquilo que um dia foi tão corriqueiro; seus braços seguravam minha cintura com mais firmeza, e sua língua era mais urgente, como se quisesse compensar o tempo perdido.

Mas o mais importante estava ali: a capacidade de me transportar para outro mundo — aquele que só os beijos de Dan eram capazes de criar.

O sangue correndo pelo meu corpo levava ondas de euforia que havia muito tempo não experienciava. As sensações eram vívidas, meu cérebro parecia tratar de fazer um registro detalhado de cada efeito do toque de Dan para revivê-los mais tarde. Eu havia sentido mais falta disso do que tinha calculado.

Dan pegou a minha mão quando nos afastamos e depositou um beijo no dorso sem desviar os olhos de mim, o sorriso contagiante me tirando do sério.

– Agora preciso te pedir uma coisa – anunciou ele com um olhar travesso.

– O quê?

Dan apertou minhas bochechas de leve até meus lábios formarem um biquinho.

– Fala – pediu ele, me deixando sem acreditar que tivesse se lembrado daquela brincadeira.

– Meu Deus, nós já somos quase dois adultos feitos – zombei com certa dificuldade, porque ele ainda esperava pelas duas palavras.

– Por favor...

– Peixinho marrom – falei entre gargalhadas antes de Dan me encher de beijos.

Eu seria capaz de repetir quantas vezes ele desejasse, se fosse para me beijar daquele jeito que só ele sabia fazer.

CAPÍTULO 22

Mundo unificado

—Alisa Febrero Guilever – chamou a diretora pelo microfone e palmas explodiram em todo o auditório. Amélia deu uma piscadinha depois de dizer meu nome misturado, e eu sorri agradecida.

Me levantei e fui em direção ao palco. Por um momento, parecia estar dentro de uma das ilusões de Sol. Não era mais a formatura do Ensino Médio, mas a Celebração do 1º ano, quando minha colega Yasmin mostrou aos professores que minha caixa não tinha sido aberta.

E mesmo que tivessem se passado quase três anos, ainda era forte a memória do desespero de ser uma estranha que não fazia ideia de a qual mundo pertencia. Quantas perguntas aquele dia havia levantado na minha vida?

Uma coisa era certa: de todas as milhares de explicações que me ocorreram naquele momento, jamais teria a imaginação fértil o suficiente para cogitar qualquer coisa perto da verdade. Quando seria capaz de *sonhar* que minha caixa era diferente porque eu pertencia ao mundo mágico? E mais: que era a princesa herdeira de Denentri? Que viveria problemas numa floresta do mundo glorioso, sofreria muito para aprender a cultura do lugar onde nasci? Que teria que enfrentar tanta resistência do povo de lá? Que precisaria inventar um relacionamento, me envolver profundamente em política, ver minha família ser raptada, receber uma coroa de rainha muito antes do esperado, enfrentar uma dinastia que queria tomar o poder?

E, depois de viver tantas situações inimagináveis por lá, quando poderia considerar ser possível entrar para um grupo como os Unificadores, desafiar presidentes de várias potências e ajudar a quebrar o contrato? O contrato!

Se eu fosse capaz de voltar no tempo e contar tudo isso àquela Alisa de 15 anos, desesperada por não saber quem era, ela certamente riria na minha cara. A vida é imprevisível, é verdade, mas a gente nunca acredita que possa ser alvo de tanto.

Continuei meu caminho até o palco para receber meu diploma com uma umidade se formando em meus olhos. Como eu era ridícula! Passei o fim do semestre tão extasiada pelo término do contrato e pela minha nova vida nos dois lados do portal que pensei que não seria afetada pela formatura.

Mas bastou aquele curto caminho entre o meu lugar e o diploma para que eu fraquejasse. Era o meu ritual de despedida. Do 3º ano, do Colégio Ruit e da minha vida no mundo comum. Aquele lado do portal tinha sido meu lar por tanto tempo, e eu havia aprendido tantas coisas... era óbvio que seria sofrido abandonar tantas boas memórias.

Abracei a diretora e os professores que estavam no palco, parando alguns momentos para secar as lágrimas do meu rosto. Me demorei mais na professora Olívia, a que mais havia me marcado, e agradeci por ter sido tão importante para mim – especialmente pelo movimento negro. Depois me virei para meus amigos, sentados na plateia do enorme auditório enfeitado com as cores oficiais do Ruit – azul e amarelo –, e ergui meu diploma. Aquele momento era nosso.

– Nós não vamos chorar – determinou Nina mais tarde, quando todos já tinham subido ao palco. – Nossa amizade é muito forte e não vamos permitir que uma vírgula seja modificada nessa relação. O que nós construímos vai ser nosso pra sempre e é por isso que hoje não é dia de ficar triste porque vamos seguir caminhos diferentes, mas sim de comemorar tudo o que vivemos nesses anos.

Ela encarou um por um, como se quisesse se certificar de que estávamos entendendo tudo.

– Eu amo vocês. – A voz de Nina falhou nas últimas palavras, e ela levou a mão aos olhos.

Repeti o gesto pensando que se Nina não conseguira manter a própria promessa de não chorar, eu também estava autorizada.

– Eu amo vocês também – falei, fungando. – Obrigada por tudo que fizeram por mim, eu não sei o que seria da minha vida sem esse grupo.

– Vocês são os melhores amigos que eu poderia querer – disse Sol emocionada.

– A vida no Ruit foi muito melhor porque tenho esse grupo incrível. – Marco deu um sorriso largo.

– Queria aproveitar o momento sensível e dizer que, embora tenha estragado nossa amizade por dois anos, sou muito grato por terem me aceitado de volta e por ver que conseguimos reconstruir a ligação que tínhamos desde a infância – falou Dan com os olhos molhados, e eu acariciei seus cabelos enquanto dava um beijinho em seu ombro.

– E eu queria agradecer por terem me aceitado de braços abertos – disse Luísa contente. – Entrei nos 45 do segundo tempo, eu sei, mas foi suficiente pra perceber que vocês são pessoas incríveis e que tenho muita sorte de tê-los encontrado.

Sol lançou um olhar apaixonado à garota das tranças roxas e passou os braços em suas costas.

– Um abraço coletivo? – pediu a loirinha.

Mais do que depressa, nós nos envolvemos em um grande abraço. Eu era muito sortuda por tê-los ao meu lado.

– Podemos abraçar os formandos também? – Minha família e as dos meus amigos se aproximaram.

– Parabéns, minha filha! Eu tô tão feliz por você! – disse papai orgulhoso.

– Parabéns, meu amor! – comemorou vovó com o rosto vermelho de tanto chorar. – Que orgulho ver você se formando no mesmo colégio onde eu me formei décadas atrás! E mais orgulho ainda de toda a trajetória que você trilhou, lutando por um lugar mais justo aqui e no mundo mágico. Você é uma pacificadora incansável, Lisa. É uma honra poder chamá-la de neta.

– Vó, te devo tanto por ter me ensinado a ser assim. Posso ficar o resto da vida te agradecendo por ter me salvado e por ter me ajudado com seus poderes e ainda não seria o suficiente.

– Eu só te emprestei os recursos, o resto foi tudo com você.

– Você nunca vai me convencer disso – brinquei ao apertá-la em um abraço forte.

– Vamos tirar fotos! – gritou mamãe animada enquanto tentava abrir a câmera do seu celular, clicando em vários aplicativos errados.

Quando ela se entendeu com o telefone, fomos obrigados a fazer todas as combinações possíveis: eu com meus amigos; eu com meus irmãos; eu e minha avó; eu, minha avó e ela; uma com a família toda; depois só com os pais. Segui todas as instruções sem reclamar, porque ai de mim se falasse qualquer coisa.

— Posta e me marca pra eu ganhar seguidores agora que você é famosa — brincou Sol, e eu revirei os olhos. Ainda estava tentando entender aquele universo.

— Agora com o namorado! — gritou ela para que Dan escutasse.

Ele deu uma risadinha e veio para o meu lado, passando o braço pela minha cintura.

— Tá pronta pra foto do casal mais lindo do colégio? — perguntou Dan no meu ouvido, e eu dei risada. — Não sei qual a graça, pode perguntar pra qualquer um dessa instituição.

— Consegui! — mamãe anunciou depois de apanhar do celular de novo e apertar o botão de tirar foto umas cinco vezes. Tecnologia não era seu forte.

Aquele clima de comemoração me fez sorrir, como era bom compartilhá-lo com minha família e com meus amigos. Por várias vezes me questionei se havia alguma finalidade para tudo ter acontecido comigo, para ter sido enviada ao mundo comum e ter migrado do Norte para o Sul. Muito além de toda a questão com Denna, eu vivia entre três razões suficientemente fortes para me convencer de que tudo foi como deveria: eu precisava ter conhecido aquelas pessoas; precisava ter vivido aquelas experiências; e precisava ter construído a noção de que o universo era muito maior do que a imagem limitante que cada mundo nos fazia crer.

Minha família e meu grupo de amigos me deram a chance de estar cercada por pessoas maravilhosas, de estabelecer laços fortes e de aprender sobre diferentes formas de amor. As experiências que vivi construíram a Alisa que sou hoje, a que precisou confiar em si mesma e enfrentar mundos e fundos para defender o que acredita e proteger quem ama. E a concepção de um mundo abrangente, que consegui ao viver nos três mundos, me trouxe uma visão ampla do que construímos enquanto sociedade e do que poderíamos ser; as pessoas são diversas e ganhamos muito mais convivendo nos mesmos espaços do que segregadas.

Como teria sido minha vida se nunca tivesse sido enviada ao mundo comum? Se não tivesse chegado ao Norte? Se nunca tivesse migrado para o Sul? Se jamais descobrisse minhas origens mágicas? Havia um milhão de perguntas cujas respostas eram impossíveis, mas as razões para tudo aquilo finalmente pareciam se encaixar.

***

Mundo mágico

Atravessei o portal e cheguei à sala principal no mesmo momento em que Clarina passava por ali.

– *Poá*, princesa! – ela gritou aquela expressão de alegria e surpresa ao ver as malas ao meu lado, e eu corri para abraçá-la. – Como é bom ver essa cena!

– Também estou feliz, Clarina. Me mudar para o castelo significa muito para mim, nem sei como agradecer às pessoas que me ajudaram a fazer daqui o meu lar. Especialmente tu. – Me afastei para encarar seu rosto, e achei fofo que seus olhos estivessem úmidos. – Obrigada por ser tão boa para mim e por ter me ajudado tanto.

– Ah, Alisa... É uma honra estar contigo, não há o que agradecer.

– Tu me ensinaste, me ouviste, me aconselhaste... Se tem algo que preciso é agradecer a ti.

Clarina passou o dedo para enxugar os olhos e depois fez aquele sinal de "quero-te bem". Repeti o gesto e dei mais um abraço nela.

– E como estão as coisas? E o Príncipe Petros? – perguntei sugestiva.

– Pelos deuses, Alisa! – Clarina jogou a mão aos céus, o rosto ficando vermelho como acontecia toda vez que eu tocava no assunto.

– Quando vais confessar que és apaixonada pelo príncipe?

Desde o velório de minha mestra, eu havia sacado que estava rolando algo entre os dois. Mais tarde minha mãe Catarina me contara que havia percebido um clima brotando quando saíram para passear no dia em que Altélius atacou o castelo, mas depois Petros apagou a própria memória e Clarina ficou alimentando aquilo sozinha.

Quando os dois prepararam os detalhes do funeral de Louína, rolou uma nova aproximação – eu havia investigado via rádio peão do castelo, finalmente ela me beneficiando de alguma forma. Nos últimos meses, investi todo o tempo livre que ganhei ao deixar de governar Denentri para tornar aquele casal uma realidade. Como eram difíceis esses dois!

– Não estou, Princesa Alisa! Peço que pares de falar sobre isso, já estão comentando demais no castelo. Príncipe Petros e eu não podemos nos cortejar, eu sou tua cuidadora e ele teu ex-noivo! Imagina o que seria de mim!

— Não deixes de viver a *tua* vida e os *teus* sentimentos pelo que os outros vão pensar. Não direi uma só palavra sobre isso se me falares a verdade: tens interesse no príncipe?

Clarina ficou calada, o silêncio já servindo como resposta.

— Sim... — Ela desviou os olhos, envergonhada. — É importante que saibas que meu interesse não é antigo e sempre tive muito respeito pelo teu noivado.

— Um noivado de fachada! Tu bem sabes que sempre fui apaixonada pelo Dan e nunca tive qualquer envolvimento amoroso com Petros, nós nunca nem nos beijamos! E mesmo se tivéssemos! Não tem absolutamente nada entre nós, não há o que impeça vocês dois!

Minha cuidadora se permitiu um sorrisinho, e eu quis gritar ao mundo: "MEU *SHIP*!".

— Ontem ele... quase tocou a minha mão — confessou ela de repente.

— É mesmo?!

— Ele esteve aqui para uma reunião com vossos pais, porém os reis tiveram um compromisso urgente e, como meu horário de trabalho tinha acabado, Petros... quero dizer, Príncipe Petros me convidou para passear nas Pedras de Harutã — contou ela, se embolando com a questão do título e do nome, em que não deixei de reparar.

As Pedras de Harutã era um lugar lindo que ficava a uma hora de distância dali. Estive com minha família mágica uma vez e fiquei encantada com as possibilidades da natureza do mundo glorioso.

— E como foi?

— Recusei.

— Por quê? — perguntei indignada.

— Porque não acho que devo, Alisa! Ele é um homem agradável, mas...

— Sem "mas", aceita o convite, tu pareces querer. Se te incomodas seres minha cuidadora, te encontro outra função dentro ou fora do castelo.

— Me queres longe? — ela se ofendeu.

— Não. Te quero feliz.

Clarina inspirou fundo sem resposta.

— Envia uma *preni* a Petros, aceita o convite, vá às Pedras de Harutá e pensa sobre o que queres fazer de tua vida profissional. Estarei de acordo qualquer que seja tua decisão.

— És inacreditável. — Ela sorriu.

— Te devo muito — rebati.

Clarina saiu com aquela expressão entre a insegurança e a expectativa do que poderia acontecer, e eu peguei minhas malas para me encaminhar até o quarto.

— Pelos deuses! — gritou minha mãe assim que me viu, e eu levei um susto. — Não posso acreditar! Não fazes ideia do quanto esperei por esse momento.

Eu frequentava o castelo diariamente e estava muito inteirada quanto à cultura e à política do mundo mágico, mas também era verdade que aquelas malas tinham um significado poderoso. Era minha mudança para o castelo, eu voltaria a viver no lugar onde nasci e morei até os 2 anos. As visitas agora seriam ao mundo comum — ou unificado — e meu treinamento como governante seria intensificado a partir daquele dia.

— Ah, minha Alisa... — Meu pai se uniu a nós duas sem esconder a felicidade também.

— Obrigada por terem tanta paciência, ainda restavam alguns ciclos para serem fechados do outro lado do portal. Agora me sinto mais pronta do que nunca para sugar a maior quantidade de experiência dos dois e me preparar para o governo.

– Estás sempre dizendo que desejas aprender conosco, mas o que não sabes é o quanto tu nos ensinas, minha filha – disse minha mãe segurando minhas mãos. – Queres exemplos? Teu projeto do conselheiro real mudou a vida do nosso povo, que está se sentindo valorizado com a perspectiva de escolher um representante. E eu já bem sei que tens mais ideias sobre isso, tua avó me antecipou.

Ri de sua expressão, que estava entre a admiração e o medo; minha mãe sabia que eu tinha intenções muito maiores para o mundo mágico. Meu desejo era construir um sistema democrático ainda mais ampliado, mas eu estava comendo pelas beiradas para garantir que tudo funcionasse bem.

– A Lei do Divórcio, que propuseste, trouxe alívio aos monarcas que por um momento pensaram não haver outra alternativa que não fosse manter um casamento sustentado em ambição e mentira. E não podemos nos esquecer do mais importante: tua vitória sobre os Doronel trouxe paz para todos, além da certeza de que nasceste para comandar nosso mundo.

– Obrigada – falei ao colocar a mão no coração. Aquelas palavras vindas de uma rainha tão incrível feito minha mãe era o mais gratificante dos elogios. – E como estão as coisas por aqui?

– Entrando nos eixos. Hoje na reunião vamos avaliar os efeitos da Segunda Grande Crise e o que ainda precisamos fazer.

Uau! O que tínhamos acabado de vivenciar já tinha até ganhado um nome oficial, que esquisito ter feito parte de um evento histórico dessa magnitude.

— Mas que bom que chegaste antes da reunião com os ajudantes de governo, tenho uma série de solicitações a ti. Precisamos articular o encontro nos reinos de Áfrila e Amerina, os primeiros interessados em entender melhor o projeto do conselheiro real. Chegou uma série de convites para bailes, imagina tu como está a vida social no mundo glorioso com todos os monarcas disponíveis para novos matrimônios! Não temos condições de ir a todos, tu bem sabes, de modo que enviar-te-emos como nossa representante, o que imagino ser até mais especial do que irmos pessoalmente, já que teu prestígio por aqui está batendo recordes dia após dia. Olália está monitorando tudo, pedirei que te apresente os gráficos hoje. Ah, e já precisamos decidir quando...

Interrompi minha mãe com um abraço de felicidade.

— O que é isso, minha Alisa? — estranhou ela, mas retribuiu o afeto.

— Não imaginas a alegria de ver-te ocupando um lugar que parece ter o teu nome, *Rainha* Âmbrida. Não é que governar tenha sido a pior experiência da minha vida, mas é reconfortante saber que terei longos doze anos para aprender a fazer com tanta naturalidade como tu e deixar-te orgulhosa.

A rainha relaxou os ombros, abandonando as pendências que ainda precisava me passar para voltar a ser só minha mãe.

— Vejo que tens uma visão distorcida sobre ti mesma. Acreditas que ainda te falta muito para seres uma boa rainha quando o mais importante já tens: atenção ao que é justo e melhor para o povo. Eu estudei cada mísera escolha que fizeste no período de teu curto reinado, sei de todas as limitações e mesmo assim afirmo com convicção que tu *já* me orgulhaste, Alisa.

– Tu fizeste o teu melhor e esse melhor foi muito bom, Alisa – elogiou meu pai, colocando a mão em meu ombro.

Decidi que confiaria nas palavras dos dois. Quando aconteceu todo o escândalo do lago Monteréula, eles não pouparam o sermão para mostrar as consequências do meu erro, deixando claro que eram rígidos, apesar de tudo. Mas agora estavam me elogiando, e talvez eu devesse mesmo parar de focar nos pontos negativos e valorizar minhas qualidades.

– Ainda temos meia hora antes da reunião, deveríamos comemorar essa nova fase que iniciamos hoje com tua mudança! – disse meu pai animado, e minha mãe ergueu um dedo quando algo veio em sua mente.

– Tu ainda te lembras da dança da família Guilever? – quis saber ela.

– Em parte, creio... – respondi sem muita certeza.

– Pois dancemos! – convocou minha mãe com um sorriso no rosto.

– Vamos chamar a princesinha! – sugeri, e eles me ofereceram a mão.

Enquanto passávamos pelos corredores e pelas salas do castelo, o sentimento de pertencimento me inundava. Eu amava absolutamente tudo, desde a decoração, que havíamos recuperado, até as pessoas que trabalhavam ali.

Havia construído memórias importantes em vários espaços; o dia em que descobri minhas origens, os primeiros contatos com minha família, a cerimônia da entrega dos meus poderes, os beijos apaixonados que troquei com Dan no jardim, minha festa surpresa, os rigorosos treinamentos com minha mestra, as reuniões com os ajudantes de governo, as conversas divertidas com Clarina, minha amizade com Petros, a primeira vez que estive com minhas duas famílias juntas, o dia da minha coroação...

Cada pequeno detalhe passava em minha cabeça como um filme que deixava várias pontas soltas. Ainda havia muito o que viver debaixo daquele teto, e eu mal podia esperar para começar. Minha mãe Catarina tinha toda razão: aquele era o meu lugar.

Eu estava em casa.

EPÍLOGO

Mundo mágico

— Não estou nervosa, está tudo bem — falei pela milésima vez enquanto tentava controlar minha respiração.
— Vai dar tudo certo — disse Dan segurando minhas mãos, mas seu semblante entregava que a pose de tranquilo era pura fachada.
— Não somos novos demais pra isso? — perguntei aflita.
— Tens 30 anos, e eu vou completar em breve. É a idade ideal, segundo as leis gloriosas. Além do mais, já possuis experiência no currículo. Ou já te esqueceste do ano em que governou?
— É diferente agora. É oficial demais.
Puxei o ar pelo nariz, segurei por alguns segundos e soltei.
— Tá tudo bem, vamos ficar bem. Há anos nós estudamos pra isso. Lemos muitos livros, assistimos a muitas aulas...

— E, o mais importante de tudo: aprendemos muito acompanhando teus pais — completou Dan.

— Justo. — Concordei com a cabeça, repetindo os argumentos que tínhamos acabado de usar na esperança de manter minha ansiedade controlada.

No fundo, o que eu desejava jamais poderia conseguir: queria estar com aquela senhorinha de pele branca, cabelos longos e fala dura. Precisava de mestra Louína me obrigando a erguer a cabeça e dizendo o quanto eu a ofendia com a minha insegurança. "Eu te treinei e sei que estás pronta. Se duvidas disso, duvidas do meu trabalho", ela diria. A mulher que morreu me salvando e me ensinando a lutar pelo meu povo, a lutar por *justiça*. Não podia desonrar sua memória.

— Obrigada, mestra Louína. Por tudo — falei para o quadro dela que eu havia colocado na sala.

No meu coração ela havia respondido com uma expressão preguiçosa, cansada de tanto drama. Nada mais Louína do que isso.

— Tua mestra cumpriu muito bem o seu papel, treinou-te como ninguém jamais poderia, agora chegou o teu momento, Alisa Guilever — minha mãe falou entrando na sala com um sorriso reconfortante. — No dia em que tu nasceste, até o tom de teu choro me deu a certeza de que vieste a este mundo para transformá-lo. Aceita teu propósito, minha filha. Confia em ti mesma.

As palavras de minha mãe ao mesmo tempo cutucavam feridas e passavam-lhes um curativo potente. Pus a mão no coração em agradecimento.

— Desde que nos casamos e eu me mudei para o castelo, aprendi uma dica valiosa: não duvidar de nada do que minha sogra diz. É melhor acreditares que estás pronta realmente. – Dan deu de ombros, e eu achei graça.

– Siga o conselho de teu esposo. – Minha mãe abriu ainda mais o sorriso.

Me virei para o espelho para nos encarar mais uma vez. Ambos usávamos roupas brancas – a cor de Denentri – com detalhes coloridos para homenagear também os outros reinos. Meus cabelos estavam soltos e bem volumosos, os cachos livres ao redor da cabeça, que em breve receberia uma coroa de rainha. Inspirei fundo tentando me controlar. Tudo ia ficar bem.

– Nós vamos exercer um excelente governo – falei decidida para o meu marido.

– Sim, nós vamos. – Ele segurou minha mão e sorriu.

– Eu amo você.

Dan apertou minhas bochechas para formar um biquinho e achei graça.

– Eu também amo você, meu peixinho marrom.

Uni nossos lábios, mas as risadas que deixamos escapar interromperam o beijo; não importaria a nossa idade, nossas versões adolescentes sempre estariam ali.

– Majestades. – Odéri, a conselheira real de Denentri, eleita no ano anterior, entrou na sala e nos reverenciou.

– Vamos?

Odéri tinha um talento incrível para a política, sua presença me inspirava ainda mais confiança, assim como a leva de deputados e senadores da câmara e do senado criados com a expansão da monarquia parlamentarista. Em todo o mundo glorioso aquele era o modelo político, e eu estava orgulhosa por ter conseguido o que queria.

– Vamos – falei enquanto me encaminhava para o grande salão.

Dan me ofereceu o braço e nós aguardamos a enorme porta de madeira se abrir ao som de uma música triunfante.

– Anuncio-vos a rainha oficial da dinastia, Alisa Guilever, e seu esposo, o Rei Daniel Guilever! – O salão explodiu em palmas e nós atravessamos a porta.

Meu coração se encheu de alegria com a presença de minha família normal e a de Dan em lugar de destaque.

No espaço das outras dinastias, estava o Rei Petros com sua esposa, a Rainha Clarina, ambos usando um tom lindo de vermelho e com a felicidade refletida em seus olhos. Era bom ver meus amigos felizes, apaixonados e fazendo um bom governo em seu reino e, sem querer me gabar, eu tinha mandado muito bem como cupido. Engana-se quem pensa que havia sido fácil; foram necessários três meses para Clarina de fato aceitar um encontro; mais cinco meses para Petros pegar na mão dela; oito meses para darem o primeiro selinho; e mais um ano para oficializarem o relacionamento. Mas tinha valido a pena. Era tudo tão certinho naqueles dois que até o nome da rainha harmonizava com o do reino que estava governando agora. Eu amava aquele casal.

Do outro lado, Marco e Nina de mãos dadas sorrindo para mim. Sol e Luísa também estavam por ali, segurando Luiz e Dandara, os bebês mais fofos do mundo, que elas tinham acabado de adotar. Tentei conter uma risada com as roupas dos casais, que combinavam de uma forma exagerada, mas eu sabia que nada daquilo tinha a ver com eles; era com certeza obra da Rainha Clarina que, mesmo cheia de compromissos reais, separou um tempo para ajudar meus amigos a se arrumarem para a coroação.

Dan e eu seguimos para o centro, onde faríamos o ritual. Me voltei mais uma vez para as pessoas que estavam ali para prestigiar o momento e sorri. Uma onda de segurança me deixou mais leve que uma pluma. O coração entrando no ritmo normal, e a respiração, tranquila.

Eu estava pronta para o que o futuro me guardava.

NOTA DA AUTORA

Talvez alguns leitores possam ter tido a impressão de já terem escutado algo parecido com o discurso dos Unificadores na reta final da história. É que ele é baseado em uma situação real! Quando o Lucas, meu namorado, me contou sobre Didier Drogba, um jogador de futebol da Costa do Marfim, e sobre como ele havia conseguido acabar com a guerra civil em seu país, decidi que nada melhor do que a realidade para inspirar os rumos dos meus personagens, afinal, "a arte imita a vida".

Em 2005, Drogba, junto com outros jogadores, fez um discurso emocionante na TV pedindo que parassem com a guerra que exterminava uma população inteira e, de joelhos, pediu pela paz. Com essa atitude, fez história e mudou os rumos de seu país, que, enfim, encerrou a disputa.

Adaptei o discurso no livro para que se encaixasse no enredo de *Entre 3 razões*, mas aqui está o original, que tanto me tocou:

"Homens e mulheres do norte, do sul, do leste e do oeste, provamos hoje que todas as pessoas da Costa do

Marfim podem coexistir e jogar juntas com um objetivo comum: se classificar para a Copa do Mundo.

Prometemos a vocês que essa celebração irá unir todas as pessoas.

Hoje, nós pedimos, de joelhos: Perdoem. Perdoem. Perdoem.

O único país na África com tantas riquezas não deve acabar em uma guerra. Por favor, abaixem suas armas. Promovam as eleições. Tudo ficará melhor.

Queremos nos divertir, então parem de disparar suas armas. Queremos jogar futebol, então parem de disparar suas armas.

Tem fogo, mas os Malians, os Bete, os Dioula... Não queremos isso de novo. Não somos xenófobos, somos gentis. Não queremos este fogo, não queremos isto de novo".

Quem tiver interesse, procure pelo vídeo! Nada mais motivador do que ver a vitória da luta contra o ódio e as armas!

AGRADECIMENTOS

Os personagens de *Entre 3 mundos* me acompanham desde a primeira versão, que escrevi lá em 2009, aos 12 anos. Hoje, quinze anos depois, é uma mistura de alegria por revisitar a história e angústia por me despedir de um universo tão querido por mim.

Há tanta gente que me ajudou a crescer nessa caminhada que poderia ficar dizendo "obrigada" o dia inteiro, e ainda não seria o suficiente. Sou muito agradecida à minha mãe, Luciene Rocha, e ao meu pai, Valentim Ferreira, por serem minha base; às minhas famílias Rocha e Ferreira, por me apoiarem tanto; à Lorena Rocha, minha eterna leitora número um, que é a pessoa que mais entende e faz parte dessa trilogia; à minha madrinha Simone Rocha e à minha afilhada Cecília Rocha, por vibrarem por mim a cada conquista; ao meu namorado, Lucas Bettoni, por cada ideia e sugestão, e a todas as minhas amigas e meus amigos, que me seguram quando preciso e me dão gás para seguir.

Às leitoras-beta da primeira versão, que contribuíram muito para o que a história é hoje: Mariana Cardoso, Clarice Guimarães, Gaby Monteiro, Sarah Paixão e Carol Novaes. Meninas, muito obrigada por todo o apoio!

Aos meus amigos escritores, criadores de conteúdo, livreiros e a todas as pessoas do meio editorial que fazem esse mundo mais confortável para mim, principalmente àqueles que lutam para o crescimento da literatura negra, feminina e diversa de forma geral. Um agradecimento especial às minhas amigas do Quilombinho: Lorrane Fortunato, Solaine Chioro e Olívia Pilar, que diariamente me dão forças para seguir trilhando meu caminho; à galera da Agência Três Pontos, em especial à minha agente Taissa Reis, que faz um trabalho incrível com a minha carreira, e ao Jackson Jacques, que segura meus rojões e ainda é simpático! Agradeço também ao pessoal do Grupo Autêntica, que acredita no meu trabalho, em especial à Rejane Dias, Flávia Lago, Telma Kobori, Paulyne Ortlieb e Núdia Fusco, obrigada por *tanto*!

Obrigada às escolas que me convidam para palestras e me dão a oportunidade de ter contato com meus leitores! E obrigada aos professores e bibliotecários que fazem trabalhos fantásticos com meus livros!

Obrigada aos meus alunos, fontes de inspiração para piadas e situações, já que agora não sou mais uma adolescente escrevendo para adolescentes. Vocês me mantêm jovem!

Obrigada aos meus seguidores, que acompanham meu trabalho como professora e escritora nas redes sociais e estão sempre indicando meus livros!

Mas, principalmente, obrigada a você, que leu este livro, torce por mim e me move com tanto carinho! Eu não seria nada sem essa linda rede de apoio! Vocês são as *razões* para que eu siga em frente!

Com todo amor, de todos os mundos,

Lavínia Rocha